Robert Saudek

Dämon Berlin

Robert Saudek

Dämon Berlin

ISBN/EAN: 9783956973697

Auflage: 1

Erscheinungsjahr: 2016

Erscheinungsort: Treuchtlingen, Deutschland

Literaricon Verlag UG (haftungsgeschränkt), Uhlbergstr. 18, 91757 Treuchtlingen.
Geschäftsführer: Günther Reiter-Werdin, www.literaricon.de.
Dieser Titel ist ein Nachdruck eines historischen Buches. Es musste auf alte
Vorlagen zurückgegriffen werden; hieraus zwangsläufig resultierende
Qualitätsverluste bitten wir zu entschuldigen.

Printed in Germany

Cover: Paul Hoeniger, Spittelmarkt, 1912 (gemeinfrei)

Dämon Berlin

Roman

von

Robert Saudek

Berlin W. 30
Concordia Deutsche Verlagsanstalt
Hermann Ehbock

Erster Teil

I.

Die zwei standen in einer kleinen, schmalen, fast menschenleeren Seitenstraße des alten Berliner Zentrums. Es war feuchtes, nebliges Novemberwetter. Aber sie standen ruhig und still und lächelten den grauen Schleier weg, der sich leise auf Dächer und Pflaster lagerte.

Sie sah in sein stilles, halb übermütiges Gesicht, aus dem es manchmal ganz unerwartet für kaum merkliche Augenblicke aufblitzte. Und er lächelte und sie lächelte, und sie wurden sich einig, daß es morgen am Sonntag gerade die rechte Zeit wäre, daß er nun endlich mit ihrer Mutter ein kluges Wörtlein spreche . . .

Plötzlich riß sie ihn am Arm. Ein Automobil bog von der Friedrichsbrücke ein und hatte ihn bei der scharfen Kurve fast gestreift. Sie sprangen noch rechtzeitig beiseite.

Seine Augen glühten. Sein rechtes Auge erglänzte so sonderbar, als ob darin ein feuriger

Funke aufblitzte. Oder schien es dem blonden
Mädel an seiner Seite nur so, weil über ihnen
eine elektrische Kugel glühte?

Schon früher, bei geringfügigen Anlässen,
war ihr an ihm diese plötzliche auflodernde Leiden-
schaftlichkeit aufgefallen, die häufig die unbedeu-
tendsten Dinge traf und ihn ihr so ganz anders
zeigte, als er sonst war.

„Was hast du, Hans?"

„Nichts, gar nichts, Kind." Ruhig, fast ver-
schüchtert, blickte er sie wieder an.

„Du bist gewiß erschrocken?"

„Erschrocken? . . . Ja, das bin ich wohl."
Er sprach zerstreut, dachte schon an irgend etwas
anderes.

Sie fuhren mit der Stadtbahn zum Bahnhof
Tiergarten.

Mit lässiger Bewegung wischte er eine Erinnerung weg. Dann war er wieder mit all seiner
treuen, aufmerksamen Gegenwart bei ihr. Er begann ihr aufs Geratewohl eine Geschichte zu erzählen. Von einem kleinen Mädchen, das seinen
Frühstückskakao nicht trinken mochte. Eines Morgens lag Kleintrotzchen in ihrem Bettchen und
dachte an seine niedlichen Puppen. Husch, raschelte
es da zwischen den Kissen und ein putziges
Kerlchen von einem Knirps stand ganz dicht vor

ihr auf der Bettdecke und trug ein großes Etwas
auf dem Kopf. Und das große Etwas war ein
kleines zinnernes Täßchen . . .

„Lutsche mal, Kleintrotzchen!" sagte der Wicht
und zeigte mit seinem winzigen Fingerchen auf
ein Röhrchen, das, weiß Gott wie, plötzlich aus
der drolligen Tasse emporwuchs.

„Gluck . . .," klang es da aus dem Täßchen,
„gluck," in seinem silbernen Ton.

„Der Teufel hole die Person!" Es sollte
spaßhaft klingen, aber es kam ärgerlich heraus.
Trude war es, die eine elegante Dame so be=
grüßte, als sie am Bahnhof Bellevue nicht mehr
allein waren und der Schluß der Geschichte ver=
loren gehen sollte.

„So eine Protztante! Billig ist die nicht an=
gezogen," fügte sie leise hinzu.

„Billig? Nein. Aber auch nicht gut."

„Warum?"

„Sie hat feine Farben im Gesicht . . ."

„Du!" drohte Trude neckisch.

„Durch das laute Rot verdirbt sie den Ein=
druck. Da gehört noch etwas dazwischen. Zwischen
das leicht angeblaßte Rosa des Gesichts und den
grellroten Rahmen würde ich Creme nehmen
und . . ."

„Na, was tätest du denn dann noch?"

„Dann würde ich sie in einen roten Kabinett-
stuhl setzen, Saffian."

Sie lachte laut auf.

„Ihr heckt aber nette Dinge in eurer Plakat-
druckerei aus!"

„Warte es mal ab, Kind. Du wirst auch
noch einmal in lauter Farbenflächen zerlegt."

Sie stiegen aus und er begleitete sie ans
Haustor in der Klopstockstraße.

„Also auf morgen!" Er lächelte schelmisch.

„Ja, auf morgen!"

Noch ein fröhliches Kopfnicken und dann war
er allein.

*   *

*

Und nun vergingen volle sechs Stunden, in
denen Hans Mühlbrecht über die Straßen irrte,
quer durch den Tiergarten, über den Potsdamer
Platz, die Leipziger Straße, den Molkenmarkt
nach der Schönhauser Allee und zurück auf irgend
einem Wege durch die Hasenhaide nach Rixdorf.

Volle sechs Stunden vergingen so, und nichts
von dem, was um ihn vorging, vermochte ihn aus
dem Kreise seiner phantastischen Vorstellungen zu
reißen. Er hörte nicht die Rufe nächtlicher, be-
trunkener Passanten und wilder Frauenzimmer.

In seinen Adern klang eine chaotische Musik, die alles andere übertönte. Und keiner außer ihm vermochte ihrem Rhythmus zu folgen, jenem wahnsinnigen, vorwärtsdrängendem Marsch, bei dem alle Glieder zuckten, die Pulse flogen und der Atem stockte. Die Gegenwart war für ihn versunken und er sah nur, wie durch zersetzte Nebel, Fratzenbilder einer künftigen Zeit.

Er sah die künftige, chaotische Großstadt vor sich, jenes grauenvolle Ding, das es noch nicht gab, das aber in ihm selbst lebte, das aus tausend Verknüpfungen und Steigerungen des Erlebten als Bild in ihm entstanden war, in tausend Lärmen sich austobte, zehntausend Dinge in rasender Jagd in Bewegung setzte, in hundert- tausend Farbenreflexen strahlte und in einer Million von Lichtern weißgelbe Fluten breitete.

Aber dies alles blendete ihn nicht, machte seine Ohren nicht taub, zermürbte seinen Leib nicht und riß nicht das Netz seiner zum Springen gespannten Nerven, dies alles dehnte nur seine Empfänglichkeit und schürte die Begierde nach neuer Kost für Augen und Ohren. Es war, als ob eine fiebernde Glut in seinem Hirn seine fünf Sinne zum Quadrat erhoben hätte, als ob er selbst nun mit fünfundzwanzig Fühlarmen die Welt um sich umfaßt hätte und nun all ihr kraft-

volles Mark emporpumpte in sein eigenes Ge=
hirn . . .

Der kleine, schüchterne Mensch war ver=
schwunden und hatte sich in einen von seinen
Ideen begeisterten Mann gewandelt, der durch
Berlins Straßen raste und den weiten Plan
durchkreuzte, auf dem er die Schlachten für seine
„Idee" schlagen, den er verwandeln und zu einer
imposanten Apotheose auf das Symbol vorwärts=
stürzenden Lebens türmen wollte.

Sein Königreich war in nächtlicher Stunde
aufgegangen. Ihm schien, daß er allein wach war
und in Gedanken die Zukunftswelt schuf, die Welt
mit ihren lebendigen, sich im ewigen Lauf über=
stürzenden Sensationen, die den Menschen die
Sinne wachrütteln und sie zu neuer Arbeit
wecken sollte.

Am Hackeschen Markt hatte er mit leichtem
Blicke die Fassade eines Warenhauses gestreift.
Die tauchte jetzt wieder vor ihm auf.

„Atlasfiguren . . . Germania am Dachfirst
. . . Karyatiden . . . lächerlich. Farbenflächen,
Lichtfluten und architektonische Linien wirken,
sonst nichts. Das Figurale ist tot . . ."

Während seines ununterbrochenen Marsches
tauchten immer neue Bilder vor ihm auf.

Nun war er in der breiten, offenen Schön=

hauſer Allee und marſchierte unentwegt den Vor-
ſtädten zu.

„Die eine taktiſche Frage entſcheidet darüber,
ob die nächſten fünf Jahre für mich gewonnen
oder verloren ſind. Es gilt eine zentrale Macht
zu ſchaffen, einen Mittelpunkt, der ſtark genug
wäre an Geld und Ideen, um ſich mit einem
Schlage als führender Faktor aufzuſpielen.“ Die
eine taktiſche Frage galt es zu löſen: Welche In-
duſtriegruppe wäre am ſchnellſten zu gewinnen, auf
welchem Plane würde wirtſchaftliche Not am
ſtärkſten Intereſſenten und Mitarbeiter für ihn
werben. Und dann: In welcher Richtung waren
ſeine Ideen am beſten gereift, um zu überzeugen
und den erſten Sieg zu ſichern?

Er ſuchte einen Ausgangspunkt.

„Die Elektrizitätsinduſtrie? Sie war heute
reicher beſchäftigt, als ſeit Jahren. Die A. E. G.
hatte auf allen Werken für zwei Jahre Beſchäf-
tigung, die B. E. W. konnten erhöhte Anſprüche
auf Stromlieferung nicht befriedigen, die anderen
großen Geſellſchaften hatten das Maß der Auf-
träge durch kartellierte Preiſe untereinander geregelt. Weder Maſchinenaufträge, noch Strom-
konſum konnten dieſe Gruppe locken. Die Drucker?
Lauter kleinliche Menſchen mit beſchränkten Anſichten, die ſich ja nicht mit großen Inſtallationen

festlegen wollten. Die Blechplakatstanzereien, die Emaillefabrikanten, die hundert kleinen Erzeuger von Zugabeartikeln, jene bemitleidenswerten Geschöpfe, die auf den kleinlichsten Zug beschränkt knickriger Hausfrauen spekulierten? Nein und abermals nein! Das waren kaum nennenswerte Zweige eines gigantischen Zentralbetriebes. Kein Kompromiß! Keine falsche Ausgangsfährte!"

Er mußte einen Kreis gewinnen, der an große Transaktionen gewöhnt war, der sich mit Kleinigkeiten gar nicht abgab.

Er war an der Grenze des sich in Milliarden Ecken und Winkeln aus Ziegeln und Stein ausbauenden gigantischen Berlin angelangt. Vor ihm und zu beiden Seiten lagen weite, leere, nur von einzelnen Häuserblocks unterbrochene Bauplätze.

Es begann leise zu regnen und seine Kleider zu durchnässen.

Noch einmal sah er sich um. Dann machte er Kehrt und begann den Weg bis zum Alexanderplatz zurückzunehmen.

Und wiederum arbeitete sein Hirn und gab ihm Fragen auf.

Da draußen legten tollkühne Spekulanten, Banken und routinierte Baumeister, Maurermeister, Gewerbetreibende, ein Heer von vom fiebernden Gründerwahn befallener Menschen Millionen in der Hoffnung auf Wertzuwachs an. Das war seine künftige Gemeinde. Diese schlauen, geriebenen Kerle, die selbst nur Phrasen vormachten und zielbewußt und hartnäckig, mit der Klugheit Halbgebildeter nur auf ihren klingenden, haltbaren Vorteil sahen, auf reelle, gemünzte Goldmassen, die sie aus dem Wust schwindelhaft verworrener Fäden an sich reißen könnten.

Ruckweise arbeitete sein Kopf, sprang von einer Möglichkeit zu ihrem Gegensatz, sah eine wilde Flucht von Zerrbildern vorbeiziehen, schloß zusammen, warf auseinander, zeichnete in rasendem Furioso wilde Linien in der Luft und zerriß mit hastiger Wut die illusorischen Skizzen, die in der nächtlichen Novemberluft auf Armweite vor seinem Auge vorwärtseilten. Er stürzte festgefügte Häusergruppen, pflanzte Villen an ihre Stelle, zerpflückte auch ihre Linien und ließ Fabriken, Brauereien, Gießereien an ihrer Stätte entstehen.

Immer neue Bilder jagten vor ihm einher. Aber nichts hielt er fest, immer wieder fuhr er mit der Hand durch die Luft, als ob er die äffenden Zerrbilder wegwischen wollte.

Nun war er auf irgend einem Wege zum

Halleschen Tor gekommen. Seine Erregung ebbte
leise ab. Ein Schauer durchrieselte ihn allmählich
und er fühlte das Bedürfnis nach dem Lärm der
Friedrichstadt. Sein innerer Taumel hatte nach=
gelassen, er brauchte ein äußeres Narkotikum.

Unwillkürlich trat er eine Viertelstunde später
in das Kaiser=Café. Vorne an den Straßen=
fenstern saßen Dirnen mit übernächtigen, elegant
gekleideten Lebemännern, mit Provinzonkeln oder
jungen Ladenburschen. Eine furchtbare Gesell=
schaft, Pöbel, der sich geile Sinneserregung zu
wohlerfeilschter Taxe gönnte. Auswurf . . .

Hans Mühlbrecht schritt angewidert ins
Innere des Cafés und nahm dicht neben dem
Zeitungsständer Platz, so daß er halb verborgen
blieb. Er rief die vorbeieilenden Kellner wohl ein
dutzendmal an, bevor er seinen Tee bekam. Dann
nahm er die „Berliner Volksstimme" und las
die „Kleinen Anzeigen", Zeile für Zeile, Wort
für Wort. Kaufgesuche, Verkäufe, Tiermarkt,
Stellengesuche, Offene Stellen, Versteigerungen.
Kein Wort, keinen Buchstaben übersah er. Mit=
unter lächelte er. Ganz fein, ganz leise, wie ein
feinnerviger Kenner über die verborgene Pointe
eines Bonmots, in dem eine ganze Kultur liegt.
Es war, als ob er das köstlichste Buch läse. Hun=
derte von Menschen sah er in diesen eng gepreßten

Zeitungszeilen, fühlte ihre Denkart, ihr Wesen heraus, tastete sich nach der wundesten Stelle ihres nur von kleinlicher Nachbarßeitelkeit erfüllten Daseins, hielt als künftiger, verborgener Führer stille Zwiesprache mit den unzähligen, ungekannten Nullen der Millionenstadt ...

„Ein Zeitungskönig ist mein Vorkämpfer. Er mußte vor mir kommen, um die Weisheit zu entdecken, daß unter zwei Millionen Berlinern eine Million siebenmalhunderttausend Nullen sind. Eine teuere, eine kostbare, eine herrliche Weisheit ... und ich kann mir alle Morgen für zehn Pfennige den Beweis erstehen, daß sie trotzdem wahr und billig ist. Für zehn Pfennige ... schwarz auf weiß!"

Ein Bekannter trat an seinen Tisch. „Morgen, Mühlbrecht! Seit wann so unsolide?"

Der andere hatte einen sinnlichen, geilen Zug um den Mund. Mühlbrecht war es, als sähe er ihn eine Kellnerin umarmen und mit greller Stimme die Pointe eines zotigen Couplets herausschreien. Mißmutig brummte er seinen Gruß.

Aber der andere tat recht freundschaftlich und nahm Platz.

„Wie geht's immerzu, Mühlbrecht?"

„Wie immer. Weiß nichts Neues."

2*

„Nanu! Du scheinst ja schon recht schlaff zu sein. Woher kommst du?"

„Von der Hasenhaide."

„Kleines Rendezvous? Nicht gerade beste Gegend bei Nacht."

Mühlbrecht gab keine Antwort mehr. Er stützte den Kopf in die Hände und stierte dem andern, der lustig weiterschwatzte, mitten in den Mund.

„Was grienst du mich an?"

„Ich gucke, wie ein Bankmensch aussieht, der keine anderen Sorgen hat als Amorsäle und Witwenbälle."

„Keine anderen Sorgen! Sehr gut. Bei dem Gehalt."

Pause.

„Was meinst du denn wohl, was ich bei der Kreditbank verdiene?"

„Tausend Taler."

„Stimmt auf den Knopf! Na, und dabei keine Sorgen?"

Mühlbrecht verdroß der Kerl, er fiel ihm auf die Nerven. Eine Weile sann er darüber nach, ob er ihn einfach stehen lassen solle. Dann entschloß er sich ihn anzuulken, sozusagen die Belastungsprobe zu machen, zu sehen, wieviel der Mann sich gefallen lassen würde.

„Sag' mal, Emil Finke, zerbrichst du dir den ganzen Tag den Kopf über die Kreditbank, oder geht dir auch sonst noch etwas durch deinen Schädel?"

„Kreditbank! Sehr gut. Die kommt auch ohne meine Sorgen vorwärts."

„So, so."

„Zweifelst du etwa?"

„Ich, nein." Er stierte noch immer mitten in des anderen Mund.

„Du hast wohl auch den Unsinn in dem Schundblättchen gelesen! — Enthüllungen über die Kreditbank. — Blödsinn, purer Blödsinn. Der Kerl hat keinen Inseratenauftrag bekommen und enthüllt nun. Nee, weißt du, gut aufgehoben ist unsereiner schon. So stabil, wie deine Plakatfritzen, steht die Kreditbank denn doch."

„Ich habe nichts gelesen."

„Na, was willst du also?"

„Solche Herren von der Bank, wie du, lieber Finke, die haben noch lange keine Ahnung davon, was um sie vorgeht. Schreiberlaffen seid ihr, sonst nichts, Maschinen, Apparate . . ."

Nun mußte der Kerl genug haben. Nun mußte er wohl seiner Wege ziehen. Aber nein, der Mann saß da, unentwegt, fast ernst, nur sichtlich erregt. Eine Weile sagte er nichts, tastete nur unruhig über den Tisch, sah gekränkt nach dem Manne, der ihm, dem Wissenden, dem Sekretär des technischen Direktors das bieten durfte. Und dann plötzlich fuhr er los, ruckweise, am Zwicker nestelnd, mit unruhigen, hastigen Bewegungen. Mühlbrecht sah noch immer starr auf die beiden Goldkronen, die zwischen seinen Zähnen aufblinkten.

„So, das also behauptest du . . . Haha . . . weißt du das auch ganz bestimmt? Ha, willst du etwa wetten, daß ich mehr weiß, als du dir träumen läßt? Willst du dich deine Naseweisheit hundert Emmchen kosten lassen, Plakatjüngling du?"

„Hast du hundert Mark zu verlieren?"

„Eher als du jedenfalls."

„Na, schieß' los!"

„Losschießen soll ich? Schön. Willst du es dich hundert Emmchen kosten lassen, wenn ich dir zeige, daß ich als einziger von der Kreditbank von einem geplanten Millionenprojekt weiß?"

„Als einziger? Wie willst du das beweisen?"

„Sehr einfach. Ich bin Sekretär des technischen Direktors, die Sache geht keine andere Abteilung etwas an."

Mühlbrecht schwieg, er bewegte sich kaum, sah den andern mit derselben festen Unverschämtheit an, um ihn nicht stocken zu lassen, um ihn in der Erregung zu erhalten. Wer weiß, vielleicht wußte dieser Laffe durch einen Zufall wirklich mehr, als er geglaubt hatte.

„Na, willst du?"

„Wenn nicht irgend eine deiner Phantasien dahinter steckt, gerne."

Und der andere erzählte.

„Wir haben doch den quadratischen Komplex Behrenstraße—Wilhelmstraße . . ."

„Ja, und . . ."

„Schön. Wir vergrößern uns, die Räume reichen nicht mehr . . ."

„Und da baut die Bank ein Stockwerk zu?"

„Nein, da bebauen wir einen neuen ebenso großen Komplex."

„Die Verhandlungen sind schon im Gange?"

„Nein. In vierzehn Tagen beginnen wir mit dem Ankauf der Grundstücke. Unter der Hand natürlich, damit wir sie billig bekommen. Jetzt stehen sechs alte Häuser auf dem Terrain."

„Wem gehören die Grundstücke?"

„Das weiß ich nicht."

„Na, das läßt sich doch feststellen. Weißt du, welche es sind?"

„Die Nummern weiß ich nicht. Aber du kannst dir doch den Plan vorstellen. Sieh mal, also hier ist die Behrenstraße, nicht wahr? Hier ist Ecke Wilhelmstraße. Das ist unser jetziger Komplex. So. Gegen die andere Seite der Behrenstraße zu ist nichts zu machen, da haben jetzt Warschauer & Böhm gebaut, die früher am Hausvogteiplatz waren. Dicht dabei muß das neue Gebäude sein, weil wir zwischen dem alten und dem neuen einen unterirdischen Weg, Rohrpost usw. anlegen wollen. In der Wilhelmstraße sind die Regierungsgebäude und Botschaftspalais unverkäuflich, bleibt also nur die Richtung Mauerstraße. Kellner, das Adreßbuch!"

Er erklärte heftig weiter, suchte dem Zweifler, der ihn als Dummkopf hingestellt hatte, alle Einzelheiten klar zu machen, zeichnete verworrene Vierecke auf den Marmortisch und brachte es schließlich fertig, ein anschauliches, nicht unwahrscheinliches Bild des Bebauungsplanes zu geben.

Sie schlossen die Wette ab. Hundert Mark, zahlbar am nachgewiesenen Tage des Grundstückserwerbes an Finke, oder nach neun Monaten an Mühlbrecht, wenn der Plan gescheitert sein sollte. Sie tauschten Visitenkarten über die Wettbedingungen aus.

„Und wenn die Grundstücke unverkäuflich sind?" warf Mühlbrecht ein.

„Lächerlich! Für Geld kauft man am Hypothekenmarkt alles und die Vergrößerung ist beschlossene Tatsache. Denn . . .," ganz geheimnisvoll flüsterte er es dem andern zu, „im Herbst gibt es ja doch wieder Kapitalsvergrößerung und da gehört der Bau zur Emissionsreklame."

„Weißt du das auch ganz bestimmt?"

„Nee, aufs Datum würde ich nicht wetten, aber welche Bank vermehrt heute nicht ihr Kapital?"

Eine Weile sprachen sie noch, dann begleitete Mühlbrecht Finke ein Stück Wegs. Arm in Arm gingen sie die Friedrichstraße entlang, während Mühlbrecht seinen Freund vor jeder Indiskretion warnte, die ihn seine Stellung kosten konnte.

„Ich bitte dich! Ich bin doch kein Schuljunge."

Damit trennten sie sich.

Als Mühlbrecht allein war, begann er zu laufen. Dann, als er sah, daß er auffiel, sprang er auf den nächsten Omnibus, um den Schein eines eiligen Passanten zu wahren. Unter den Linden stieg er ab und schritt die Linden hinunter zur Wilhelmstraße, zur Behrenstraße.

Da stand das mächtige Gebäude der Kreditbank vor ihm, der Palast, in dem sich tagsüber
Hunderte von Händen regten, in den fünfzig Te-
lephondrähte münden mochten, in dem Milliarden
im Jahre zirkulierten. Ruhig, wie ein Bau-
routinier, besah er das Gebäude, die Umgebung,
schritt dreimal um das Quadrat, prüfte nach allen
Seiten die Erweiterungsmöglichkeiten.

Nein, Finke hatte recht. Die Mauerstraße
konnte die einzige Möglichkeit sein, die sich der
Bank bot. Da lagen auch schon die sechs Häuser,
dem alten Gebäude fast gerade gegenüber ...
Sechs ... nein, es waren eins, zwei, drei
... und von der andern Seite zwei, fünf im
ganzen. Welches mochte das sechste sein?

Wieder trat er in ein Café, wieder prüfte
er den Stadtplan und wieder fand er nur fünf
Häuser. Finke mußte sich geirrt haben. Oder
hatte er doch falsch gesehen? Der morgige Tag
konnte keine Aufklärung bringen. Vor Montag
war an eine Einsicht ins Grundbuch nicht zu
denken.

Er durchquerte die Behrenstraße und sah
noch einmal zu der Kreditbank empor.

Das also, dieses große, dunkle Gebäude war
die erste Stufe, die langersehnte, die ihn emporführen sollte.

Und nicht sich selbst, der Dummheit eines eitlen Laffen hatte er sie zu danken!

Nun schritt er mit langen, schnellen Schritten der Bernburgerstraße zu. Er wohnte in Nummer sechs. Mit raschem Griff entkleidete er sich, legte den Anzug mit besonderer Sorgfalt zurecht und löschte das Licht.

Er schlief sofort ein.

———

II.

Es war ein fröhlicher, von innigem Her=
zensfrieden erfüllter Tag.

Der feierliche Akt war faſt harmlos verlaufen.
Frau Marlow hatte Hans mit ſchlichter Herz=
lichkeit empfangen, Trude war hübſcher und
friſcher als je und Hans ſelbſt hatte jedes feier=
liche Pathos beiſeite gelaſſen. So war die Wer=
bung vorübergegangen wie ein paar luſtige Takte
eines leicht hingeworfenen Intermezzos.

Und harmlos wie drei treue Kumpane
ſaßen ſie beiſammen und wie drei liebe Kinder
von ihrem Puppenzimmer ſo ſprachen ſie von
den niedlichen Sächelchen, die ſie ſich anſchaffen
wollten und malten ſich ihr künftiges Heim aus.
Und Hans Mühlbrecht wühlte mit faſt verſpielter
Miene und leichten Bewegungen in einem Haufen
von Blumen.

Er hatte einen großen, ungeordneten bunten
Buſch mitgebracht und um die Erlaubnis gebeten,
ſeinen beiden Damen je einen richtigen Blumen=

strauß daraus binden zu dürfen. Die Berufs=
gärtner verständen das nicht recht, meinte er.

„Was für einen möchtest du, Trudchen?"

„Was für einen darf ich denn mögen?"

„Heißa, die Welt steht deiner Wahl offen!
Ich bin ein kleiner Weltenkönig und schenke dir
die Königreiche, nach denen es dich gelüstet. Soll
ich des Sultans Land an deine Vase fesseln,
willst du an Persiens schwere, bunte Teppiche
denken, an Gemächer, in denen lautlose Schritte
schleichen, magst du ein französisch zierliches
Puppenboudoir in diesen Blumen mitten auf
deinen Tisch setzen, willst du Japans niedliche
Kleinarbeit in reizvoll=einfachen Linien sehen?
Nur zu! Ich bin ein Tausendsasa . . ."

Auf Frau Marlows weichen Zügen lag es
wie zärtlich streichelnde, lächelnde Liebe. Wenn
er kam und sprach, war er wie ein übermütiger
Frühlingsstrahl, und wenn er aufblickte, so konnte
er das sündhafteste Mädchen zu einer Madonna
machen, weil er sie als Madonna sah, und wenn
er dann manchmal verloren beiseite blickte, dann
wurde einem stumm und ängstlich zumute, als
ob heimlich die Sünde umginge . . .

Das fühlte sie: gleichgültig konnte man zu
ihm nicht sein. Wen er mit seinem keuschen, ver=

klärten Sein berührte, der mußte an ihn denken
und vergaß ihn nicht. Nie . . .

„Hans, schenk mir einen Sommernachts=
strauß!" bat Trude.

„Magst du die Nacht mehr als den Mor=
gen?"

Sie errötete leicht. „Oller Frager, du! Ich
meinte . . ."

„Laß es dabei. Du würdest mich sonst Lügen
strafen. Du könntest leicht mehr verlangen, als
ein Zauberkünstler geben kann. Aus einem Berg
von Treibhausblumen kann ich vielleicht eine
Sommernacht zaubern. Beim Himmelstau hätte
meine Kunst wohl versagt."

Und er ging daran, eine Sommernacht in
Blumen zu fassen.

„Frau Marlow, Ihr Töchterlein ist ein rechtes
Königskind. Wo sie eine bescheidene Gabe ver=
langt, da ist mein ganzer Schatz fast zu armselig.
Ich fürchte, ich stehe mit leeren Händen da, wenn
ich meine eine Festesgabe geflochten habe. Soll's
dennoch sein?"

„Ja, es soll sein!" scherzte sie. Ihre Augen
wurden ganz blank.

Er blickte auf eine kahle Stelle, die sich auf
dem Pfeiler zwischen beiden Fenstern zeigte
„Fünfzig mal fünfunddreißig," sagte er.

„Was mißt du denn, Hans?" fragte Trude.

„Die Stelle, an die dein Sommerteppich kommen soll. Dort, zwischen den Fenstern."

„Wird es ein Teppich?"

Er war schon bei der Arbeit. Mit einem Blick entschuldigte er sich, als er eine Drahtrolle aus der Tasche vorholte.

Sah sie seinen Blick nicht? Sie nahm die Rolle in die Hand, begann sie abzuwickeln und sagte dennoch:

„Draht? Schade."

„Ja, mein Prinzeßchen. Um das verflixte Material kommen wir nicht herum. In jeder Kunst heißt es, Material niederzwingen. Unsichtbar machen müssen wir es und doch untertan. Material ist unsichtbarer Träger einer Idee. Dem Plakat darfst du das Papier nicht ansehen, nur die Zeichnung, das Bild, die Idee."

Trude tat gelehrt: „Man müßte Papier zu Seide umdrucken können," sagte sie und lachte ein wenig gezwungen.

„Nein, das müßte man nicht. Wenigstens nicht mit mehr Sinn, als wenn man Seide so bemalte, daß sie wie Papier aussieht. Wozu? der Materialwert ist gleichgültig, die Wirkung ist alles." Er sagte es trocken, sachlich, fast doktrinär.

Es entstand eine Pause. Man hörte nur die

leise tastenden, rührigen Bewegungen seiner
flinken Finger.

Erst ein Streifen tiefdunklen Grüns, dann
beide Ecken, die sich auf festgefügten Draht an=
schlossen und neue tiefdunkle Gewinde zu beiden
Seiten. Ein heller saftiger Ton frischen Farrens,
der verwebte Rand eines einzelnen Blattes klatsch=
roten Mohns, der als verwischter Blutstropfen
auf mattem Grunde, wie verglühende Sinnes=
brunst klang. Und überall verwebte Rosenblätter,
von zartgehauchten Tönen zu grellrot flammen=
den Malen, und zwischen dem Samt altklug
blickender Stiefmütterchen duftschwangere Einzel=
blüten von Flieder und wieder Blut und ein
Streuregen von Vergißmeinnicht, eine ver=
lorene kleine Vogelbeere, eine früh unter hundert
schlafenden Sommerblüten verkümmerte Frucht
des Waldes und weiß aufleuchtenden Jasmin und
flammende Rosenblätter, ein violetter Ton, ein
gelbes Sternchen, ein Gänseblümchen und Bluts=
tropfen halb verborgen zwischen Reseda von
schwermütig bannendem Atem und Farren und
Efeugewinde als Schluß, als Rahmen.

Trude besah ihren Blumenteppich.

Sie tat ordentlich schelmisch und frech dabei.
„Sommernacht . . . Mein Gott, ja, wenn du es
gerne so magst . . .“

„Taufe ihn um! Wir wollen uns gerne eines Besseren belehren lassen. Nicht wahr, Frau Marlow?"

Trude sah nach ihrer Mutter. Frau Marlows Augen waren ganz blank, ihre rechte Hand lag weich und still auf der Tischdecke, ihr Körper war leicht vornüber gebeugt. Sie lächelte glücklich, fast verklärt.

Trude ärgerte es, daß ihre Mutter hübsch aussah.

„Nein doch, du hast recht," meinte sie, „nun wollen wir unser Fenster schmücken."

Unwillkürlich nahm sie seine Hand. Er erhob sich und so gingen sie Hand in Hand zum Fenster.

Frau Marlow blieb sitzen. Sie sah auf Trudes leeren Platz und es schien ihr, daß die Tasse zu nahe am Rande stand. Sie schob sie mitten auf den Tisch und sah nachdenklich zu ihr hin.

„Guck' mal, Mutti! Ist es so recht?"

„Ja, Kind, so wird es wohl recht sein."

Und rasch, als ob sie etwas zu vertuschen hätte, schob sie die Tasse auf den frühern Platz.

Nun kamen sie an den Tisch zurück. Hans wollte die Oesen festnageln. Zwei kleine Nägel steckten gerade an rechter Stelle an der Wand, zwei andere mußten eingeschlagen werden. Trude

sprang flink nach der Küche das Nötige zu holen.
Frau Marlow sah ihm bei der Arbeit zu.

Als Trude mit lustigen Sprüngen aus der
Küche zurückkam, wurde es ordentlich lebendig in
der Stube. Man begann zu hämmern, sprach
lauter und Trude machte sich einen Spaß daraus,
ihm gleichgültige Dinge in das Ohr zu schreien,
während er gegen die Steinmauer klopfte und eine
weiche Stelle für seine beiden Nägel suchte.

Nun war auch das getan und man saß wieder
bei Tisch.

„Trude schwärmt so von Ihren orientalischen
Erlebnissen. Erzählen Sie mir doch auch ein
wenig," bat Frau Marlow.

„Ich fürchte, ich habe schon all meine Weis=
heit ausgekramt."

„Trude hört es gewiß gerne noch einmal,
nicht wahr?"

Und Trude bestätigte kokett, daß sie i h n
gerne ein dutzendmal dasselbe erzählen höre. „Er=
zähl' doch von den beiden Persern, von denen, die
du als Türwärter vor deinen Schloßgarten nehmen
wolltest."

Doch er weigerte sich, er könne nicht zweimal
dasselbe erzählen, es werde dann nie was Rechtes.
Und im Grunde hatte er das alles eigentlich gar
nicht erlebt, hatte es in müßigen Stunden an Bord

erträumt, seinem Trudchen eins vorgelogen. Harmlos natürlich, nur ein klein wenig, um sie ein Viertelstündchen länger festzuhalten. Nun aber falle die Entschuldigung weg, denn die Damen konnten ihn doch nicht recht hinauswerfen. . .

„Mach dich nur nicht nieblich, du!" neckte Trude. „Erzähle irgend etwas. Etwas furchtbar Abenteuerliches, du siehst doch, daß Mama es wünscht."

Frau Marlow wurde ganz rot. Trude aber sah harmlos drein, ein klein wenig kokett, gar nicht nervös, gar nicht eifersüchtig.

Hans sah von einer zur andern, fühlte eine, beiden unbewußte Verstimmung zwischen ihnen, sah das erste leise Anzeichen einer Entfremdung.

Und es reizte ihn, die Kluft zu vermehren, es reizte ihn, Puppenspieler zu sein, mit leisen, tastenden Bewegungen die zwei Menschen, die vor ihm saßen, in Erregung zu bringen.

Seine alte Spiellust erwachte wieder, das prickelnde Gelüste, Spinnweben zu spinnen, zwischen sich und den Frauen, die ihm begegneten, Kostproben seiner eigenen Wesensart vor sie zu breiten, um zu sehen, um welche der Schüsseln sie schwirren, an welcher der Schüsseln sie naschen würden.

Was waren diese beiden Frauen, Trude, die

seine Frau werden sollte und Trudes Mutter, von
der er sich leise gestreichelt fühlte, wenn sie ihn
anblickte? Was waren sie? Einfache Wesen
waren es nicht, nicht jene Gänschen, deren Vergangenheit und Zukunft man auf den ersten Blick
auf nichtssagenden Gesichtern liest. Komplizierter
waren sie doch . . .

Er war Männern begegnet, die ganz sie selbst
waren, an denen es nichts zu deuteln gab, die
als feste, gegebene Größen genommen werden
mußten, eigensinnig oder energisch, zielbewußt,
zukunftssicher oder ganz Verkörperung einer
Tradition . . .

Solche Frauen kannte er nicht, solche Frauen
gab es nicht.

In ihnen lagen immer hundert schlummernde
Bewegungsrichtungen und hundert Dinge konnten
sie durch den Mann werden. Der Mann machte
sie zur Tatsache, ohne Mann blieben sie Möglichkeiten.

War Frau Marlow eine Madonna, oder
eine Messalina, eine Puppenmutter, die gleich
einem verschüchterten Kinde zurückgezogen in
ihrem Stübchen lebte, mit Trudchen und Hänschen, der um sie freite, oder war sie im verborgenen jene kupplerische Hexe, deren Sinn es

war, Paare zusammenzubringen, junge und alte,
vom eigenen Blut und von fremdem?

Und seines eigenen Wesens Stimme wurde
laut, die Stimme, die seine Instinkte wachrief und
zu einem Ziele zusammenschmolz: Menschen
lernen, Menschen verstehen, Menschen auswendig
kennen, so restlos, so ganz, daß man mit ihnen
spielen konnte, sie locken, sie höhnen, sie peitschen,
peinigen, unterjochen, zu unbewußten Sklaven
seiner Befehle machen.

In seinen Mienen spiegelte sich eine stumme
Geistesarbeit: Fragen und Antworten die er sich
selbst gab . . .

Trude saß da und dachte: „Nun besinnt er
sich. Bald wird er drauf los plaudern. In seiner
lieben, drolligen Art. Vielleicht fall' ich ihm doch
um den Hals und küsse mir ihn ab, wenn er in
seiner putzigen, galanten Art gar zu niedlich ist.
Jetzt bin ich verlobt und darf es.“

Sie nannte es galant, aber Frau Marlow
sah, daß ein grausamer Zug in seinem Sinnen
war und wurde beklommen . . . ganz still, un=
merklich duckte sie sich.

Und er sah es, sah sie, sah Trude, sah jedes
Farbentönchen in diesem Zimmer, jeden verirrten,
gebrochenen Lichtstrahl, spürte die lauwarme
Herbstsonne, die durch das Fenster fiel und fühlte

sich in ihrem Lichte mit den beiden Frauen davon=
getragen in irgend einen prunkvollen, lärmersüll=
ten Tanzsaal, in jene Umgebung, in denen die
Frauen erst sie selbst werden, wenn sie sich selbst
zu Markte tragen, sich von Augen betastet, auf
ihren Frauenpreis taxiert fühlen . . .

Und wie aus stumm angeknüpfter Erinnerung
begann er von einem Balle an Bord des „Meteor"
zu erzählen.

„Es gibt nichts, was so berauscht, wie Luft,
frische, salzige, flatternde Seeluft. Ich habe ein=
mal eine ganze Gesellschaft gesehen, die von Luft
trunken war, berauscht, bis zu fiebernder Sinn=
lichkeit. Vor einem Jahr war es zwischen Athen
und Smyrna. — Zwei Tage lang von Neapel
bis Athen glaubten wir zu ersticken. Die Bull=
augen in den Kabinen waren offen, die Ventila=
toren arbeiteten Tag und Nacht. Und trotzdem.
Es waren vierzig Grad im Schatten. Niemand
aß etwas. Man trank nur noch. Lemon squash
— Selters, Appollinaris. Alkohol hätte nur noch
mehr ermüdet. Hier und da wagten sich einige
Passagiere im Wagen auf die Akropolis. Schlaff,
staubig, todmüde schleppten sie sich zum Schiff
zurück, das Fallreep herauf und tranken Wasser,
in langen, langen Zügen . . . Am Abend fuhren
wir von Pyräus ab.

Und da geschah es, daß eine Brise zu wehen begann. Die Windfänger saugten sie auf, die Ventilatoren zerrissen sie und die Menschen liefen auf Deck. Kein Passagier fehlte oben. Der Wind wurde immer frischer, übermütiger, toller. Er lehnte sich gegen Frauenröcke, trug Mützen davon, zerrte an den Frauenhüten, zauste das Haar.

Ein festgebundener Schleier hätte geholfen. Aber nein, da war keine Frau, die ihn angelegt hätte. Man nahm die Hüte ab und irgend ein deutscher Handlungsreisender zog einer übermütigen Dame die Nadeln aus dem Haar, daß die langen Zöpfe herabfielen."

„Sie mußte sehr hübsches Haar gehabt haben, wenn sie das erlaubte." Trude war es, die die Bemerkung gemacht hatte.

„Ja," sagte er, „das hatte sie auch. Langes, rabenschwarzes Haar. Und sie lachte und begann die Zöpfe zu lösen. Und warf die flatternden Büsche gegen den Wind, daß sie zurückflogen und ihr Gesicht bedeckten. Und eine blonde, feingesittete Schwedin schien sich ganz verwandelt zu haben. Sonst saß sie steif bei der Table d'hôte und hielt ihr Näschen hoch. Nun aber begann auch sie ihr hellblondes Haar zu lösen. Und eine dritte und eine vierte, alle, alle lösten sie ihr

Haar. Drinnen im Gesellschaftssaal setzte jemand
am Klavier mit einem Walzer ein. Und man be=
gann zu tanzen. Wild trunken, gierig, wie ich
noch nie habe tanzen sehen. Das ganze Deck
entlang . . ."

„Hast du auch getanzt?" fragte Trude.

„Nein, so hör' doch! Da war auch eine
Deutsche. Eine bildhübsche Frau. Sie mochte
vierzig sein und reiste mit ihrer zwanzigjährigen
Tochter. Auch der Schwiegersohn war dabei, ein
blonder, langer Kerl. Die Jungen mochten erst
zwei Jahre verheiratet sein. Die junge Frau
tanzte mit dem Gatten der Schwedin und der
blonde, lange Kerl nimmt seine Schwiegermutter,
nimmt die vierzigjährige Frau, die halb ver=
verschämt auch ihr Haar gelöst hatte und tanzt mit
ihr. Ganz bis ans Ende des Schiffes, bis zum
Stern. Sie halten sich fest umschlungen und ihr
Haar hüllt seinen Kopf ein. Er sieht nichts, er
hört nichts, er tanzt. Er merkt nicht, daß da
unten keine Musik zu hören ist, er tanzt. Ich
denke nur, „wird er wohl", und ich schleiche ihnen
nach . . ."

„Was wird er wohl . . .?"

„Nichts, Trude, nichts. Ich dachte nur so
und ich schlich ihnen nach. Mir schlug das Herz.
Mir war bange um die zwei, weil sie berauscht

waren, berauscht von Luft. Und jetzt wiegen sie
sich nur noch, weiß Gott, nach welchem Takte.
Nach dem Takte ihres Bluts wohl. Ich stand
dicht neben ihnen. Einen Schritt. Sie merken's
nicht. Und ich hörte ihn flüstern: „Ich will dich
küssen!" und ich hörte ihre Stimme, die von Scham
und Flehen klang, von Flehen, daß er ihr nicht
glaube: „Ich könnte deine Mutter sein." — „Ja,
Mutti, ja Süße, da . . . da." Er küßte sie wild,
rasend und sie klammerte sich an ihn und hielt ihn
und küßte wieder und küßte wieder . . ."

„Und dann . . ."

„Dann schämte ich mich und schlich mich davon und lief zum Klavier und schob den Mann,
der da spielte, beiseite und tobte in den Tasten und
spielte ihnen ein Furioso zum Tanz . . ."

Eine Pause entstand.

Die beiden Frauen saßen da und starrten
vor sich hin und fühlten beide, daß sie etwas
sagen müßten, etwas ganz Gleichgültiges, etwas,
das dem Manne, der ihnen dort gegenübersaß,
beweisen sollte, daß sie nicht mit dabei waren,
als da irgendwann zwischen Athen und Smyrna
Orgien gefeiert wurden. Aber sie brachten kein
Wort über die Lippen und es fiel ihnen auch keines
ein. Dumpf fühlten sie es, daß hier in diesem

Zimmer ein Mann war, der sie entkleidet hatte, der sie nackend auf die Straße gestellt hatte.

Trude fühlte, daß er ganz ihr Herr geworden war, daß er nun über sie befehlen konnte. Warum, wußte sie nicht. Aber sie hätte sich um ihn schlagen mögen, mit jeder . . . Und sie fühlte, daß eine im Raum war, die ihn kriechend für sich wünschte . . . Und Haß erfüllte sie. Haß gegen den, der sie gedemütigt hatte und gegen sie, die sich von ihm besessen fühlte.

„Siehst du es denn nicht, Hans, Mutter will wissen, ob du die Geschichte wirklich erlebt hast. Siehst du denn nicht, daß sie dir nicht traut?"

Frau Marlow sah sie erschreckt an. Aber sie sagte nichts. Unruhig blickte sie dann von ihr zu ihm, unruhig, bittend, daß er Trudes Gerede ja nicht ernst nehmen, ja nicht darauf antworten solle.

„Tja, mein Trudchen," sagte er, „tja, wer kann von einem Erlebniß sagen, daß er es wirklich erlebt hat. Erlebnisse sind immer wahr und immer erlogen. Als ich dir heute deinen Blumenteppich flocht, war ich da Gesellschaftslaffe oder Künstler? Vielleicht flechte ich heute nacht die Blumen anders, wenn ich im Dunklen liege. Vielleicht denke ich an duftschwangere Sommernächte, die ich wirklich und wahrhaftig für ein blondes Mädel an einem Berliner Herbstmorgen hervor-

zauberte. Vielleicht lache ich über mein Komö-
diantentum. Was weiß ich? . . . Doch wohl nur
eins."

„Eins? Was denn?" fragte Trude.

Und nun geschah etwas Sonderbares. Frau
Marlow erhob sich und ganz ernst, wie wenn
ein Schulmädel der vierten Klasse ein anderes
aus der niedrigern Klasse belehrt, wie wenn es
einen wohlgelernten Lehrsatz hersagt, so sagte sie:
„Daß Hans kein zweitesmal Blumen für dich
flicht."

Und dann setzte sie sich wieder.

Trude starrte sie an.

„Weil er nie etwas zweimal tut," sagte Frau
Marlow noch ergänzend und schwieg. Schwieg
allen Ernstes, wie nach kurzer, sachlicher Be-
lehrung.

Trude suchte nach Worten. Aber er sah sie
fest an, mit leiser, kaum merklicher Geste. Und sie
sah die Geste und schwieg.

So schwiegen sie alle. Die beiden Frauen,
wie Kinder nach überraschender, peinlicher Schul-
szene, in der der Lieblingslehrer hartes Gericht
gehalten hat und in der nun alle Schulkinder auf
sein nächstes Wort warten.

Und Hans sprach das nächste Wort. Harmlos lächelnd.

Er schlug einfach vor, ihre künftige Möbel=
einrichtung zu skizzieren. Ganz so, als ob sie
eben noch über denselben Gegenstand gesprochen
hätten und jetzt den Schlußstrich einer Beratung
ziehen wollten. Er bat Trude um Bleistift und
Papier und ging heiter an die Arbeit.

„Also das Speisezimmer! Was meinst du
wohl, welche Farbe wir wählen?"

Trude meinte, blau wäre jetzt modern.

„Modern. So? Nein, Mode machen wir."

Und er begann seine Erklärung. Er wollte
die Beizprobe selbst mischen, wollte graue Fenster=
umrahmung, freie Fenster, eine helle, zartge=
musterte Matte als Teppich, einfache elektrische
Seitenbeleuchtung aus gradlinigen Kandelabern,
dunkelrote, samtartige, ungemusterte Tapete, ein
weitbauchiges englisches Bufett, die Möbel in
heller durchscheinender Politur aus Birkenholz.
Alles schlicht und hell und blinkend sauber. Ein
Speisezimmer, architektonisch in einfachen, festen
Linien und in den Farben so blank und zart
wie feinstes Porzellangeschirr. Und diese ganze
Herrlichkeit wollte er für 1000 Mark schaffen.

Und sie fragten dies und jenes und er gab
freundlich Bescheid, skizzierte die Möbel, skizzierte
die Leuchter, ließ auch Trude das Zeichnen ver=

suchen, scherzte und lachte und war mit seinen ge=
schickten Händen überall zur rechten Zeit.

Ein lieber Kamerad, ein still=vornehmer Ver=
ehrer und ein glücklicher Hausvater, der sich
plaudernd Sonntag nachmittags seiner Familie
freut, das war er allzumal.

Und wie er sich gab, so nahmen sie ihn.
Als lieben, trauten Genossen . . .

Und dann aßen sie zu Mittag und dann
gingen sie in den Tiergarten. Immer fröhlich zu
dritt und plauderten.

Die guten Spießbürger zogen an ihnen vor=
über und er machte sich in harmloser Weise über
die guten Leute lustig, riet ihren Beruf, ihre Art,
ihre glücklichen und unglücklichen Ehen.

Und seine beiden Damen lachten bis in den
späten Abend hinein. Als er sie in der Klopstock=
straße verließ, war es elf Uhr.

Er ging zu Fuß nach Hause.

Mit raschem Griff entkleidete er sich.

Er schlief sofort ein.

———

III.

Der Geheime Kommerzienrat Artur Bock
hatte keine Kulturbedürfnisse. Ihm sagte die
Vergangenheit seines Volkes nichts, nichts der
Kunststil fremder Zeiten, nichts die Geisteskämpfe
der Gegenwart. Sein Lebenslied war auf eine
wirtschaftliche Note gestimmt. Er rechnete nur
mit materiellen Werten.

Jetzt saß er in seinem Privatkontor in einem
bequemen Schreibstuhl und blickte auf einen
Haufen Papiere, der vor ihm lag. Sein Sozius,
der Geh. Kommerzienrat Wurm, lebte indes in
Aegypten und pflegte seine Lungen. Erst vor einer
halben Stunde hatte Bock einen der drei Prokuristen gefragt, ob denn der Geheimrat vorn in
der Devisenabteilung fehle.

„Nein, Herr Geheimrat, es geht alles in
Ordnung," hatte der Prokurist geantwortet.

„Werden die Bureaus auch ordentlich in
Eleganz gehalten?" hatte Bock dann weiter gefragt
und sich mit der üblichen Antwort zufrieden gegeben: „Alles in Eleganz, Herr Geheimrat."

Bock hielt nicht viel von der Eleganz der Räume und das war der Fragestellung sichtbarer Kern. Es gab viele Dinge, von denen Bock etwas hielt, aber die Eleganz zählte nicht zu ihnen.

„Mir ist ein tüchtiger Angestellter lieber, als drei elegante Empfangsräume," pflegte er zu Wurm zu sagen und zuckte dann immer wieder die Achseln, als ihm sein Sozius erklärte, daß heute auch zum Bankgeschäft Kultur gehöre.

Doch der Fall Wurm war nur eine der kleinen äußeren Angewohnheiten des Geheimrats. Er wollte erledigt sein, wie andere alltägliche Funktionen mehr, die des Geheimrats Sinnen im Grunde gar nicht beschäftigten.

Und heute ging ihm wahrhaftig anderes durch den Sinn. Da stand man wieder einmal vor der Frage, mit, oder gegen die Kreditbank. Und eigentlich gab es gar kein Mit. Die Kreditbank wollte nicht nachgeben und drohte, mit dem Effek= tenmaterial ihrer Depositenkassen die Generalver= sammlung zu bestimmen. Man war als Emissions= bank einfach machtlos. In den zweiunddreißig Berliner Depositenkassen der Deutschen Kredit= bank mit ihren dreizehn Provinzfilialen lag ein glattes Viertel des Aktienkapitals, eine Anzahl, die wahrscheinlich bei der Generalversammlung die absolute Majorität darstellen würde. Was konnte dagegen der Wille der schlesischen Interessenten vermögen? Purer Blödsinn war es, daß die Oberschlesischen Hüttenwerke bei Berlin, sage und schreibe bei Berlin ein Walzwerk errichten wollten. Aber die Kreditbank wünschte es, wollte Terrains verkaufen und die Aktionäre kümmerten sich weder um die Interessen der Gesellschaft, noch um den Terrorismus der Kreditbank. Das Effekten= material konnte verwendet werden, wie es der Kreditbank beliebte.

Und von Breslau und Görlitz wurde er be= stürmt, ja diesmal das Aeußerste zu tun, um einen Fall gleich dem der Liegnitzer Waggonfabrik zu vermeiden. Damals hatte sein eigenes Haus ein= fach blamiert dagestanden.

Der Geheimrat drückte auf einen Knopf. Der Sekretär erschien.

„Verbinden Sie mich mit Kommerzienrat Löwberg, mit ihm allein, nicht mit der Firma."

Der Sekretär verschwand. Der Geheimrat begann in seinem eleganten Privatkontor auf und ab zu gehen. Vor dem Schreibtisch blieb er jedes= mal stehen und blickte auf eine Liste, auf der eine Zahlenreihe stand. Es klingelte. Er ging ans Telephon.

„Hier Bock selbst. Wer dort?"

„Ja, guten Tag, Herr Kommerzienrat, ent=

ſchuldigen Sie die Störung, wollte nur mal fragen, wieviel Oberhütten Sie im Portefeuille haben. . . . Ja, eigene und Kundenſtücke."

Der andere gab Auftrag, die Ziffer zu er= mitteln und wollte ſelbſt in einer kurzen Weile mit der Ziffer herüberkommen.

Er kam. Es bedurfte keiner Vorrede. Es gab keinen Bankintereſſenten, der das verrückte Projekt der Kreditbank nicht gekannt hätte. Hatte doch heute morgen eine ſonderbar, ja faſt ver= dächtig gut unterrichtete Zeitung die Nachricht ge= bracht und kommentiert.

Zwiſchen beiden Geſchäftsleuten galt es nur eine Frage: Wie konnte man die Majorität in der Generalverſammlung erzielen und wieviel war dem Emiſſionsinſtitut die Majorität wert?

Und wie ſelbſtverſtändlich beſprachen ſie nur jene Möglichkeiten, von denen ſie beide gleich gut wußten, daß ſie undiskutabel waren. Ein jeder ver= mutete beim andern die richtige Idee, den richtigen Vorſchlag und wartete geduldig auf des andern Ungeduld.

Ein Lehrling konnte ernſtlich vorſchlagen, alle verfügbaren Aktien am Markt aufzukaufen. Ein gewiegter Fachmann konnte keinen Augenblick an dieſe Löſung denken. Die Aktien ſtanden 160. Wollte man ſoviel Material aufkaufen, als zur

Sicherung der Majorität nötig war, so mußte man den Kurs um 50 Prozent steigern, die Aktien sozusagen aus den Händen locken. In ein solches Va-banque-Spiel konnte sich die ehrenwerte Firma Bock und Wurm nicht einlassen. Ein Fünftel des Aktienkapitals war wohl das, was sie noch kaufen mußte und das war bereits ein Nominale von vier Millionen für dessen Erwerb man zwei Millionen Ueberpreis zahlen mußte. Und dann? Wenn die Generalversammlung vorüber sein würde und der Kurs wieder fallen müßte, würden alle Börsenjobber und alle Zwischenhändler und alle Mitläufer und alle Banken ihr Material herausrücken. Ein nettes Spiel das! Zwanzig Millionen Aktienkapital bei unnatürlich hohem Kurs zu stützen und liegen zu lassen, oder vielleicht mit 60 Prozent bei der Reichsbank, oder gar bei der Kreditbank selbst lombardieren zu müssen!

Kein Fachmann konnte diesen gewagtesten und teuersten aller Wege vorschlagen! Wenn es Löwberg dennoch tat und die Bildung eines Konsortiums zur Aufnahme der Aktien vorschlug, so konnte er nur scherzen, nur spielen, nur provozieren wollen, so konnte er nur Bocks brüske Ablehnung herausfordern wollen, um an ihrem Ton den Wert zu erkennen, den Bock der Transaktion gegen die Kreditbank beimaß.

Aber der Geheimrat wurde nicht ungeduldig.
— Er ließ das zwecklose Gespräch über sich er=
gehen. Er ließ den andern sprechen und schwieg,
schwieg so lange, bis Löwberg zu Ende war.

„Lieber Kommerzienrat, wenn Sie garantieren
wollen, daß das Konsortium die Aktien, die wir
brauchen, zu 175 bekommt, so sind wir einig."

„Zu 175," wiederholte Löwberg ernst, als ob
er nachdächte oder gar rechnete. Aber da gab es
nichts zu rechnen, da schalteten alle wesentlichen
Unterlagen aus. Der Kurs, von dem gesprochen
wurde, mußte am zweiten Tag erreicht werden
und das so gewonnene Aktienmaterial konnte kaum
mitzählen. Kein Spekulant, keine Großbank würde
jetzt, da der Kampf um die Majorität offenbar war,
die gesuchten Aktien zu 175 abgeben.

Das mußte Löwberg so gut wissen, wie irgend
einer.

„Garantieren kann keiner, Herr Geheimrat.
Der Markt hat Launen."

„Es wäre verrückt, wenn er keine Launen
hätte."

„Und was ist da zu machen?"

„Mit der Kreditbank verhandeln. Nicht?
Ich danke."

„Ich weiß nichts anderes."

„Und was wollen Sie Beckenhardt bieten?
4*

Wollen Sie ihm seine Terrains selbst für den dreifachen Preis abnehmen? Ich nicht."

Eine Pause herrschte.

Man war sich darüber klar geworden, daß das
Schleichen um den Brei nicht weiter führe.
Löwberg sprach zuerst. Er fragte grade heraus
nach dem Kernpunkt der Sache:

„Wieviel ist Ihnen die Majorität wert,
Herr Geheimrat?"

Bock schwieg. Schwieg lange. Und diesmal rechnete er selbst, rechnete wirklich,
rechnete noch einmal, was er schon so
häufig vorher gerechnet hatte, den Anteil
der Breslauer, der Görlitzer, der Liegnitzer,
den eigenen Anteil. Was ihm von anderer Seite
freigestellt worden war, das war so groß, daß
er einen baren Profit daraus zu schlagen gehofft
hatte und nun hatten sich die Dinge durch die
vorzeitige Veröffentlichung so gefügt, daß die drei-
viertel Million nicht reichte, daß er aus eigenem
hinzufügen mußte, um den Ruf seines Hauses
gegen die Machthaberschaft der Kreditbank zu
wahren. Vor zehn Jahren war er der Erste gewesen, hatte das größte, führende Bankinstitut sein
eigen genannt und doch hatte er den Aktienbanken Schritt für Schritt weichen müssen. Er

war, weiß Gott, nicht daran schuld. Wurm trug
die Schuld, dieser taube, blinde, verbohrte Mensch,
der immer nur an seine Kultureleganz dachte und
die richtige Konjunktur verpaßt hatte. Was war
dieser Löwberg, der jetzt als sein Bundesgenosse
vor ihm saß, den er selbst hatte rufen lassen, was
war er vor zehn Jahren gewesen? Nichts. Und
heute waren alle Privatbankiers seine Helfer.
Heute mußte man mit jedem rechnen, ihnen seine
geheimen Gedanken erzählen, um ihre Hilfe zu
erbitten.

Nein, wenn er bei sich beschlossen hatte, daß
er in Oberhütten aus eigenem eine viertel Million
zuschießen wollte, daß er sich die Majorität eine
ganze Million kosten lassen wollte, so war das
seine Sache, so brauchte er das einem Georg
Löwberg noch lange nicht zu sagen.

„Ich bin mir selbst noch nicht darüber klar,
wie weit ich gehen möchte. Ich danke Ihnen
jedenfalls für den freundlichen Besuch, Herr
Kommerzienrat. Ich besuche sie selbst dieser
Tage."

Der andere war entlassen. Artur Bock war
wieder allein. Ganz allein. Hier bei sich selbst,
ohne fremden Rat wollte er entscheiden, was zu
tun war.

Ja, ja, wie hatten sich die Verhältnisse ver=

schoben! Hätte er vor Jahren fünf Prozent Ge=
winn geboten, das Material wäre ihm in Strömen
zugeflossen, er hätte nur zu übernehmen brauchen,
hätte jedem, der sich gegen ihn wagte, gezeigt,
wer Artur Bock war. — Und auch heute: würde
denn das Publikum nicht frohlockend einen Ge=
winn realisieren, der ihm den ausgleichenden Ver=
kauf von Verlustpapieren ermöglichen würde?
Aber nein, da stand die Kreditbank, dieses ge=
wissenlos ausbeutende Institut, das selbst gar nicht
zu spekulieren brauchte, um Gewinne einzu=
heimsen, das andere für sich arbeiten ließ, das
sich auf seine eingebildete Solidität stützte, um
desto unsolider sein zu können.

Ein verdammt guter Kopf dieser Beckenhardt!
Weiß Gott, ein verdammt guter Kopf! Harmlos
hatte er angefangen, hatte eine Depositenkasse
nach der andern errichtet, bis er ganz Berlin um=
schloß, bis er in die Provinz vordrang, bis er in
seinen Tresors für Milliarden Aktien häufte, bis
er sich an der Börse, in den Verwaltungen, im
Aufsichtsrat und in Generalversammlungen, bis er
sich überall, wohin er trat, Einfluß und Ueber=
gewicht sicherte. Wie ein Druck lastete er über
dem Markte und hatte stillschweigend die Finanz=
kontrolle über Deutschlands Kapitalisten und
Sparer übernommen.

Womit hatte Beckenhardt dies alles erreicht? Bock sann und sann.

Und ein Wort seines Sozius ging ihm durch den Kopf, ein Wort dieses von Kultureleganz schwatzenden Geh. Kommerzienrats, der vielleicht gar nicht so dumm, gar nicht so oberflächlich war, wie Bock ihn zur Erhebung seiner eigenen Tüchtigkeit machen wollte.

„Dir ist ein tüchtiger Angestellter lieber, als drei elegante Empfangsräume", pflegte Wurm zu sagen. „Mir ist aber ein dummer Angestellter lieber, als drei kluge."

Bock hatte über diesen Unsinn immer die Achseln gezuckt, jetzt erschien ihm Wurms Unsinn als Weisheit. Wie zitierte doch Wurm immer? „Beamte mit kahlen Köpfen und die nachts gut schlafen," so sagte er ja wohl von dem Beamtenkorps der Kreditbank.

So Unrecht hatte Wurm nicht.

Er, der Geh. Kommerzienrat Artur Bock, hatte seine 90 Angestellte nicht so am Schnürchen, wie Beckenhardt seine 700. Was wußte er davon, wieviel von den Mitläufern an der Börse aus seinem eigenen Geschäfte kamen? Gar nichts wußte er. Der Prokurist von der Devisenabteilung stand jede Weile bei den Effektenbüchern, hielt sich, wo es nur ging, an die Gesellschaft des

Börsenvertreters. Konnte er auch nur bei einem
seiner Angestellten einen Eid darauf leisten, daß
er nicht mitnasche?

Und Beckenhardt! Er berief einfach die
Leiter seiner Depositenkassen und gab kurze, sach=
liche Befehle. Da saßen die Herren herum und
notierten. Notierten gedankenlos wie eine
Schreibmaschine und führten gedankenlos aus.

„Meine Herren, wollen Sie, bitte, notieren.
Es ist den Effektenbesitzern zu empfehlen, Ober=
hütten liegen zu lassen. Wir vermuten, ohne
Verbindlichkeit natürlich, daß der heutige Kurs
überschritten werden wird . . . Ich danke Ihnen,
meine Herren.“

Da gingen sie mit ihrer Weisheit heim. Zer=
brach sich da auch nur einer den Kopf, warum
Oberhütten steigen sollten, warum man sie be=
halten sollte? Fragte sich da etwa einer, ob die
Kunden die Papiere nur deshalb behalten sollten,
damit Direktor Beckenhardt bis zur Generalver=
sammlung ein größeres Effektenmaterial zur Ver=
tretung behalte, fragte sich einer, ob der Herr
Direktor nicht etwa auf fremde Kosten seinen Kun=
den Gewinne zuschanze, um sie durch den Lecker=
bissen für weniger gute Tips zu locken und durch
sie faule Papiere zu stützen?

Nein, keiner fragte, keiner dachte. Sie

taten einfach ihre Pflicht. Sie tuschelten den Kunden geheimnisvoll ins Ohr, was ihnen der Chef ins Büchlein diktiert hatte.

Wieder klingelte der Geheimrat und wieder trat der Sekretär ein.

„Ich bitte Herrn Winterstein."

Winterstein erschien. Ein kleiner unansehnlicher Mensch. Elegante Kleidung, goldener Zwicker, Lackschuhe. Der Scheitel war trotz seiner fünfzig Jahre noch blond, wenn auch sehr dünn und sorgfältig geschniegelt.

„Herr Geheimrat befehlen?"

„Sie haben die heutige Notiz über Oberhütten gelesen?"

„Jawohl, Herr Geheimrat."

„Wir haben 680 Stück im Portefeuille. Wenn wir annehmen, daß zwei Drittel des Aktienkapitals in der Generalversammlung vertreten sein werden, so brauchen wir ... Nein, rechnen Sie nur die Hälfte und rechnen Sie, daß eine Million Aktienkapital ohnedies gegen die Kreditbank und ihren Anhang stimmen wird, so brauchen wir noch immer drei und eine halbe Million Aktien, um die Majorität sicher zu haben ... Ist soviel Material auf dem Markt zu haben?"

„Nach der Zeitungsnotiz wohl nur zu un=
möglichen Preisen."

„Und wenn sie zum gestrigen Kurs zu haben
wären, so würde ich sie nicht aufnehmen. Hören
Sie, ich will nicht. Ich beauftrage Sie, weder
ein Stück zu geben, noch zu nehmen. Wir haben
kein Interesse für Oberhütte. Hören Sie, bitte,
wohl, gar kein Interesse haben wir."

Winterstein war doch ein wenig erstaunt.
Gewiß, man konnte keine Millionen in Ober=
hütte aufnehmen. Aber gar nichts tun, den
anderen das Material, das sie brauchten,
einfach in die Hände treiben, das war mehr, als
er verstehen konnte.

„Ich werde vor Börsenschluß über den Kurs=
stand telephonieren, Herr Geheimrat."

„Bitte."

Er war entlassen.

Der Geheimrat fühlte, daß er eine völlig
überflüssige, eine unsinnige Direktive gegeben
hatte, aber er wollte es nicht wahr haben.

Ordentlich vergnügt rieb er sich die Hände.
„So, Herr Beckenhardt, wir lassen uns nicht
kommandieren. Ganz und gar nicht, Herr Becken=
hardt. Treiben Sie den Kurs selbst in die Höhe,
wenn es Ihnen beliebt . . ."

Aber allmählich verlor sich seine Freude.

Was hatte er erreicht? Die Kreditbank würde den verrückten Entschluß durchdrücken, würde ihre Pankower Terrains an die Oberschlesischen Hütten-werke verkaufen, würde die Emission junger Aktien zur Deckung vorschlagen, würde im Konsortium die Hauptrolle spielen und ihm, dem ursprünglichen Emissionsinstitut, den geringsten Teil der jungen Aktien zum Konsortialkurs überlassen. Unab-wendbar und planmäßig würde er auch in Schle-sien, dem Hüttenlande, in dem er einst als ein-ziger Finanzkönig herrschte, zurückgedrängt wer-den. Er war der Schwächere und wurde es immer mehr . . .

Es pochte an die Tür. „Herein!"

Der Sekretär trat ein und brachte einen an den Geheimrat persönlich adressierten Eilbrief.

Der Geheimrat las:

„Sehr geehrter Herr Geheimer Kommerzienrat!

Sie werden gegenwärtig zu einem Kampfe gezwungen, der in Ihrem Interesse und dem der Aktionäre der Oberschlesischen Hütten-werke besser zu vermeiden wäre. Die Deutsche Kreditbank ist es, die Ihnen den Kampf auf-zwingt. Sie könnten durch mich in die Lage versetzt werden, der Deutschen Kreditbank einen großen Gefallen zu erweisen, dessen Gegen-

leiſtung wahrſcheinlich ein gemeinſames Vor=
gehen der Deutſchen Kreditbank in Angelegen=
heit der Oberſchleſiſchen Hüttenwerke zur Folge
hätte. Ich werde mir erlauben, heute mittag
12½ Uhr mit den nötigen Akten bei Ihnen
vorzuſprechen.

    Hochachtungsvoll und ergebenſt

          H a n s   M ü h l b r e ch t.

Bernburgerſtr. 6.

        *   *

           *

Sie ſaßen einander gegenüber.

Der Geheimrat hatte Hans mit einer leichten
Bewegung eingeladen, Platz zu nehmen und
dann ſchweigend gewartet.

So war eine Pauſe entſtanden. Hans war
im Gefühl der Ueberlegenheit gekommen, wußte
ſich im Beſitz einer wertvollen Kenntnis, wußte,
daß er zur rechten Zeit gekommen war. Nun
aber ſaß er einem Machthaber gegenüber, der
ganz leiſe lächelte, mit einem Lächeln, aus dem
die Tradition eines Millionenbeſitzes ſprach.
Und er fühlte, daß der andere die ſtärkere Macht
war.

Das Lächeln verbreiterte ſich noch um ein
weniges und Hans wußte, daß er in dieſem
Augenblicke ſprechen mußte.

„Es ist mir peinlich, erst eine formale Frage
zu streifen, Herr Geheimrat, und ich bitte Sie,
meine Frage nur schweigend zu beantworten. Ihr
Schweigen wird mir als Zustimmung gelten.
Wenn Sie meinen Vorschlag ablehnen, haben
Sie ihn auch vergessen . . .“

Der Geheimrat bewegte sich nicht; er schwieg.
Das leiseste Zeichen, ein Nicken, ein Blick, wäre
mehr gewesen. Doch er schwieg und Hans mußte
weitersprechen. Ohne zu zögern, ohne auch nur
eine Einzelheit in der Hand zu behalten, gab er
seine Mitteilungen. Kurz, bündig. Und dann
schlug er vor, die Grundstücke in der Mauerstraße
sofort zu erwerben, abzuwarten, bis die Kreditbank ein paar Tage nach erfolgtem Abschluß als
Käufer auftreten würde und ihr die Grundstücke
zum Selbstkostenpreise, ohne Gewinn, abzutreten,
wenn sie dagegen das Projekt Pankow für Oberhütte fallen lasse.

„Welche Gewähr können Sie mir bieten,
daß die Kreditbank die sechs Grundstücke tatsächlich kaufen will, daß sie sie so dringend braucht,
wie Sie behaupten?“

„Den Hauptbeweis bleibe ich schuldig, Herr
Geheimrat. Einfach schuldig. Aber folgen Sie
mir, bitte, bei einer Wahrscheinlichkeitsrechnung,
und Sie werden finden, daß die Wahrscheinlich-

keit der Gewißheit fast gleich kommt. Vor acht
Jahren wurde das jetzige Gebäude in der Behren=
straße eröffnet. Damals hatte die Kreditbank
550 Beamte in Berlin."

„Damals schon 550?"

„Ja. Heute hat sie, auch nur in Berlin, ohne
Provinz, 1080."

„Täuschen Sie sich nicht?"

„Ich werde die Beweisstücke für jede einzelne
meiner Behauptungen vorlegen. Folgen Sie mir,
bitte, vorerst mit der Voraussetzung, daß meine
Ziffern richtig sind."

Und wieder nur dies eine Wort: „Bitte."

„Ein Teil dieser Beamtenschaft verteilt sich
auf die Depositenkassen. Seit acht Jahren sind
siebzehn Depositenkassen eröffnet worden. Ich
rechne die Beamtenschaft der einzelnen auf zwölf
Personen . . ."

„Pardon. Wie kommen Sie zu dieser
Ziffer?"

„Es gibt eine Kasse mit achtzehn Beamten,
Potsdamerplatz, zwei mit siebzehn, zwei mit
sechzehn und die anderen mit ungefähr zehn. Die
Durchschnittsziffer ist zwölf. Im ganzen sind 204
Beamte auf die neuen Kassen verteilt. 530 sind
seit acht Jahren zugekommen, es bleibt also ein
Zuwachs von 326 Beamten für das Gebäude

Behrenstraße. Ich gebe zu, daß einige der älteren
Beamten zur Vermehrung des Beamtenstandes
der ursprünglichen Kassen verwendet sein können,
doch bleibt immerhin ein Zuwachs von 300 Beamten für die Behrenstraße. Urteilen Sie, bitte,
selbst, Herr Geheimrat, ob ein Beamtenkorps, das
heute mindestens 450 Personen zählt, wahrscheinlich aber 500 beträgt, in diesem e i n e n Gebäude
unterzubringen ist."

„Schwerlich. Doch was beweist das?"

„An sich nichts. Man könnte ein zweites
Gebäude auch anderswo bauen, sich vielleicht gar
ohne Neubau behelfen. Aber es sprechen noch
andere Gründe mit. Ein monumentaler Neubau
ist ein repräsentativer Helfer bei einer Emission
junger Aktien. Die Kreditbank will ihr Aktienkapital vermehren."

„Haben Sie Beweise dafür?"

„Es bedarf keiner. Sämtliche Aktienbanken
haben ihr Kapital vermehrt, mit einer einzigen
Ausnahme. Sie kennen die Ziffern so gut wie
ich, Herr Geheimrat. Würden Sie diese Frage
verneinen, wenn sie I h n e n einer vorlegen
würde?"

„Doch warum sollte die Emission gerade jetzt
stattfinden? Ist ein Zwang da? Braucht die
Kreditbank dringend neue Mittel?"

„Dringend? Nein. Aber sie kann neues Geld so billig nicht wieder bekommen. Noch steht der Zinsfuß der Reichsbank auf vier Prozent. Der Markt scheint angespannt, aber er wird es noch mehr werden. Beide Schiffahrtsgesellschaften sind mit einem Geldbedarf von je fünfundzwanzig Millionen hervorgetreten. Der Uebernahmskurs des Konsortiums war für die Gesellschaften nicht gerade günstig. Die Kreditbank stand an der Spitze des Konsortiums. Beckenhardt wußte, warum er die jungen Aktien billig verlangen durfte, er wußte, warum die Emission jetzt, sofort, auf den Tag, veranstaltet werden sollte, er weiß auch, warum er jetzt zu günstigeren Bedingungen sein Kapital vermehren kann als später. Das Geld wird teuer werden, sehr teuer ...“

Mühlbrecht ließ eine Pause entstehen.

Eine ganze Weile fragte der Geheimrat nichts. Er saß da und spielte mit seinem Bleistift. Fast gedankenlos, als ob er kaum zugehört hätte. Er sah auch nicht auf, wollte den Menschen, der mit Selbstverständlichkeit über die künftige Konstellation des Marktes sprach, nicht unterbrechen. Mochte dieser Mensch richtig sehen oder nicht, jedenfalls dachte und sprach er mit erstaunlicher Klarheit. Er ließ sich nicht auf Dinge ablenken, die eine Diskussion nicht lohnten, er sparte die

handgreiflichen Beweise für die geplante Kapi-
talserhöhung einfach deshalb, weil die Sache
auch ohne Beweise klar war. Er ließ sich nicht
wie irgend einer der Prokuristen von Bock und
Wurm auf den Zahn fühlen, examinieren, ob er
denn auch die richtigen Grundkenntnisse, ob er seine
Bankschulweisheit im Bewußtsein habe. Ueber
Selbstverständliches sprach er gar nicht und über
Problematisches mit Selbstverständlichkeit. Dieser
Mensch hatte seine Klugheit nicht aus den Zeitungen, kam nicht mit einer Weisheit, die ihm
irgend ein Journalist vorgeschwatzt hatte. Hier
fiel kein Wort von hoher Politik, auf die die
Zeitungsmenschen die Börsenbewegungen schoben,
weil sie von der Technik des Auf und Nieder
keine Ahnung hatten. „Das Geld würde teuer
werden, sehr teuer,“ hatte dieser Mensch mit
sicherem Ton gesagt und war dabei stehen geblieben. Und es gewährte Bock eine Befriedigung, daß er seine eigene Ueberzeugung von der
künftigen Konstellation des Marktes, die er erfolglos Wurm vorgetragen hatte, nun von diesem
Fremden bestätigt fühlte. Und es reizte ihn zu
erfahren, ob der Fremde das Geld aus demselben
Grunde teurer werden sah wie er selbst, ob auch
der Fremde die künftige Konjunktur Amerikas
und ihre Rückwirkung auf die europäischen Märkte

sah. Fast im freundschaftlichen Ton, wie man zu Menschen mit gleicher Tradition spricht, fragte er:

„Warum glauben Sie, daß das Geld teurer werden wird?"

Eine Weile zögerte Mühlbrecht. Sollte er das letzte geben? Unbewußt fühlte er es, wogegen sich seine tägliche Erfahrung sträubte, fühlte, daß jene Millionen, deren gegenwärtige Schwankungen er verfolgte, auf deren künftige Schwankungen er schloß, daß jene Millionen, deren Zuschauer er nur war, im Grunde ihm, ihm allein gehörten, und daß es zufälliger, äußerer Schein war, wenn er nur irgendwo sechstausend Mark Ersparnisse deponiert hatte. Sollte er hier Millionen verschenken . . .? Und dann lächelte er leicht, lächelte über sich selbst und seine Träume. Hier galt es nicht, Spinnweben zu spinnen zwischen sich und den Frauen, hier galt es kein prickelndes Nervenspiel, hier galt es, Stricke zu drehen, fest wie Taue, die ein Schiff nach dem Hafenkai wirft, um sich daran von klammernden Winden heranziehen zu lassen, mitten ins lärmende Toben und Tosen der Menschen und Kräne, hier galt es, Kohlen zu laden für lange Lebensfahrt und bunte Flitter weltenferner phantastischer Länder im Tausch zu löschen. Und er begann zu sprechen:

„Wir sind uns wohl beide darüber klar, Herr Geheimrat, daß keine Hochkonjunktur den Zinsfuß dauernd zu erhöhen vermag. Wer das behauptet, der hat sich den alten Unsinn aus einem Fachbuche von anno dazumal angelesen, der hat nie darüber nachgedacht oder nachgerechnet, daß industrielle Hochkonjunktur auf die Dauer nicht Geldkonsument ist, sondern sehr bald Geld= produzent wird. Es gibt zwei Gründe, weshalb Geld teurer werden wird, dauernd teurer, und doch ist es nur ein Grund. Was unsere europäische Hochkonjunktur brauchen wird, das könnten wir spielend zum heutigen Zinsfuß geben. Was Ame= rika brauchen wird, was Amerika von uns leihen wird, das wird uns fehlen. Wir werden uns durch hohen Zinsfuß s ch ü tz e n müssen."

Fast ein wenig verstimmt sagte der Ge= heimrat:

„Sie sprachen von z w e i Gründen."

„Ganz recht. Aber ich gab Ihnen noch gar keinen. In diesem Jahre lieh Rußland im Aus= land und bei uns Milliarden. Ich frage Sie, Herr Geheimrat, wer gab dies Geld? Wer be= saß es? Wo lag es, bevor es Rußland lieh? Nirgends lag es, Herr Geheimrat, niemand be= saß es, niemand gab es. Und doch ist die An= leihe untergebracht. Jawohl. In der Finanz=

technik unserer Börsen und unserer Banken liegt das Geheimnis. Nehmen Sie an, die Rente 1905 wäre auf pari gestiegen. Ganz Europa hätte Geld, Amerika hätte Geld, der Zinsfuß stünde auf drei Prozent, die Effekten am Kassamarkt um dreißig bis hundert Prozent höher, unsere Konsols weit über pari. Einige hundert Millionen, eine Milliarde vielleicht wäre der direkte Wertzuwachs auf die letzte russische Rente und auf die früher emittierten Russen. Aber der Wertzuwachs der Papiere, die infolge der Kurssteigerung von Russen ebenfalls gestiegen wären, betrüge zehn Milliarden. Und doch: was hätte sich effektiv, sachlich, ziffernmäßig geändert? Der Geldbedarf, das Geldangebot, die Industriekonjunktur, dies alles wäre sich gleich geblieben. Die russischen Zinsen wären ebenso bezahlt worden, wie sie heute bezahlt werden, kein sachlicher Grund konnte Russen mehrwertig machen. Nur die illusorische Wertung, das, was in den Köpfen, nicht das, was in den Dingen steckt, hätte sich geändert. Nicht auf Angebot und Nachfrage kommt es an, sondern auf das, was man wirtschaftlichen Optimismus und Pessimismus nennt, auf nichts, auf Ansichten, nicht auf Ziffern."

Hätte einer der drei Prokuristen dem Geheimrat ähnliche Theorien vorgetragen, so hätte

ihm es Bock verwiesen, ihn mit Geschwätz zu be-
lästigen. Diesem Fremden aber hörte er zu und
empfand es mit unbewußtem Bangen, daß er ihn
auf ein Gebiet lenkte, dem er sonst fern war,
empfand, daß er ihm etwas mehr zu sagen haben
müßte, wenn er das, was er selbst als Erkenntnis
seiner empfindlichen Finanzinstinkte gewonnen
hatte, mit Selbstverständlichkeit hinwarf und nach
einer tieferen Wurzel der Finanzdinge sucht.
Er fragte:

„Glauben Sie ernstlich, daß alles Einbildung ist? Russen stehen doch eben n i c h t pari
und sie wissen ebensowohl, w a r u m sie nicht
pari stehen."

„Ich komme zu meinem zweiten Grunde.
Wären Russen aus wirklich vorhandenen, bar be-
reitliegenden Milliarden bezahlt worden, so hätte
der Pessimismus keinen Einfluß auf den Kurs.
Die Obligationszinsen müßte doch schließlich auch
die Republik Rußland zahlen, wenn eine zustande käme. Aber Russen sind eben nicht bezahlt worden, sind es nicht, trotzdem der russischen
Regierung das Geld zur Verfügung gestellt worden ist. Es waren die wenigsten Sparer, die
russische Rente kauften. Konzertzeichner waren es,
die sie kauften und die sie bezogen, die ihre fünf-
undachtzig Prozent darauf schuldig blieben. Die

lombardierenden Banken waren es, die das Geld
hergaben, die lombardierenden Banken waren es,
die das schwimmende Material schufen, als die
Kurse sanken, die lombardierenden Banken sind
es, die die Kurse sich nicht erholen lassen, weil
sie bei der geringsten Pointensteigerung Material
loswerden wollen. Das große Weltkonsortium
der letzten Emission hat Sahne naschen wollen
und fand plötzlich, daß Salz darauf gestreut war.
Wo einer Russen auf ontere deponierte und auch
schon lombardierte Effekten gekauft hatte, der mußte
Industriepapiere glattstellen. Wenige nur wissen
es, aber alle, alle ahnen es, daß es etwas in
unserer Finanztechnik gibt, das faul ist, daß die
Stützen krachen, daß es bergab geht, unwiderruf-
lich bergab . . . Man hat geliehen, was man
nicht hatte, man hat den Kavalier markiert und
bangt davor, daß die Fratze des Hochstaplers
hervorlugen werde . . ."

Und wieder entstand eine Pause, eine lange
Pause. Und Hans fühlte, daß es die entschei-
dende Pause war. Auf den Zügen des Geheimrats war nichts als Sinnen, tiefes, abwägendes,
vor der Entschließung zögerndes Sinnen. Er
dachte an den Fremden, an diesen jungen Menschen, der vor ihm saß und der sich plötzlich
mitten auf seinen Weg gestellt hatte, er dachte

an Wurm, der in Aegypten seine Lungen ku=
rierte, er dachte an mancherlei, das hinter ihm
lag, an Beratungen und Entschlüsse in fernen,
bedeutungsvollen Geschäftsjahren, dachte an kaum
verflossene Jahre und an die nahe Zukunft: an
die Kreditbank. Und er wog und sann.

Klugheit, Erfahrung, nicht Takt waren es,
die ihn bis jetzt nur nach des Fremden Sache, nicht
nach seiner Person fragen ließen. Nun verlangte
die Tradition des Millionenbesitzes ihr Recht.
Er war Artur Bock, er war Inhaber der größten
Privatbank Deutschlands, er war eine Macht.
Ein reicher Mann konnte dieser Fremde nicht
sein, da er ihm das Projekt vorschlug und es
nicht selbst ausführte. Er mußte zu kaufen sein.
Was anderes, als Verlangen nach Geld, konnte
ihn hergeführt haben? Und er fragte geradeaus:

„Lassen wir die Einzelheiten Ihres Vor=
schlages und die Möglichkeiten seines Gelingens
unterdessen beiseite. Was kostet Ihr Rat, wenn
ich ihn befolge?“

„Nichts.“

„Und weshalb kamen Sie zu mir?“

„Nicht um Geld zu verdienen. — Weil ich
in Ihnen das vermutete, was ich einen Fach=
mann nenne. Weil es für einen Menschen, der
eine großzügige Zukunft vor sich sieht, besser ist,

einem Manne von Ihrer Bedeutung den Nach=
weis seiner Fähigkeit erbracht zu haben, als hun=
derttausend Mark Provision zu verdienen."

„Besitzen Sie selbst größere Mittel?"

„Nein. Sechstausend Mark."

Und zum erstenmal geschah es, daß Bock sich
einem Menschen gegenüber, Mann zu Mann,
kleiner fühlte, daß er seine Macht schwinden sah.
Hier war einer, der sich an ihn drängte, der ihn
im eigenen Hause, in eigener Machtsphäre über=
rumpelte, um ihm seine Ueberlegenheit zu zeigen,
der vielleicht seine Zukunft darin erblickte, neben
ihm zu stehen und ihn zu lenken.

Und er verschloß sich dieser Möglichkeit, und
er duldete nicht, daß einer komme, den er nicht
gerufen hatte, daß etwas geschehe, das er nicht
selbst bestimmt und vorausgesehen hatte. Und er
fragte:

„Was versprechen Sie sich von dem Nach=
weis ihrer Fähigkeiten?"

Laß der Fremde seine Gedanken auf seinem
Gesicht? Vermied er bewußt einen Zug, der ihn
die Partie kosten konnte? Oder war er bereits
mit der Absicht gekommen, ein anderes zu fordern?
Er sagte:

„Um keine falschen Voraussetzungen in Ihnen
entstehen zu lassen, Herr Geheimrat: ich will

nicht in Ihre Bank eintreten, nicht bei Ihnen in
Finanzdinge gucken, in denen ich doch schließlich
nur Dilettant bin und die ich vielleicht gerade
deshalb recht gut verstehe, weil ich außerhalb
Ihrer Kreise stehe. Mich locken reine Finanz-
transaktionen nicht. Sie liegen meinem Wesen
kaum. Wer in ihnen steht, mag das Gefühl
ununterbrochenen Kämpfens und Lebens haben,
wer sie einmal abseits gesehen hat, der weiß, daß
sie im Grunde nur Funktionen technischer Möglichkeiten sind. Nur mathematische Köpfe können
ihr Leben mit Schachspiel ausfüllen. Ich bin
kein Mathematiker.“

„Was sind Sie denn?“

„Meine Personalien sind bald gegeben. Ich
bin dreißig Jahre alt, verlobt, werde in vier
Wochen heiraten . . .“

„Ich weiß nicht, ob Sie mir die Frage gestatten: Ist Ihr Fräulein Braut vermögend?“

Hans lächelte in den Augen, ein Lächeln,
das der Geheimrat nicht sah und das er auch
nicht zu deuten gewußt hätte, er lächelte wieder wie
ein feinnerviger Kenner über die verborgene Pointe
eines Bonmots, in dem eine ganze Kultur liegt,
lächelte, als ob er das köstlichste Buch läse, das
Buch, das ihm der Menschen Nachbarkleinheit

ganz enthüllte, daß sie mit ihren tausend klein=
lichen Zügen ihm zeigte, so wie sie waren.

„Nein, meine Braut ist nicht reich. Ihr Vater
war Oberpostsekretär, starb vor zwei Jahren nach
achtzehnjähriger Dienstzeit. Ihre Mutter ist eine
geborene von Pankwitz, alter pommerscher, ver=
armter Adel."

Der Geheimrat empfand es, daß er unrichtig
gefragt hatte. Was ging ihn des Fremden Braut
und ihre Familienverhältnisse an. Und es fiel
ihm ein, daß Wurm gewiß nicht so gefragt hätte
und daß Wurm richtiger daran getan hätte. Hans
wußte, daß der Geheimrat die Frage jetzt wenden
würde, weil ihn die erschöpfende Antwort einer
weiteren Frage in derselben Richtung enthob. Und
richtig, da sagte auch schon der Geheimrat:

„Sie sagten mehr, als ich zu fragen beab=
sichtigte. Ich meinte: Was ist es, was Sie als
Entschädigung von mir wünschen?"

„Sie finanzieren das Kaufhaus Brügge=
mann, Herr Geheimrat. Meine Bitte ist viel=
leicht nicht allzu unbescheiden. Wenn die von
mir vorgeschlagene Transaktion mit Erfolg durch=
geführt ist, so haben Sie den Chefs des Waren=
hauses nur mitzuteilen, daß ein Mann auf eine
Provision von hunderttausend Mark verzichtet
hat, um als Entgelt dafür eine Empfehlung an

Brüggemann als Leiter der Reklameabteilung zu erlangen. Das ist alles, was ich verlange."

„Ich habe nie jemanden gekannt, der es verstanden hätte, wirkungsvoller seine Visitenkarte abzugeben," sagte der Geheimrat. „Ich kenne keine Ihrer Reklameideen, aber ich möchte trotzdem behaupten, daß sie gut sein müssen."

Die zwei wurden einig.

Hans erklärte noch, was unaufgeklärt geblieben war. Da war das Verwaltungsprinzip der Kreditbank, das einen möglichst konzentrierten Raum für die zentrale Arbeit bedingte, weil jede räumliche Entfernung größeres informatives Material an die Einzelabteilungen gebracht hätte, was ängstlich vermieden werden mußte, wenn die Beamten die Maschinen bleiben sollten, als die sie Beckenhardt wünschte. Da waren die Eigentumsverhältnisse der sechs Grundstücke, die eigentlich nur fünf Häuser umfaßten, und die Möglichkeit, daß der sechste Eigentümer, ein sonderbarer Prozeßhansel, der einst den auf den Haushof entfallenen Bodenanteil geerbt hatte, nicht zu gewinnen sein würde, weil er sein zinsloses Eigentum nur zu Prozessen mit der Inhaberin des Hauptgrundstückes benutzte. Da waren die Eigentümlichkeiten der anderen fünf Inhaber, auf die zu achten war und die Wahl der Strohmänner für die Verhandlungen.

Als sie sich trennten, war es vier Uhr.

Neugierig sahen die Beamten den Menschen an, der zwei und eine halbe Stunde drinnen beim Geheimrat gesessen hatte.

Hans eilte nach der Hagelsbergerstraße, um zum Postschluß rechtzeitig im Bureau seiner Chefs zu sein.

IV.

Franz Brüggemann, der Senior der beiden
Inhaber des Warenhauses, das Haupt des im=
posantesten der Berliner Kaufhäuser, hatte eben
den wichtigeren Teil des Posteingangs gelesen,
jenen Teil, der für ihn besonders gesammelt wurde,
weil er Dinge von weittragender Bedeutung
betraf.

Jetzt hatte er nach dem regelmäßigen Gange
üblicher Erledigungen den Vortrag der drei,
heute, wie jeden Tag fälligen Ressortchefs zu
hören, hatte eine Entscheidung darüber zu treffen,
welche der nicht regelmäßigen, nicht fälligen, aber
angesuchten Vorträge seiner höheren Angestellten
er anzuhören wünschte, hatte seinen Rundgang
durch das mächtige Gebäude anzutreten, dies und
jenes zu besichtigen, Aenderungen zu befehlen und
seine Mittagspause zu halten.

Alltäglich geschah dies mit pünktlicher Ge=
nauigkeit und alljährlich wurde das Arbeitsmaß
größer. Stetig, in ununterbrochener Kette der

Geschehnisse war das Geschäft größer, war ein
Faktor im Leben Berlins geworden, war der
Gegenstand des Stolzes jedes einzelnen Be=
wohners der Millionenstadt, der faszinierende An=
ziehungspunkt für den Fremden, das Objekt, auf
den die kleinen Geschäftsleute ihren Fluch
sprachen, die Lebenslüge all der schwachen, lebens=
unfähigen Individuen, die seine Größe als Ur=
sache ihrer Kleinheit sahen.

Und immer weitere Kreise zog Brüggemanns
Werk. Selbst auf den Hypothekenmarkt von
Deutschlands Metropole, auf das schier unab=
sehbare Finanzland, in dem Millionen nur
kleinste Bruchteile waren, selbst auf Berlins Hypo=
thekenmarkt war sein Lebenswerk nicht ohne Ein=
fluß gewesen. Er war es gewesen, der die Leip=
zigerstraße zum guten Teile zu dem gemacht hatte,
was sie heute war. Er war es gewesen, der einen
Wertzuwachs geschaffen hatte, der sein eigenes
Vermögen und die ihm zur Verfügung stehenden
Kapitalien um ein Tausendfaches übertraf.

Und dennoch. Er war nicht zufrieden mit
dem, was er geschaffen hatte.

Das Leiden aller großen Machthaber war
über ihn gekommen. Das Leiden, gegen das es
nur ein Mittel gibt: die Eitelkeit.

Franz Brüggemann war nicht eitel, er war

kein Streber. Er war ein zu klarer Kopf, um das
zu sein.

Ein Machthaber, ein Organisator, ein
Nimmermüder, ein Schöpfer vielleicht, aber einer,
der es nicht verträgt, wenn man ihn lobt, der es
selbst nicht verträgt, wenn seine eigene Schöpfung
ein stumm=beredtes Lob spricht.

Er war in seinem Wesen fast verschämt. Er
kam sich im stillen vor, wie ein Edelmann, der
mit seinem Hause gebrochen hatte und den sein
Künstlerblut in die Welt gelockt hatte, Berlin ein
kleines Warenparadies zu schaffen.

Und doch war er aus einem Bürgerhause, aus
einer Kaufmannsfamilie. War das jüngste, in
Phantastereien ausartende Kind eines von sach=
lich trockenen Interessen erfüllten Kreises.

Und aus dem verträumten Kinde war zu
guter letzt doch ein rechter Handelsfürst geworden,
aus dem stillen Fränzchen war das entstanden,
worin sein Vater das Ideal eines tüchtigen
Mannes verkörpert sah. Das Blut der Familie
war stärker, als sein eigenes. Nun hatte er Geld
und Namen und Stellung und Einfluß und
Macht.

Aber dies alles störte ihn eigentlich. Es
war ihm peinlich, daß sein Name zu den populärsten
Berlins gehörte.

Dieser populäre Name paßte nicht zu ihm.

Seiner Erscheinung nach hätte man lieber auf einen französischen Marquis schließen mögen, auf einen verarmten Marquis, der unter Entbehrungen den Glanz seines Geschlechtes repräsentierte. Seine mittelgroße, noch im Alter schlanke Gestalt ließ ihn frisch und elastisch erscheinen, seine schmalen, feinen Hände vermochten mit der leisesten Bewegung jeden Taktlosen in Schranken zu halten, sein weißes, noch recht dichtes, ungescheiteltes Haar, seine klare Stirn, seine scharf gezeichneten noch nicht verblaßten Augenbrauen, sein sicherer und dabei schüchtern taktvoller Blick, sein weißer Bart in der Tracht Napoleons III. gaben ihm ein ritterliches und zugleich künstlerisches Aussehen.

Und der Name dieses Mannes war in Berlin bis zur Banalität vulgär geworden, war in aller Leute Munde. Seine Machtstellung, sein Geld, sein Können hatten ihm nichts anderes eingebracht, als die Popularität seines verstümmelten Ich, seines berlinisierten Namens. Er war Allerweltsvetter geworden, man ging „bei Brügge“, man ging „zu Männe“, um sich Strümpfe und Unterhosen und Nähnadeln und Käse und Ansichtskarten und Wurst und Bücher zu holen. Man war stolz auf seinen Berliner Männe, man

tat intim und familiär mit dem Namen, hinter
dem sich Millionen bargen.

Das war das, was er durch sein Lebenswerk
bewirkt hatte ...

Das Leiden aller Machthaber war über ihn
gekommen. Das Leiden, gegen das es für ihn kein
Mittel gab.

Er besaß eine Macht und wußte sie nicht zu
nutzen und konnte nicht wehren, daß sie sich
gegen ihn selber kehrte, seine feinsinnigen Instinkte
höhnte, seine Lebenslinie zersetzte. Sein Lebenswerk war eine Brücke, die er zwischen sich und
dem Pöbel geschlagen hatte.

Und der Lärm um diese Brücke hatte seine
Sinne zermürbt und ihn müde gemacht. Langsamer, fast vorsichtiger, als in früheren Jahren
pflegte er jetzt seinen Rundgang durch das große,
lärmerfüllte Gebäude zu machen, durch den Palast,
der sich immer mehr weitete und in dem er trotzdem jeden Nagel, jedes Steinchen, jede Faser
kannte.

Und heute zum erstenmal seit Jahren wollte er
diesen Rundgang gar nicht machen, heute zum
erstenmal seit Jahren entschied er sich, auch nicht
einen jener Vorträge zu hören, die nicht obli-
gatorisch auf der Tagesordnung standen.

Er erwartete einen sonderbaren Besuch. Er

erwartete einen Menschen, von dem ihm Geheim=
rat Bock gesagt hatte, daß er der schärfste und
klarste Kopf war, der ihm je begegnet sei, und daß
er es vorgezogen habe, ihm, Franz Brüggemann,
vorgestellt zu werden, anstatt 100 000 Mark zu
nehmen, trotzdem er ein armer Teufel war.
Reklamechef des Kaufhauses Brüggemann
wollte dieser Mensch werden. Und der Senior
des Kaufhauses mußte gestehen, daß der Mann
seine Sache verstehen mußte, wenn er selbst ihn
so neugierig zu machen gewußt hatte.

Franz Brüggemann war allein in seinem
Kontor und die Karte des Fremden war ihm vor
zehn Minuten überreicht worden. Das not=
wendige Arbeitspensum des Vormittags war er=
ledigt. Es gab keinen Grund, warum er den
Fremden warten ließ. Und doch zögerte er.

Klar und deutlich mußte dieser Fremde
wissen, was er von ihm wollte. Der wollte mehr,
als Chef der Reklameabteilung werden. Der
hatte etwas anderes im Sinne. als wirkungsvolle
Inseratenklischees. Der wollte nicht mehr und
nicht weniger, als klipp und klar sein, Franz
Brüggemanns, Lebenswerk in die Hand nehmen.

Und Franz Brüggemann fragte sich selbst,
ob es einen Menschen gebe, nicht in seiner
Familie und unter seinen Erben, nein, irgend

einen Menschen, dem er einmal begegnet sei, einen Menschen, dem er freudig sein Werk über= geben würde, sein Haus und seine Vergangenheit, um ein anderer, um jener Er selbst zu werden, den er immer mehr in sich werden fühlte und der er nicht sein durfte.

Und sein Wunsch, den Fremden zu sehen, wurde immer größer, je mehr Fragen er sich über sich selbst vorlegte. Er klingelte und ließ Herrn Mühlbrecht bitten.

Ein unscheinbarer, kleiner Mensch trat ein, nahm auf Brüggemanns Einladung Platz, saß stumm da und wartete. Er trug einen Anzug von gleichgültiger Farbe und gleichgültigem Muster. Es war nichts in seinem Aeußern, das auffiel.

„Ich habe viel Gutes über Sie gehört. Der Geheime Kommerzienrat Bock hat Sie als Chef meiner Reklameabteilung empfohlen. Es täte mir leid, wenn Sie sich von dieser Stellung mehr versprochen hätten, als den Verhältnissen ent= spricht.“

Hans wußte, daß es dem andern nicht darauf ankommen konnte, seine Gehaltsansprüche herab= zudrücken und doch sagte er:

„Ich versprach mir nur eines: eine Be= schäftigung, die meinem Wesen entspricht.“

„Ich glaube fast, daß Ihre Reklameideen nicht

6*

schlecht sein können, trotzdem ich sie nicht kenne.
Sie haben sich gut einzuführen gewußt."

„Ich habe keine Reklameideen, Herr Brügge=
mann."

„Keine Reklameideen?"

„Nein. Gar keine."

„Was beabsichtigen Sie denn zu tun?"

„Ich würde darum bitten, vorerst gar nichts
tun zu dürfen, in den Einkaufsräumen Zutritt
zu haben, in die Bücher einsehen zu dürfen und
eine Statistik auf meine Art zu führen."

„So haben Sie doch eine Idee?"

„Nein, ich habe weder eine Idee, noch
Warenkenntnisse, noch Erfahrung. Ich war nie
Reklamechef."

„O, Sie spielen mit Pointen. Sie sind
ein geistreicher Causeur. Ich will Ihr Spiel
nicht stören. Wie also lautet Ihre Pointe? Wie
heißt das, was Sie als Ihren Einsatz bringen?"

In den Sekunden, in denen Hans schweigend
dem Manne gegenübergesessen hatte, mit dessen
Arbeit sein Leben verwirkt werden sollte, in diesen
wenigen Sekunden, in denen er zu seinem Er=
staunen einen Edelmann als Leiter des Hauses
Brüggemann vor sich sah, in jenen wenigen
Sekunden hatte er den Mann ganz erkannt, in

sich selbst wiedergespiegelt, überwunden, restlos durchschaut. Nein, nie würde dieser Mann seinen Namen zu marktschreierischem Tumult leihen, nie sich nackend auf Berlins plebejisches Forum schleppen lassen! Und in diesen Sekunden hatte er seine Taktik geändert. Er warf den Dialog, den er bei sich ungezähltemale mit diesem Manne geführt hatte, wie Ballast ab. Ohne Vorbedacht, ohne Vorsicht stand er ihm, Auge in Auge, gegen- über und ließ sich ganz vom Augenblick leiten.

„Es mag wie ein Spiel mit Pointen klingen, was ich sage. Aber ich bitte Sie, mir zu glauben, daß ich ganz, ohne Vorbehalt sage, was ich denke. Meine Unbescheidenheit mag mich die Stellung kosten, um die ich bitte. Dann aber ist es besser, sie kostet sie mich gleich heute. Was ich für Sie zu schaffen gedenke, ist mir wahrhaftig selbst noch unklar. Ich habe keine Idee, keine fertige Idee. Ich habe nur eine . . . Bedingung. Ich sage es gleich, ich stelle eine Bedingung an meinen Eintritt."

Der Senior des Hauses Brüggemann schwieg. Schwieg enttäuscht. Er hatte einen Menschen zu treffen gehofft, der ihm Neues, Großes zu sagen haben würde und fand einen Spekulanten, der auf 100 000 Mark verzichtete, weil sie nur 4000 Mark jährlich trugen, und weil er sich als Entgelt

eine höhere Rente versprach. Fast gelangweilt
fragte er:

„Und was ist Ihre Bedingung?"

Und mit ruhigem Tone, als ob er Alltägliches
sagte, antwortete Hans:

„Die Aenderung der Firma des Hauses
Brüggemann."

Der andere glaubte falsch verstanden zu
haben. Er fragte:

„Die Aenderung der Firma?"

Und dieselbe Stimme:

„Ja, die Aenderung Ihrer Firma in eine
Sachfirma. Die Weglassung Ihres Familien-
namens."

Eine lange Pause folgte.

Hier saß ein Mann, ein fremder Mensch, und
sprach zu Franz Brüggemann wie von etwas
Selbstverständlichem, von den geheimsten, nie aus-
gesprochenen Dingen, von Empfindungen, die sich
auf jahrelangen Wegen leise und kaum merkbar
in seinen Sinn geschlichen hatten, von Zerrbildern
der Welt, die Wehmut und Entsagung lehrten,
von tiefinnersten Schmerzen und lautlos tropfen-
dem Gift. Dieser Mensch wollte seinen Namen von
den Straßen Berlins, auf denen die Menschen mit
schmutzigen Händen Spielball mit ihm spielten,
verschwinden lassen, wegwischen, wollte ihn selbst

aus dem Schein greller Rampenlichter hinweg-
geleiten zu einer stillen, hohen Warte, wollte die
Gemeinschaft zerreißen, die ihn an den Pöbel band.

Wer war dieser Mensch?

Und Franz Brüggemann sann über den
sonderbaren Fremden, dem er begegnet war, sann
über ihn und sich und schwieg, als ob er ganz
vergessen hätte, daß jener Mann ja nicht irgendwo in anderen Welten weilte, sondern hier, in
seinem eigenen Kontor ihm gegenübersaß. Erst
nach und nach dämmerte ihm die Erkenntnis,
daß der Fremde doch nicht auf seinem Gesicht
gelesen haben konnte, was ihm selbst nur halb
bewußt war, und daß er auf ganz anderen Ge-
dankenwegen zu seinem Vorschlage, zu seiner
Forderung gelangt sein mußte.

Und Hans fühlte, daß er den Gegner, gegen
dessen Brust er gezielt hatte, mitten ins Herz
getroffen hatte, fühlte, daß er wieder einmal jenen
Augenblick erlebt hatte, in dem er einen neuen
Menschen und keinen von den einfachsten mit
einem Schlage durchschaut hatte. Und er wußte,
daß dieser Mensch ihn im nächsten Augenblicke
fragen mußte, warum er diese sonderbare Bedingung an seinen Eintritt stelle, und er beriet,
ob er nun irgend einen materiellen, einen technischen Grund für die Firmenänderung anführen

sollte, oder ob er noch einmal alle Vorsicht außer
acht lassen, sich von seinem Instinkte leiten
lassen und alles auf eine Karte setzen sollte.

Da fragte auch schon der andere:

„Warum stellen Sie diese sonderbare Be=
dingung? Was versprechen Sie sich von der
Aenderung in eine Sachfirma?"

„Materiell nichts."

„Materiell nichts? Was also?"

„Ich bin in Verlegenheit, Herr Brüggemann.
Ich sage mir, daß ich im Begriffe stehe, eine
Dummheit zu begehen. Aber es gibt Situationen,
in denen man eine Dummheit begehen muß, weil
man nicht anders kann. Ich sehe das Kauf=
haus Brüggemann anders an, als man Kauf=
häuser anzusehen pflegt. Ich bilde mir ein, es so
anzusehen, wie Sie selbst, ich bilde mir ein, daß
ich jede Ihrer Handlungen verstehe, ihre Trieb=
federn kenne. Irre ich, sind Sie und Ihr Werk
anders, als ich sie sehe, dann habe ich verspielt,
dann wäre ich aber auch nicht an richtiger Stelle."

Franz Brüggemann antwortete nicht.

„Darf ich sprechen?" fragte Hans.

Und nur eine leise, kaum merkliche Geste der
schmalen, feinen Hand lud ihn zum Sprechen ein.
Und Hans sprach. Unüberlegt, frei, ganz seiner
Eingebung folgend:

„Ein Warenhaus leiten, heißt nicht, Handels=
geschäfte führen, heißt nicht, sich mit Berlins
Pöbel mengen, heißt nicht, Einkaufsbequemlich=
keiten bieten, Lieferanten drücken, Massenumsätze
erzielen, in Gedanken, oder in der Tat durch die
Verkaufsräume gehen und den lieben Kunden Ver=
beugungen machen, wie der Hotelwirt, der freund=
lich lächelnd seine feisten Hände streichelt. — Ein
Warenhaus, Berlins größtes Warenhaus leiten,
heißt mehr, heißt anderes, heißt, den Pöbel nicht
zu seinem Herrn, sondern zu seinem Sklaven
machen, heißt, Berlin seine Bedürfnisse, seinen
Geschmack diktieren, es locken und höhnen, mit
seinen Instinkten spielen, die Massen in Taumel
versetzen, sie trunken und gierig und lüstern
machen, sie wie eine anonyme, gedankenlose, aus
Millionen von Nullen entstandene kompakte
Masse knechten, heißt, sich zum Imperator des
Geschmacks aufwerfen, das Spiel seiner Phantasie
an Millionen erproben, an ihnen seine Launen
und seine Einfälle austoben, im ewigen Er=
leben aller Sinne abseits stehen und sich von
der Masse Barren Goldes heranschleppen zu
lassen, dafür, daß man sie narrt . . .“

Hans stockte. Hatte er doch zuviel gesagt?
Der Mann, dem er dies alles erzählte, spielte ja
nicht mit den Massen, der Mann m a c h t e ja

seine Verbeugung, der Mann ſt a n d ja nicht ab=
ſeits, der Mann gab ja dem Pöbel ſelbſt ſeinen
Namen preis. Und wenn jener auch all das, was
er ihm eben als ſeine Tat vorſpiegelte, im ge=
heimen wünſchte, ſo war hier doch nicht für ihn Ort
und Zeit noch Abſicht, ſein Inneres preiszugeben,
ſo ſtand er doch in einem geſchäftlichen Geſpräch
mit einem fremden, jungen Mann, der ihm als
Reklamechef empfohlen worden war. Zugleich
aber ſagte ſich Hans, daß es hier kein Zurück
mehr gab, daß es jetzt nur noch zu warten galt,
ob nicht durch eine Fügung, die Kugel, deren
Rollen er ſo brüsk gefordert hatte, grade bei der
Nummer ſtehen blieb, auf die er ſeine letzte Bar=
ſchaft geſetzt hatte.

Und die Kugel rollte lange. Es ſchien, als ob
ſie gar nicht Halt machen wollte, als ob ſie ihn
dadurch peinigen wollte, daß ſie raſtlos an dem
Gewirr der möglichen Zahlen immer wieder vor=
beiraſte, als ob ſie mit ihm ſpielen wollte, um
ihm zu zeigen, wie gering ſeine Chance war und
daß es nur im phantaſtiſchen Sinn bewußtlos
wütender Spieler jene bekannte Geſtalt des un=
bekannten Fremden gab, der mit dem erſten Griff
die ganze Kaſſe ſprengte, die Kaſſe, auf deren
kleinſte Teile eine ganze Tafelrunde ihre Hoff=
nungen ſetzte. Und dann begann die Kugel lang=

samer und langsamer zu kreisen, als ob sie nun, nun Halt machen, als ob ihm die Entscheidung jetzt ins Gesicht geschrien werden sollte. Und noch immer kreiste sie, zögernd, stockend, wie überlegend.

In Franz Brüggemanns ruhig daliegenden, schmalen, feinen Händen begann es zu erwachen. Ganz leise Lebenszeichen sprachen diese Hände, sprachen die Augen. Nur die Gestalt, die Silhouette des Mannes regte sich kaum.

Was war es, was in Franz Brüggemann vorging? Warum schwieg er, warum sann er?

Hier, mitten im Kontor, in dem nur trockene, sachliche Dinge verhandelt zu werden pflegten, in dem alles von energischer, nie rastender, geschäftlicher Arbeit sprach, am Sonnabend, den 14. Dezember, an dem jede Kraft bis zur Erschöpfung ihren Vorweihnachtsdienst tat, an dem Tage, an dem hier in dem Hause, aus dem verhallender Lärm herübertönte, in Pfennigen und Groschen und Talern und Goldstücken eine Million umgesetzt werden würde, hier hielt Franz Brüggemann Rast, vergaß die Gegenwart und hielt Abrechnung mit seinem ganzen Leben.

Dieser Fremde hatte etwas, was die letzten Gründe der Menschen ausschöpfte, mit denen er sprach, hatte etwas, was zu ehrgeizigem Vergleich

herausforderte, hatte etwas, das die Menschen
sich selbst verstehen lehrte.

Ein fremder Mann war gekommen und hatte
Franz Brüggemann sich selbst verstehen gelehrt,
hatte seine schlafenden Instinkte geweckt, hatte dem
mächtigen, bewußten, klar wollenden Mann den
Lebensinhalt wiedergegeben, der im stetigen Ab=
bröckeln jahrzehntelanger Arbeit seiner Seele
verloren gegangen war. Was er als junger
Mensch erträumt, ersehnt hatte, heute nannte er es
sein und hatte bis jetzt nichts von seinem endlos
reichen Besitz, von seiner Gewalt über die Massen
gewußt.

Und das erste Wort, das er sprach, klang
anders, als es Hans erhoffte, klang nicht wie der
Ruf einer Nummer, die seine eigene war und
die gewonnen hatte, klang wie die liebe, freund=
liche Frage eines Mannes, der in einer stummen
Weile sein Freund geworden war.

„Erzählen Sie mir, bitte, ein wenig von sich
selbst!“ hörte Hans.

Und nun war e r der Arme, nun hätte e r
betteln gehen mögen, auf die Straße betteln, nicht
um neuen Einsatz zum Spiel, aber um Schutz und
Schirm, um ein Versteck, damit er mit seiner Ar=
mut allein sei, damit ihn ein Franz Brüggemann
nicht fragen könne, ob er denn ein landstreichender

Patron sei, der Hab und Gut auf eine Karte
warf, oder ob er daheim, irgendwo in der Welt,
einen Flecken Erde besitze, auf dem täglich neue
Blumen blühten, die er nur zu pflücken brauchte.
In einer Viertelstunde, in zwanzig Minuten hatte
sich Hans Mühlbrecht ausgegeben, hatte sein
Letztes gesagt, stand bettelarm da . . . Er, der
noch vor Minuten geglaubt hatte, daß er Schätze
für ein ganzes Leben besaß.

Doch er mußte antworten. Und weil er
nichts zu antworten hatte, weil er das, was ihn
erfüllte, bereits hergegeben hatte, ließ er einen
anderen für sich antworten, wurde Komödiant.
Er wußte, daß Brüggemann nach dem Menschen
in ihm fragte, daß er mehr von seinem Wesen,
seinen Gedanken, seinen Empfindungen wissen
wollte, daß ihn seine innere Vergangenheit fesselte,
aber er hatte keine andere innnere Vergangenheit,
als das in ihm erwachte und maßlos emporge=
wucherte Gelüste, Menschen zu lernen, Menschen
zu verstehen, Menschen auswendig zu kennen, so
restlos, so ganz, daß man mit ihnen spielen konnte,
sie locken, sie höhnen, sie peitschen, peinigen,
unterjochen, zu unbewußten Sklaven seiner Be=
fehle machen. Und er befahl dem Reservemann,
den er in sich hatte, dem harmlosen Plauderer,
für ihn zu sprechen und die Pause auszufüllen,

die er zu seiner Sammlung brauchte. Und der Reservemann sagte:

„Oh, über mich ist nicht viel zu sagen. Ich bin dreißig Jahre alt, verlebt und werde in diesen Tagen heiraten.“

Der andere sann wiederum. Was war es doch gewesen, was der Reservemann gesagt hatte, etwas ganz Gleichgültiges, etwas Harmloses doch wohl. Was hatte der andere darüber zu sinnen?

Franz Brüggemann aber sah seine Jugend vor sich, jene glücklichen, köstlichen, wenigen Jahre, in denen eine heilige Frau durch sein Leben ge= schritten war, in denen er sich von Madonnen= händen gehütet fühlte, jene Jahre, die nun bald ein Vierteljahrhundert lang versunken waren. Nie wieder war er einer Frau begegnet, die ihr glich, nie wieder einer Heiligen, die mit ihrem Sein Dämonen verscheuchte . . . Aber dieser Fremde, der seiner eigenen Jugend glich, dieser Fremde war vielleicht ihrer Schwester begegnet. Und er sagte:

„Erzählen Sie mir, bitte, ein wenig von Ihrer jungen Frau!“

Und wiederum erlebte Hans einen jener rät= selvollen Augenblicke, in denen er in eines Men= schen Seele sah, bis tief auf den letzten Grund. Er dachte nicht, er konstruierte nicht, er wußte,

welche Bilder durch des anderen Sinn gezogen
waren. Er hätte nicht sagen können, ob er schon
früher einmal gehört hatte, daß Franz Brügge=
mann in jungen Jahren verheiratet war und nach
vierjähriger Ehe seine Frau verloren hatte, aber
er wußte, was der andere in diesem Augenblicke
gesehen hatte. Und es war ihm wie ein Halt in
seinem Fall, und er klammerte sich an des
anderen Schätze. Und auch er sah Trude vor
sich und sein lustiges, blondes Mädel wandelte
sich in eine Madonna, und jener keusche, reine,
lautere Mensch, der auch in ihm war, rang sich
von allen Schlacken der ihn hetzenden Dämonen
los und stand da, an Hans Mühlbrechts Stelle,
verklärt von den Schwingungen eines fünfund=
zwanzig Jahre währenden Madonnenkultes um
eine Heilige, die er verloren hatte. — Und er
erzählte von Trude. Aber er hatte sich nicht in
der Gewalt. Er wollte von Trude sprechen und
sprach statt dessen von dem, was ihm die Dinge
sagten, die um sie waren, die einfachsten, haus=
backenen Dinge.

„Wenn ich in ihr Haus komme, zu ihr und
zu ihrer Mutter, dann trete ich in eine andere
Welt. Und ein jedes Ding erzählt mir eine
Geschichte von meiner Geliebten. — Da stehen
alte, weltverlorene Dinge, die mich an irgend

etwas gemahnen, das ich doch nie gesehen haben
konnte. Ein Tisch, an dem ich einmal gesessen
habe, als ich von Menschen träumte, die nichts
vom Jauchzen des Kampfes wußten, die nur
stilles, leidendes Dulden kannten, die die Welt
mit Liebe erlösen gingen. Und weißes Linnen liegt
auf dem Tisch, weißes Linnen, das man anblicken
muß und das von stiller Reine, von friedvoller
Ruhe erzählt. Und Fenster, durch die gedämpfter
Schein fällt, hinter denen man weite, reife Felder
vermutet, durch die man dem Abend entgegen=
wandert. Und ein weiter, altmodischer Schrank,
aus dem ein warmer Duft von keuscher Wäsche
weht, ein Duft, der das letzte Stäubchen von
meiner Seele hinwegträgt ... Da hängt ein
Bild von einer alten Frau ..."

Und Hans Mühlbrecht träumte weiter.

Und der ihm gegenübersaß und auf seine
Worte lauschte, der fragte nicht, in welchem
Miethause Berlins dies Paradies stehe und
ob die Wäsche, deren keuscher Duft den fremden
Mann berauschte, etwa unten in der Weißwaren=
abteilung des Kaufhauses Brüggemann gekauft
worden war. Nichts fragte er den anderen,
nur sich selbst fragte er, wie es denn gekommen
sei, daß er heute seine eigene Jugend noch ein=
mal erlebte ...

Eine Turmuhr schlug. Unzählige, langgezogene Schläge. Und eine schrille Klingel zerriß den leisen Ton des zwischen den beiden schwebenden Traumes.

Es war zwölf Uhr. Jetzt mußte Kolonne I des Personals Mittagspause halten. Jetzt war auch die Pause, die Franz Brüggemann seinem Alter zu gönnen pflegte.

Aber er brach nicht auf. Er sprach weiter. Nicht mehr von Träumen. Sie sprachen von Dingen, die für Hans Mühlbrechts künftiges Leben entscheidend werden sollten. Nach Weihnachten sollte Hans eintreten. Materielle Fragen ließen sie beiseite. Sein Kontor sollte neben dem des Seniors liegen. Ein Vierteljahr noch sollte der andere Reklamechef seine Arbeiten besorgen, dann wollte sie Hans mit übernehmen. Daß seine Arbeit im Grunde eine andere, eine weiterwirkende sein sollte, darüber wurde recht eigentlich nicht gesprochen. Sie hatten beide den Takt, eine geschäftsmäßige, allzu trockene Behandlung der Fragen auszuscheiden. Es war noch etwas Fremdes zwischen ihnen. Sie hatten einander allzu schnell ihre letzten, leisesten Regungen abgelauscht.

Als sie sich trennten, wußten sie, daß all

tägliche Arbeit das peinvolle Wissen des einen
um des anderen Wesen verwischen mußte . . .

Hans ging am Lift vorbei zur Treppe. Lang=
sam und nachdenklich stieg er hinunter. Er sprang
nicht in jener haftig lebhaften Art, die ihm nach
erfolgreicher, gelungener Arbeit eigen war. Fast
schwerfällig nahm er Stufe für Stufe. Er fühlte,
daß er durch einen drückenden, peinvollen Traum
geschritten war und daß er auch jetzt noch unter
dem Banne eines Phantoms stand, das er selbst
durch Worte geweckt hatte.

Wie war dies alles gekommen? Wie war
es geschehen, daß er Franz Brüggemann so
schnell gewonnen hatte? Was war es doch ge=
wesen, das er zu ihm gesprochen hatte? So
recht wußte er es nicht mehr. Aber es war son=
derbar gewesen, traumhaft, verworren, vielleicht
gar unwahr, erlogen.

In seinem Innern war es leer, er erwachte
aus tiefem Schlummer. Wie ein genialer Schau=
spieler, dem ein nur Sekunden währender Traum
die Erfüllung seiner Sehnsüchte vorspiegelte, der
sich leiden und lieben und kämpfen und toben
und jauchzen sah und der nun aus einer phan=
tastischen Welt erwacht und sich verstört im alt=
gewohnten Schlafzimmer umblickt, um sich seiner
Leibwäsche und dem Rasierspiegel gegenüber zu

fehen. Noch taumelnd, und dennoch schon
wachend, kam er unten an. Vor ihm stand eine
offene Doppeltür. Ohne es zu wollen, durchschritt
er sie und sah sich mitten im Gewoge des
Warenhauses. Ein junges Mädchen nahm eine
Kapsel von dem Horn einer pneumatischen Kasse.
Aus dem mattgrau oxydierten, polierten Messing-
rohr klang leises Rauschen. Gedankenlos blieb
er stehen, wartete und sah zu, wie das Ventil
nach kurzer Weile aufklappte und wie das Mädchen
einen Gegenstand aus dem quittierten Kassenzettel wickelte. Dann ging er weiter, bog um eine
Ecke, ließ die rechte Hand über die Glasbedeckung
eines Verkaufstisches gleiten, wich einigen Damen
aus, die vor diesem Tisch auf kleinen Stühlen
ohne Lehnen saßen und trat in eine freundliche
Halle von leuchtendem Gelb. Die Wandverklei-
dung war mit heller australischer Eiche ausgelegt. Das Gelb störte ihn, und sein Auge blieb
an dem Kronleuchter haften, dessen Bronze zu
einem tiefen, feierlichen, ganz stumpfen Schwarz
oxydiert war. Gegen das düstere Schwarz hoben
sich unzählige weiße herabhängende Kristalle ab,
die leise irisierende Strahlen des Tageslichtes
zurückwarfen und sein verstörtes Auge beruhigten.
Und er schritt weiter in den freien, hohen Ober-
lichtsaal, schritt weiter, vorbei am eisernen Panzer

7*

der Liftumrahmung, vorbei an langen Mahagoni-
tischen und vorwärtsdrängenden und stehenblei-
benden Frauen zum Hauptportal, zum Ausgang.

Nasses, nebliges Wetter umfing ihn draußen,
ein kalter, ungesunder Wind, der ihn zur Bewegung trieb und sein Tempo beschleunigte. Und
fest in seinen Mantel gehüllt, schritt er die Leipzigerstraße entlang dem Spittelmarkt zu.

———

V.

Im Korridor eines Berliner Hotels ging
Hans in Frack und weißer Binde geduldig den
langen Läufer auf und ab, immer an denselben
zehn, zwölf Türen vorbei, an denen auf weißen
Emailleschildern die Zimmernummern standen.
Fast eine halbe Stunde schritt er hier schon, ohne
daß ihm die Zeit zu lang geworden wäre.

Er fürchtete das, was jetzt kommen mußte,
mit jenem Unbehagen, das man peinvollen
Szenen entgegenbringt, denen man nicht aus-
weichen kann.

Mitunter klangen einzelne Takte einer Tanz-
musik aus dem unteren Festsaale zu ihm herauf,
aus dem prunkvollen, mit Goldbronze erfüllten
Saal, in dem sich die jüngeren Hochzeitsgäste noch
belustigten und die älteren im Verborgenen gähn-
ten. Drinnen in Nummer acht half Frau Marlow Trude beim Umkleiden.

Und er wußte, daß beide Frauen mit allen
Sinnen an den nächsten Stunden hingen, nur

vor diesen Stunden bangten, nur sie als
Glück, als Bestimmung, als Ziel, als Lebens-
sinn empfanden. Und dieses Wissen war
ihm quälend und peinigend und der Gedanke
daran taktlos. Ein Erleben, dessen Datum und
Stunde ihm voraus bekannt war, ein Erleben,
dessen Stunde ein jeder jener Gäste wußte, die
da unten versammelt waren, um nach altem kupp-
lerischen Brauche ein Paar zum Brautbett zu
geleiten, ein Erleben, dessen keuscher Duft durch
das zynische Wesen der anderen für ihn selbst
verflogen war, verfliegen mußte.

Sollte ihm feierlich zumute sein, weil die
anderen feierlich taten? Sollte er sich als Eroberer vorkommen, weil ein alter Mythus im
jungen Gatten einen Eroberer sah?

Er begann eine Zigarette zu rauchen und
sog sie in langen Zügen aus, rauchte eine
zweite und eine dritte und sann über die beiden
Frauen nach, die unmöglich so lange mit der
Toilette zu tun haben konnten und nun vielleicht erwartungsvoll und bange im Zimmer
standen.

Als er am Ende des Korridors Kehrt machte,
hörte er eine Tür gehen. Trude stand allein da.
Hatte ihre Mutter die Peinlichkeit der Szene
empfunden und war deshalb zurückgeblieben?

„Bitte, sag' schnell noch Mutter Adieu!"
hörte er Trude. Er trat allein ins Zimmer. Da
lag das weiße Brautkleid im Halbdunkel über
ein Bett gebreitet, und auf dem Tisch standen
zwei große Kartons. Trudes Blumenstrauß lag
auf einem Bettschränkchen.

Frau Marlow stand am Fenster und blickte
auf die Straße.

Sie mußte ihn erwartet haben. Er sah es
der Bewegung an, mit der sie sich ihm zuwandte.

„Nun haben wir doch noch vor Weihnachten
Hochzeit gefeiert," sagte er und neckte sie in
leichtem Ton, „gegen allen Brauch."

Sie stand ganz verlegen da, ganz so, als ob
sie seinen Scherz als Tadel genommen hätte. Ihr
Gesicht bekam einen Zug von Ergebenheit. Schon
einmal hatte er sie so gesehen. In einer sonderbaren Stunde, da er mit ihr und mit Trude gespielt
hatte. Und jetzt erst antwortete sie:

„Sie . . . du hast es doch gewollt."

Wie sie so hilflos dastand, ganz ihm ergeben, ganz seinem Willen untertan, reizte sie
ihn in ihrer schlichten, reifen Schönheit wie
noch nie.

Er wunderte sich selbst, daß ein leises Beben
in seiner Stimme klang, als er ganz nahe zu
ihr trat und fragte:

„Ist denn alles recht, was ich will?"

Sah er recht? Sie senkte die Augen. Stand im Halbdunkel vor ihm und senkte die Augen.

Und er nahm ihren Kopf und küßte sie mitten auf den Mund.

Und plötzlich standen sie im flutenden Licht, und Trude stand an der Türe und hielt die Hand noch am elektrischen Schalter.

Es wurde kein Wort gesprochen. Er winkte nur noch mit der Hand, nahm Trudes Arm und schritt hinaus.

Schritt hinaus, den langen Gang zur Treppe, die Freitreppe hinunter, zum Portal. Ein livrierter Diener sprang auf, öffnete das Haustor, öffnete den Schlag einer elektrischen Droschke, schloß ihn wieder und fragte nach der Adresse.

„Lützowplatz zwölf," sagte Hans.

Und dann fuhren sie ab.

Eine Weile lang sprachen sie gar nichts. Dann, als sie leise erschauerte, fragte er besorgt:

„Frierst du?"

„Ja, mich friert."

Er wollte sie umfassen. „Gleich sind wir zu Hause."

Doch sie entzog sich ihm.

„Du hast Mutter sonst nie geküßt," sagte sie.

„Heute ist Hochzeitstag," sagte er.

Es ärgerte sie, daß er nicht „unser Hochzeitstag" gesagt hatte. — Und wieder schwiegen sie.
Eine Frage schwebte ihr auf der Zunge. Aber
sie schwor sich zu, sie nicht zu fragen. Und
sie fuhren wortlos weiter. Und gegen ihren
Willen sagte sie doch:

„Hast du das Licht gelöscht?"

„Nein," sagte er.

„Dann hat Mutter das Licht gelöscht, als
sie mich zur Türe begleitete."

Nun zitterte sie auf seine Antwort. Doch er
wehrte den Angriff harmlos ab.

„Ein Zeichen, daß Mutter bescheiden ist."

„Wieso?"

„Oh, ich bin viel weniger bescheiden. Denk
nur, was mir einmal passiert ist. Ich gehe punkt
sieben aus dem Kontor. Die anderen sitzen noch
da, zehn Mann an ihren Tischen, und arbeiten.
Und ich gehe hinaus und knipse das Licht aus.
Knipse einfach aus, weil ich in meiner Zerstreut-
heit das Gefühl habe, daß doch die Hauptperson
den Raum verlassen hat."

Und nach einer Pause sagte sie:

„Ja, Mutter ist sehr bescheiden."

Bald darauf hielt der Wagen. Hans stand
geduldig da und wartete, bis der Kutscher den

letzten Groschen auf sein Geldstück zurückgezahlt
hatte. Der Mann wußte, daß er ein Hochzeits-
paar gefahren hatte, und Hans wollte nicht, daß
ihm einer auf der Welt Ungeduld ansehe. Dann
schob er dem Mann doch den ganzen Rest
wieder zu.

Drinnen in ihrem lieben, kleinen Nest, das
Hans ganz allein komponiert hatte, umwehte sie
warme, wohlige Luft.

Er nahm ihre Hand und führte sie in das
Speisezimmer mit den geradlinigen Seitenkande-
labern, mit der Matte in zartgehauchter Farbe
und den Möbeln aus hellpoliertem Birkenholz.
Es war genau so geworden, wie er es an jenem
Sonntag geplant hatte. Und dann gingen sie
ins Schlafzimmer.

„Soll ich dir helfen?" fragte Hans.

Sie wollte „Nein" sagen, aber sie sagte
nichts und wurde über und über rot. Da löste
er ihren Gürtel, nestelte ihre Bluse auf, zog ihre
Schuhe aus und löschte das Licht.

Ende des ersten Teils.

Zweiter Teil

I.

Die Gesellschaftsräume bei Geheimrat Bock erstrahlten in vollem Lichtglanz. Der Tisch im großen Speisesaal war bereits gedeckt, die Diener schritten in schwarzer Livree und Lackschuhen lautlos um die Tafel, rückten da und dort ein Glas zurecht und blieben dann wieder stehen, um leise zur Tür zu lauschen, von der sie ein Geräusch vernommen zu haben glaubten.

Aber sie hatten sich getäuscht. Noch kam keiner der Gäste.

Der Geheimrat und die gnädige Frau saßen im grünen Herrenzimmer, jeder auf einem der die vier Ecken ausfüllenden Ledersofas und besprachen die künftigen Ereignisse des Abends.

Es war der erste größere Empfang im neuen Jahre. Ursprünglich sollte er am 27. Januar stattfinden, aber da hätte man nicht auf das Erscheinen der Offiziere rechnen können, die an Kaisers Geburtstag bei den Kasinofesten nicht fehlen durften. So war denn der 31. Januar der

Tag, an dem Geheimrat Bock eine Gesellschaft
von vierzig oder fünfzig Personen bei sich sah,
an dem auch zum erstenmal Direktor Beckenhardt
und Gemahlin im Hause erschienen. Geschäftlich
stand der Direktor der Kreditbank dem Geheimrat nicht so gänzlich fern, aber zu einem gesell-
schaftlichen Verkehr war es nie gekommen. Erst
die persönlichen Verhandlungen, die der Geheimrat mit Beckenhardt wegen der Terrains Mauerstraße und wegen der Oberschlesischen Hütten-
werke geführt hatte, hatten die beiden Männer
ein wenig nähergebracht. Beckenhardt hatte sich
durchaus nicht als der Drauflosgänger gezeigt,
als den ihn Bock sich gedacht hatte. Im Gegenteil, er hatte einen Takt bewiesen, für den ihm
der Geheimrat innerlich dankbar war. Da fiel
kein Wort von Ueberrumpelung, vom Stellen
eines Ultimatums, von Zwang oder gar Drohung.
Der Geheimrat hatte eine heimliche Angst vor
dieser Unterredung gehabt, weil er sich in seiner
Stellung nicht recht als Gentleman fühlen konnte,
und nun waren die Verhandlungen doch glatt verlaufen, wie ein friedliches, geselliges, von höflichen Worten und freundlichen Mienen be-
gleitetes Spiel. Und dann hatte man manch allgemeines Wort gesprochen, und der Geheimrat
hatte sogar so etwas wie eine Andeutung darüber

gehört, daß die Kreditbank es sich zur Ehre
rechnen würde, eine der für demnächst geplanten
ausländischen Staatsobligationen gemeinsam mit
dem Hause Bock & Wurm einzuführen.

Davon, daß jene Staatsregierung die Be=
teiligung seines Hauses gewünscht hatte, wußte
Bock freilich nichts. Die Angelegenheiten finan=
zieller Diplomatie gehörten zu Wurms Ressort.
Seitdem Wurm die Agiotage fremder Münzen
aufgegeben und die Devisenabteilung in zwei
überraschenden Fällen mit Fragen fremder Ren=
ten so erfolgreich zu vereinigen gewußt hatte,
waren ihm die ausländischen Rentengeschäfte still=
schweigend in sein Reich am linken Flügel des
Bankgebäudes zugewiesen worden.

„Vor drei Monaten hätte ich es nicht für
möglich gehalten, daß wir Beckenhardt bei uns
sehen würden," sagte der Geheimrat.

Die Frau Geheimrat bewegte sich ein wenig
hochmütig in ihrem Fauteuil, so daß die schwere
glänzende Seide ihres mit Chantillyspitzen be=
setzten Rockes rauschte. Im belehrenden Tone
sagte sie:

„Gesellschaftlicher Verkehr und geschäftliche
Gegnerschaft stehen doch nicht im Widerspruch.
Es gibt Künstler, die mit ihren schärfsten Kri=
tikern verkehren,"

„Mag sein. Aber es ist doch schön, daß ein
Mensch, dem man seinen besten Coup verdirbt,
gute Miene dazu macht.“

„Ich muß dir sagen, lieber Artur, daß ich
von deiner Einladung dieses Menschen, dieses
Mühlbrecht, ganz und gar nicht entzückt bin.“

„Du kennst ihn doch gar nicht.“

„Gegen ihn habe ich auch nichts. Aber gegen
seine Frau. Ein wohlerzogener junger Mann ist
immer willkommen. Wir brauchen unsern Schwiegersohn wenigstens nicht zu bitten, gleich fünf
Kameraden mitzubringen. — Aber mit Frau?
Was soll sie hier? Ein Tänzer weniger für
die anderen Damen.“

„Die Offiziere machen sich eine Ehre daraus.
Die Herren Leutnants verkehren alle gerne in
Häusern, in denen sie Töchter reicher Eltern
treffen. Ein klein wenig tragen wir auch dazu bei,
daß Ernst in seinem Regiment lieb Kind ist.
Reichtum des Schwiegervaters schändet auch in
Sr. Majestät Garderegiment nicht.“

Ein Diener meldete: „Herr Hauptmann von
Paderberg und Gemahlin.“

Ernst von Paderberg eilte sofort auf seine
Schwiegermutter zu und küßte ihr galant die
Hand. Der Geheimrat begrüßte seine Tochter.

„Na, Emma, Mama ist auch noch da,“ rief

Frau Geheimrat und musterte ihre Tochter. „Hübsch siehst du aus. Hatte ich nicht wieder einmal recht, als ich dir bemalten Chiffon riet? Die Rosen machen dich ordentlich duftig."

„Emma, Emma, wer hätte das gedacht? Mama lobt deine Toilette. Du kannst es noch weit bringen."

Die junge, blonde Frau sah den Hauptmann an. Er war eigentlich recht verdrießlich von Hause weggefahren. Und nun plötzlich eitel Spaß und Freude?

„Habe ich etwas verbrochen, Kind? Du guckst mich so sonderbar an."

„Verbrochen? Nein. Im Gegenteil. Du bist ordentlich fidel geworden."

Der Geheimrat meinte: „Na, versteht sich. Ein Hauptmann von Sr. Majestät Garderegiment wird doch nicht griesgrämig dreinschauen."

Alle lachten, als ob ein Witz gefallen wäre.

Draußen ertönte Lärm und Säbelklirren.

„Kameraden zur Stelle," sagte der Hauptmann in schneidigem Ton und rückte im Fauteuil. Man hörte wieder andere Stimmen und ein leises „Danke" eines jungen Mädchens. Ein Hin und Her von Schritten und dann derselbe Diener, der gleich eine ganze Reihe von Karten ablas:

„Herr Konsul Redderson mit Frau Ge-

mahlin und Fräulein Tochter, Herr Oberleutnant
von Mühren, Herr Oberleutnant von Marmehoff,
Herr Leutnant von Ilmenhausen, Herr Oberleut=
nant von Eck."

Die Gäste traten ein. Drei Offiziere waren
bereits bekannt. Leutnant von Eck stellte sich
vor. Als der Hauptmann wieder Platz nahm,
setzten sich auch die anderen Offiziere. Frau von
Paderberg bemühte sich gleich, das Gespräch zu
beleben. Sie war nur deshalb so früh gekommen,
damit Mama nicht etwa mit den Offizieren allein
sei und irgend eine Ungeschicktheit oder Takt=
losigkeit wage. Es schien, daß die Frau Konsul
der jungen Frau zu Hilfe komme. Sie nahm die
Frau Geheimrat ganz in Anspruch und sprach in
so liebenswürdigem Tone, daß sich ihr ihre Part=
nerin nicht entziehen konnte.

Nun meldete der Diener wieder neue Namen.

Eine ganze Korona von jungen Mädchen in
mattrosa und blau und weiß saß und stand bald
umher und wurde von den Offizieren hofiert. Die
Herren boten den Damen den Arm und man
schritt weiter aus dem vollen Herrenzimmer mit
den grünledernen Sofas und Fauteuils in den
großen Nebensaal.

Weit und leer stand der Saal da und lockte
durch seine spiegelnden Parkettflächen zum Tanze.

Die Wände waren mit schwerem, silbergrauen Rips ausgelegt, dessen Wirkung durch mattgraue durchlaufende Holzleisten gesteigert wurde. Kein Möbelstück, kein Fauteuil. Nur weite, spiegelnde Bodenfläche, und darüber ein glatter, ganz schmuck=freier Plafond, der ein blendendes, von unsicht=baren Quellen ihm zugeworfenes Licht zurück=strahlte.

Ein unbewußtes Wiegen lag im Gang der Paare, die den langen Tanzsaal durchquerten und nach der Flucht der kleinen Salons strebten, die sich auf der anderen Seite befanden.

Immer neue Gäste kamen. Man verteilte sich in die zierlichen Boudoirecken eines kleinen, im Louis XV=Stil gehaltenen Salons, in die weiten ostasiatischen Korbstühle des Wintergartens, und drei ältere Herren saßen bereits ganz am Ende der Salonecke in den bequemen eng=lischen Lehnstühlen des Rauchzimmers.

Da tauchte eine junge Frau auf. Fast noch ein Mädchen. Ein Mädchen, das ganz von der übrigen Gesellschaft abstach, das schlicht und schmucklos am Arm eines jungen Menschen durch die Räume ging und durch eine angeborene Vor=nehmheit auffiel. Sie trug keinen Schmuck, sie kam in einem schwarzen Kleid aus geschmeidig weichem Samt. Biegsam und schlank bewegte sie sich, mit

8*

einer Grazie, die ihrer Salonumgebung wider=
sprach, die viel eher an die keusch lieblichen Be=
wegungen eines Rehs erinnerte, das leicht und
frei durch den Morgenwald schreitet. Und alles
an ihr bestrickte durch Natürlichkeit. In dem
tiefgehenden spitzen Ausschnitt schimmerte das
blendende Weiß eines jugendfrischen Mädchen=
körpers. Eine große La France-Rose hob sich von
dem düsteren Schwarz des Kleides ab und gab
dem elfenbeinfarbenen Teint eine leichtgehauchte
Färbung. Und darüber ein lichtblonder, ver=
gnügter Kindskopf, auf dem ein lustiger, unordent=
licher Knoten hochgebunden war. Ringsum wohl=
frisierte Mädchen, und hier eine Frau, die ihren
wuschligen Schopf aufgesteckt hatte wie ein kleines
Kind, das sich zum Waschen anschickt. Eine
kleine Samtschleife, schief an der linken Seite,
unterbrach das blonde Gekräusel. Keck und ver=
spielt, neckisch und einfach; natürlich.

Und ruhig, ohne jemand zu beachten, schritten
die beiden zum Wintergarten.

„Pardon, gnädiges Fräulein kennen viel=
leicht die Herrschaften, die eben vorbeigingen?“

„Nein,“ sagte Fräulein Lore Krüger. „Inter=
essiert Sie vielleicht die Dame so lebhaft, Herr
Oberleutnant?“

„Durchaus nicht. Dachte nur, daß gnädiges Fräulein vielleicht die Herrschaften kennen.“

Lore unterbrach das Gespräch ihrer Schwester mit dem Oberleutnant von Eck. „Käthe, kennst du vielleicht die Herrschaften, die eben vorbeigingen, die junge Dame mit dem Herrn im Frack?“

Und Fräulein Käthe Krüger bestätigte, was Lore auch selbst gewußt hatte, daß sie die Herrschaften nicht kenne.

Lore ärgerte sich über das Interesse, das ihr Kavalier für eine andere Dame gezeigt hatte und beharrte bei dem Thema. Vielleicht auch kam sie sich dabei neckisch und interessant vor. Sie bat den Oberleutnant, sie zu begleiten und wollte durchaus den Namen jener jungen Dame erfahren.

Sie hatte sich schon bei fünf Personen erfolglos erkundigt, als der Oberleutnant den Vorschlag machte, das Verfahren abzukürzen und die Wirtin selbst zu fragen, wenn das gnädige Fräulein nicht in den allgemeinen Verdacht kommen wolle, ein wenig neugierig zu sein.

Frau Geheimrat thronte noch immer im Herrenzimmer in Gesellschaft älterer Herrschaften. Besonders Frau Kommerzienrat Löwberg und Frau Konsul Redderson nahmen sie sehr in Anspruch. Sie freute sich, als sie eine Uniform auf sich zukommen sah.

„Dürfen wir uns eine Frage gestatten, Frau Geheimrat?" fragte Käthe kokett.

„Oh gewiß, mein liebes Fräulein."

„Das gnädige Fräulein möchte partout den Namen eines jungen Paares wissen, das hier zu Gast ist." Der Oberleutnant mischte sich selbst in das Gespräch. Ihm war das ewige Kokettieren mit seinem angeblichen Interesse für eine andere Dame langweilig und er wollte kurzen Prozeß machen.

„Welches Paar, bitte?" fragte Frau Geheimrat interessiert.

Und mit dem altklugen Ton einer älteren Tante sagte Lore:

„Wir Damen verständigen uns über andere wohl am besten nach den Toiletten. Die Dame, die Herrn Oberleutnant so sehr interessiert, trägt ein schwarzes Samtkleid und hat loses blondes Haar."

„Nun weiß ich allerdings Bescheid. Aber Sie werden durch mich nicht klüger werden. Die Dame heißt Frau Mühlbrecht."

Lore wollte mehr wissen. „Frau Mühlbrecht" sagte freilich nicht viel. „Was war ihr Gatte?"

„Genau weiß ich es nicht," antwortete Frau Geheimrat. Sie hätte gar zu gerne eine ironische

Bemerkung über diese Frau Mühlbrecht gemacht.
Aber sie sagte sich, daß sie ihr eigenes Ansehen
schädigen würde, wenn sie ihre Gäste herabsetzte.

Frau Konsul begann sich für den Fall zu
interessieren. Sie sagte:

„Der Herr Geheimrat würde jedenfalls Aus-
kunft geben können." E i n e r der Gatten mußte
doch Bescheid wissen, aus welchem Grunde diese
Fremden eingeladen worden waren. Und, zu
Bock gewendet, rief sie:

„Herr Geheimrat, würden Sie vielleicht so
liebenswürdig sein, uns für einen Augenblick Gesellschaft zu leisten?"

Der Geheimrat kam herbei. Und mit ge-
heimnisvollem und aufdringlichem Ausdruck
stellte Frau Konsul ihre Frage.

„Herr Mühlbrecht ist eine leitende Persönlichkeit im Kaufhause Brüggemann," sagte der
Geheimrat.

Und mit naiver Miene wiederholte Frau
Konsul noch einmal fragend:

„Eine leitende Persönlichkeit im Kaufhause
Brüggemann?"

„Jawohl," sagte Bock trocken. „Ganz recht."

Frau Konsul mußte einsehen, daß sie über-
flüssigerweise eine peinliche Pause provoziert

hatte. Frau Geheimrat war froh, daß ihr Mann
so bald darüber belehrt worden war, wie richtig
sie wieder einmal gefühlt hatte, daß dieser junge
Mann aus dem Kaufhause nicht eingeladen
werden sollte. Der Oberleutnant aber hatte für
heute genug von seinem Gänschen. Ostentativ
sagte er:

„Sehr sympathische Menschen, in der Tat.
Würden Herr Geheimrat wohl so liebenswürdig
sein, daß gnädige Fräulein und mich den Herr=
schaften nun persönlich vorzustellen?"

Und zur größten Ueberraschung der Frau
Geheimrat und der Frau Konsul bot er der ver=
legenen Lore den Arm und schritt mit ihr in Be=
gleitung des Geheimrats durch den Tanzsaal und
die Salons, dem Wintergarten zu.

Hans und Trude saßen in Fauteuils von
seinem schmiegsamen Strohgeflecht hinter einer
großen Palme.

Der Geheimrat stellte vor.

Lore Krüger war in das Thema, das ihr
bereits eine so fühlbare Niederlage eingetragen
hatte, wie verbissen. Wieder begann sie:

„Gnädige Frau glauben gar nicht, wie sehr
Herrn Oberleutnant daran lag, Ihnen vorgestellt
zu werden."

Oberleutnant von Mühren war sichtlich ver=

legen. Aber Frau Mühlbrecht schien die Be=
merkung, so laut sie auch vorgetragen worden war,
nicht gehört zu haben. Hans erhob sich langsam
und sagte:

„Gehen Sie nie in Gesellschaft in einen
Wintergarten, gnädiges Fräulein."

Verblüfft starrte sie ihn an.

„Warum?"

„Weil Grün bei künstlichem Licht ihr Ge=
sicht leidend macht."

Sie wurde ganz rot. Eine Antwort! Eine
Antwort! dachte sie, eine geistreiche und schlag=
fertige Antwort! Dieser freche junge Mann aus
einem Kaufhaus sollte ihr das bieten dürfen?
Und sie sagte:

„Ach ja, Sie müssen sich ja auf Farben ver=
stehen. Sie haben ja wohl, wenn ich nicht irre, mit
Stoffen und Konfektion zu tun."

So. Der Hieb saß. Jetzt mußte sie Eindruck
gemacht haben.

Doch was war das? Der freche Mensch
lachte. Lachte herzlich und laut.

„Reizend," sagte er, „einfach reizend. Nein,
mein liebes Fräulein, machen Sie es nur nicht
den Alten nach. So lange man kurze Röckchen
hat, steht einem alles. Sie sind in Ihrer kind=
lichen Unbeholfenheit geradezu entzückend."

Wieder sah sie verblüfft drein. Konnte sie aufstehen und ihm ihre langen Röcke zeigen?

Und Trude lächelte, lieb und treu, und schalt die bösen Männer, die selbst ihr Entzücken so offen und brutal zeigten, daß man ein junges Mädchen vor ihrem Lob ordentlich in Schutz nehmen müsse. Sie nahm Lore auf ihre Seite und streichelte sie, und der Oberleutnant lachte, und der alte Geheimrat lachte, und Lore mußte sich mit der ihr zugeteilten Rolle zufrieden geben.

Der Geheimrat war bei der kleinen Szene ordentlich vergnügt geworden. Er bat Trude, ihm ihren Gatten zu überlassen und führte Hans mit sich fort.

Die drei blieben zurück. Hans sah noch, wie Trude in harmlos freundlicher Weise den Offizier dem kleinen Ding zurückführte.

Dann folgte er dem Geheimrat in das Speisezimmer.

Die Diener sprangen auf.

„Wenn's los geht, holen Sie uns aus meinem Zimmer," befahl der Geheimrat und zog sich mit Hans aus den Gesellschaftsräumen in sein behagliches Arbeitszimmer zurück.

„Sie rauchen, Herr Mühlbrecht?"

„Ja, bitte." Hans nahm eine Zigarette.

„Mir ist das Weibervolk drinnen langweilig. Hier sind wir sicher und können tun und
lassen, was uns gefällt. Hätten Sie etwas dagegen, wenn ich mich aufs Sofa legen würde?"

„Nein, ich bitte darum, Herr Geheimrat."

„Um so besser." Der Geheimrat streckte sich
schon.

„Sagen Sie, Herr Mühlbrecht, finden Sie
es nicht sonderbar, ja amüsant möchte ich sagen,
daß Beckenhardt heute unser Gast ist?"

„Nein, Herr Geheimrat."

„Nanu!"

„Direktor Beckenhardt hat ein Interesse
daran, sich mit Ihnen gut zu stellen."

„Ein Interesse? Welcher Art, wenn ich
fragen darf?"

„Materieller Art, Herr Geheimrat."

„Ja, natürlich, materieller Art. Aber wieso?"

„Welches Interesse er augenblicklich hat, weiß
ich nicht."

„Vermuten Sie etwas?"

Hans ließ Bock eine kurze Weile warten.
Dann sagte er:

„Ja, Herr Geheimrat."

„Warum schwiegen Sie darüber?"

„Es wäre unbescheiden von mir, wenn ich
mir erlaubt hätte, Ihnen zu raten."

„Oh, bitte, Sie wissen, daß ich Ihren Rat
sehr schätze . . ."

Hans neigte leicht den Kopf.

„Also, bitte, woran denken Sie?"

„Es ist nur eine Kombination, Herr Geheimrat, und Sie selbst werden am besten sofort
oder später sehen, ob ich richtig oder falsch ver-
mute: die Kreditbank verhandelt wegen Einführung einer neuen ausländischen Rente . . ."

„Ja, und . . . ?"

„Aktienbanken sind nicht die gesuchtesten
Emissionshäuser für ausländische Renten. Es
gibt politische Konstellationen, in denen die öffentliche Meinung und die Aktionäre die Direktion
von allzu großen Interventionen und Kapitals-
engagements zurückhalten können. Auf Ihre und
Ihres Sozius Entschlüsse kann kein Aktionär und
keine öffentliche Meinung Zwang ausüben. Auf
diesem Plan sind Sie der Gesuchte, nicht die
Aktienbanken."

Der Geheimrat schwieg. Sollte er sich jenem
Menschen, der erst vor Wochen plötzlich auf seinen
Lebensweg getreten war, preisgeben und ihm
sagen, daß er, der Fernstehende, richtig gesehen
hatte? Nein; er schwieg und sprach dann zu
Hans von seiner Frau.

„Sie haben die entzückendste Frau, die ich

kenne, Herr Mühlbrecht. Die Damen unserer Kreise werden bald keine Tänzer mehr haben, wenn solche Gegnerschaft auftritt."

Hans sagte kein Wort. Nicht einmal durch ein verbindliches Lächeln antwortete er. Er wartete gelangweilt auf Bocks weitere Rede.

„Ihre Frau Gemahlin ist wohl am Ende gar keine Tänzerin?" lachte Bock. „Bei Ihnen kann man ja auf die sonderbarsten Dinge gefaßt sein."

„Oh doch, sie tanzt ganz gerne."

„Das haben Sie ganz famos gemacht, vorhin, mit der kleinen Krüger. Ich habe mich lange nicht so gut amüsiert, wie über das Gesicht von dem blamierten Ding."

„Krüger?" fragte Hans. „Ich hörte vorhin ihren Vater „Herr Kommerzienrat" ansprechen. Ist das vielleicht der Brauer Krüger?"

„Ganz recht. Und die Tochter eben dieses Brauers zog gegen Sie los, weil sie auf Ihre Frau Gemahlin eifersüchtig war. Ihr Kavalier war ihr nicht galant genug."

„Gestatten Sie mir die Frage, Herr Geheimrat, sind Sie an Krügers Brauerei beteiligt?"

„Ja. Warum?"

„Ich fragte ohne Grund, aus Neugierde."

„Gibt es Dinge, für die Sie sich nicht inter=
essieren, Herr Mühlbrecht?"

Hans lächelte. „Herr Geheimrat überschätzen
meine Interessen."

„Jetzt sagen Sie mir doch aber endlich, wie
es Ihnen in Ihrer neuen Stellung gefällt. Sie
müssen doch, weiß Gott, jetzt in ihrem Element
sein."

„In meinem Element?" scherzte Hans, und,
plötzlich ernst werdend, fügte er hinzu: „Wür=
den Sie es glauben, Herr Geheimrat, daß ich
täglich kostbare Weisheiten lerne, intimste, tiefste
Zusammenhänge, daß ich heute in das Wesen
eines Warenhauses blicke, wie selten einer, und
daß mir meine ganze, große, neu erworbene Weis=
heit im Grunde nichts, gar nichts nützt?"

„Glauben will ich es gerne, aber ich ver=
stehe es nicht."

„Es ist kein Thema für einen kurzen Augen=
blick, in dem man sich aus einer Gesellschaft ge=
rettet hat, um vor der Suppe noch eine Zigarette
zu rauchen."

„Das müssen Sie besser wissen, Herr Mühl=
brecht. Haben Sie denn soviel auf dem Herzen?"

„Pardon, Herr Geheimrat, so war es nicht
gemeint. Ich wollte nicht etwa aus der Schule

schwatzen oder ein zweitesmal um ihre Protektion
bitten."

„Kommen Sie mit Ihren Chefs nicht gut
aus?"

„O doch. Herr Brüggemann ist der feinste,
klügste Kopf, den ich mir als Chef wünschen
könnte. Er ging jahrzehntelang seinen Weg und
hält den Beweis in der Hand, daß sein Weg der
richtige war."

„Und Sie halten ihn für falsch?"

Hansens Stimme wurde ganz fest, ganz ernst:

„Herr Geheimrat, Mann zu Mann: ich halte
Franz Brüggemanns Weg für falsch. Für jeden
andern wäre der Weg richtig, nur nicht für ihn,
für ihn ganz allein nicht!"

„Er weiß, daß Sie so denken?" Auch der
Geheimrat stellte seine Frage in tiefernstem Ton.

„Nein."

Es wurde ganz still im Zimmer.

„Wissen Sie selbst, heute schon, nach wenigen
Wochen, nach einem Monat, wenn ich nicht irre,
was Sie wollen? Ich meine ganz klar, ganz
durchdacht, ganz berechnet, vorsichtig berechnet?"

Und mit ernster Miene und mit dem Gefühl
voller Verantwortlichkeit sagte Hans:

„Ja, Herr Geheimrat."

Der Geheimrat erhob sich aus seiner liegenden

Stellung und sah ihn fest an. Eine ganze Weile.
Und dann sagte er:

„Sie erzählen mir dies nicht ohne Absicht,
Herr Mühlbrecht."

Und dieselbe unerschütterliche Stimme:

„Nein, Herr Geheimrat."

„Sie haben einen fertigen Plan?"

„Ja, Herr Geheimrat."

„Es bedarf Geld zu seiner Ausführung?"

„Ja, viel Geld."

„Wieviel?"

Hans zögerte. Es schien ihm heller Wahn-
sinn, hier zwischen einer Konversation im Wintergarten und einem Diner ein Projekt vorzuschlagen
und zu besprechen, das von so ungeheurer Tragweite war, das so verschiedenartige Gebiete umfaßte, das soviel Fachkenntnisse und ein so feines
Verständnis für Lebenserscheinungen und Menschenmassen bedingte, das durchgeführt, nicht mehr
und nicht weniger als ganz Berlin in Bewegung
setzen würde. Der Blick des Geheimrats haftete
noch immer an seinem Gesicht.

„In einigen Minuten vielleicht werden wir zu
Tisch gerufen, Herr Geheimrat. Die Dinge, über
die ich sprechen möchte, sind nicht klein genug,
um in einem Zwischenakt behandelt zu werden . . ."

Der Geheimrat sah ihn mit demselben Ernst an und Hans sprach weiter.

„Mein Projekt bedingt zwei Neugründungen von großer Tragweite. Es ist eine Unternehmung, die die Interessen Ihres Hauses noch viel enger, viel intimer mit denen des Hauses Brüggemann vereinigt, eine Unternehmung, die Ihnen das Uebergewicht über die Kreditbank, über die Kommerzialgesellschaft, über alle Aktienbanken sichern soll, eine Unternehmung, die das Kaufhaus Brüggemann zu einer Macht und zu einer Rentabilität emporführen soll, wie sie noch kein Kaufhaus hat, eine Unternehmung, die Berlins Leben in gewissem Sinne umgestalten würde, eine Unternehmung, zu der 18 bis 20 Millionen nötig wären. Ist es möglich, einen solchen Plan jetzt und hier zu entwickeln?“

Der Geheimrat schwieg lange. Und trotzdem er dem jungen Menschen, der ihm hier gegenübersaß, größere Fähigkeiten zusprach, als irgend einem andern, dem er je begegnet war, und trotzdem er ihm schon zweimal staunend gegenübergesessen hatte, trotzdem er unter dem Eindrucke seiner ersten Unterredung im stillen und durch Vertrauensmakler fast seinen ganzen Besitz an Industriepapieren glattgestellt und sein bares Depot bei der Reichsbank gegen alle bessere Er-

fahrung und Einsicht auf 17 Millionen erhöht
hatte, statt mit dem Gelde nußbringender zu ar=
beiten, troßdem fragte er sich, ob er hier einen
Spieler, oder ein sich voll bewußtes, weiteste Ge=
biete mit scharfem Blick durchforschendes Genie
vor sich sehe.

Draußen hörten sie Schritte. Vielleicht war
es schon der Diener, der sie in den Saal bitten
wollte.

Der Geheimrat erhob sich und stand ganz
aufrecht neben Hans. Auch Hans war unwillkür=
lich seiner Bewegung gefolgt. So standen sie sich
Mann zu Mann gegenüber und blickten sich fest
und ernst an.

„Ohne Ihren Plan zu kennen, Herr Mühl=
brecht, auf nichts fußend, als auf Ihre Persön=
lichkeit, sage ich Ihnen: wenn Sie mir Franz
Brüggemanns Zustimmung zu dem bringen, was
Sie planen, so können Sie auf meine Hilfe
rechnen.“

Draußen blieben die Schritte vor der Tür
stehen. Es klopfte, der Diener trat ein, bat zu
Tisch und verschwand wieder.

Und Hans Mühlbrecht stand immer noch un=
beweglich da. Seine Augen schienen zu sprechen.
Aber seine Zunge versagte. Und dann plötzlich
reichte er, der junge, junge Mensch, dem andern,

dem Finanzkönig die Hand. Aber er konnte nicht sprechen. Er stammelte nur:

„Ich danke Ihnen."

Dann gingen sie hinein, in den Speisesaal.

* *

*

Der große, weite Saal war leer. Die weiten Flügel der Türe, die zum Tanzsaal führten, waren zurückgeschoben. Drinnen sah man ein buntes Gewirre, aus dem sich einzelne Paare loslösten. Es schien, daß man eine Art Einzug in den Speisesaal veranstalten wollte. Der Geheimrat ging durch die weite offene Türe zu der Gesellschaft. Hans eilte durch den linken Flügel, um Trude in den Salons zu suchen. Erst im kleinen französischen Boudoir traf er sie. Franz Brüggemann saß neben ihr auf einem der mit roter Seide überzogenen Mahagonisofas. Sonst war niemand in dem kleinen Salon. Hans sah, wie der Senior Trude mit verschüchtertem, achtungsvollem Blicke ansah, wie sie in einem fesselnden Gespräch begriffen waren.

Fast bescheiden näherte er sich ihnen. Er hatte Trude gebeten, die Frau Geheimrat zu gewinnen, sich mit der jungen Frau Wehrhahn nett

9*

zu stellen, sich den andern gegenüber etwa wie
das harmlos liebe Kind einer altenglischen Pairs=
familie zu geben, in der taktvolle Vornehmheit und
natürliche Grazie des Wesens zur Geschlechts=
tradition geworden waren. Nur über Franz
Brüggemann hatte er ihr nichts, gar nichts gesagt,
hatte ganz auf ihre sensiblen, fraulichen Instinkte
gebaut. — Und siehe da, seine Trude hatte sich
gleich das erstemal so zu benehmen gewußt, wie
er es ganz heimlich bei sich selbst gewünscht hatte.
Noch wußte er nicht, daß sie in der kurzen Zeit,
für die er sich mit dem Geheimrat zurückgezogen
hatte, zum Mittelpunkt der Gesellschaft geworden
war, daß in jener kurzen Zeit fast nur die eine
interessierte Frage durch die Säle gegangen war:
wer ist diese Frau? Und doch sah er auf den
ersten Blick, den er auf sie und den Senior ge=
worfen hatte, daß seine Trude ganz so war, wie sie
sein sollte, wie sie in diesem Kreis als seine Frau
sein mußte.

Die beiden bemerkten ihn. Und freundlich,
herzlich, begrüßte ihn der Senior:

„Da haben wir Sie also wieder, Herr Mühl=
brecht. Sie haben Ihre junge Frau gründlich im
Stich gelassen."

„Der Geheimrat war so liebenswürdig, mich
zu einer kleinen Unterredung einzuladen."

„Potztausend, Sie sind ein gesuchter Mann.
Ich dachte, daß der Geheimrat nur mit Ihnen
plaudern wollte. Aber nein, zu einer Unterredung hat er Sie gebeten, Sie gleich mit Beschlag
belegt. Vielleicht gar zu einer regelrechten Konferenz?"

Hans lächelte leise: „Es war in der Tat
fast so etwas, wie eine Konferenz, Herr Brüggemann."

Trude hörte freundlich und aufmerksam zu.
Sie blieb ganz die englische Lady, die es völlig
in Ordnung findet, daß die Herren auch in ihrer
Gegenwart von des Königreichs politischen Geschäften sprechen, die Lady, die den Respekt vor
dem Lebensproblem des Adelsgeschlechtes hat,
dem auch sie angehört.

„O, vor Ihnen muß man sich in acht
nehmen," scherzte der Senior und lachend fügte er
hinzu. „Wenn Sie hinter meinem Rücken nicht
gleich das ganze Haus Brüggemann veräußert
haben, so muß ich schon zufrieden sein."

Aus dem Hauptsaal, in dem die andern bereits alle versammelt zu sein schienen, ertönten ein
paar lustige Takte einer von Streichinstrumenten
vorgetragenen Melodie.

„Wir müssen uns beeilen," sagte der Senior
und verbeugte sich vor Trude. Mit einer freund-

lichen Handbewegung grüßte er Hans und ging
dann voraus.

Hans bot Trude seinen Arm. Langsam
folgten sie dem Senior durch die Flucht der
kleinen Salons.

Und während sie den lustigen Takten der
Geigen nachgingen, drückte Hans warm ihren
Arm. Sie errötete leise und ihre Augen wurden
noch leuchtender. So glücklich war sie, daß er mit
ihr zufrieden war.

Sie schlossen sich als letztes Paar dem
Zuge an.

Es ging das Gerücht um, daß man die be=
rühmte Tanzkünstlerin Nina Petrowna erwartet
hatte und daß sie noch vor drei Stunden dem Hof=
intendanten von Danner ganz bestimmt zu kommen
versprochen hatte. Nun aber wollte man nicht
länger warten und ging doch ohne sie zu Tisch.

Hans saß mit Trude an der rechten Innenseite
der in Hufeisenform gestellten Tafel, auf dem
Flügel der Jungen. Rechts von ihm saßen in
bunter Reihe je ein Offizier und ein junges
Mädchen in richtiger Abstufung der Backfisch=
farben, blau, rosa und weiß. Nur Lore Krüger saß
mit einem Leutnant an der andern Innenseite der
Tafel.

Gegenüber von Trude saß Oberleutnant von

Mühren neben einem leeren Stuhl. Offenbar hatte man die abwesende Nina als seine Tisch= dame gedacht.

Die Diener gingen mit Schüsseln herum und boten Hors d'oeuvres assortis an. Hier und da nahm einer eines der winzigen mit Kaviar oder anderem belegten weißen Brötchen und nippte an dem süßen goldfarbenen Wein, der in die kleinsten der Kristalle geschenkt wurde, die in Gruppen ver= schiedener Größen und Glastönungen vor jedem Platz blinkten.

Mitten in die Geigentöne eines leisen Adagio klang eine Frauenstimme herein.

Es war Nina Petrowna, die nun doch ge= kommen war.

Der Intendant erhob sich und begleitete sie zu Frau Geheimrat. Vom Kopf der Tafel hörte man ein paar liebenswürdige Worte. Und dann saß Nina Petrowna Hans gerade gegenüber, neben Oberleutnant von Mühren.

Von Mühren erhob sich und stellte sich vor. Mit leichter Kopfbewegung dankte sie. Hors d'oeuvres und Suppe lehnte sie mit leiser Finger= bewegung ab. Dann blickte sie die Tafel entlang. Bei Trude blieb ihr Blick stehen. Als Trude auf= sah, grüßte sie sie mit ganz leisem Lächeln.

Hans dachte: sie frisiert sich ganz so, wie sie

muß. In der Art, wie die Unordnung der sich
bauschenden und fallenden Locken und Löckchen
geregelt ist, liegt eine Kunst. Der schwere diamant-
besetzte dunkle Schildpattkamm kann nur auf
diesem Haar als Diadem wirken. Nur die
Boutons sind etwas zu lang. Sie schädigen sie.
Sie geben dem feinen und edlen Gesicht etwas
Unsolides . . .

Da sah sie ihn an. Ihre Augen spielten
kaum merklich zu Trude herüber und kamen zu
ihm zurück. Es zog etwas Burschikoses über ihr
Gesicht und dann lächelte sie.

Hans dachte: Nun spielt sie. Nun beginnt
sie einen Kampf. Schon weiß sie, wer heute ihr
Gegner ist. Wahrhaftig, sie tändelt nicht, sie geht
geradeaus aufs Ziel. Ich bin der wundeste Punkt
ihres Gegners, und mich lockt sie zu sich herüber.

Und er nahm das Spiel auf. Aus Amuse-
ment. Als Zwischenaktspiel, als kitzelndes, er-
frischendes Nervenspiel zwischen einem heute bereits gewonnenen schweren Kampfesgang und den
kleinen Scharmützeln, die der Abend noch bringen
mochte.

Er wandte sich Trude zu und sprach leise
mit aufmerksamer, inniger Miene gleichgültige
Worte. Und in einem Gefühl intimster Zu-
sammengehörigkeit antwortete ihm Trude in der-

selben herzlichen Art. Wie zwei liebe Kinder im Winkel eines Schloßgartens flüsterten sie sich in einem Gefühl keuscher Freudigkeit alltägliche Worte zu.

Nina Petrowna blickte unruhig auf einen winzigen Salzkelch, der vor Hans auf dem Tisch stand. Er sah es und rührte sich nicht. Sie bat von Mühren um den kleinen Dienst, und Hans hörte es und reichte das Gerät nicht, suchte nicht mit einem Blick nach ihm. Er sah nach ihren kurzen und offenen Glockenärmeln, die die Arme bis obenhin sehen ließen und nach den langen Spitzen= handschuhen, unter denen kostbare Armbänder vor= blinkten. Und er sah ihr zu, wie sie mit ihren braunen, dünnen, feinen, beringten Händen Messer und Gabel führte.

Sie konnte den leisen Aerger über ihn nicht verbergen. An der Nervosität der leicht sich blähenden, dünnen Nasenflügel sah er ihn und spielte weiter.

Ganz leise, nur ihr merklich, bewegte er sein Glas und trank ihr so zu. Hielt es nicht für nötig, sich ihr vorzustellen, und trank ihr zu. Und sie fühlte, daß er sie als Dame nicht für voll nahm. Sie wollte an ihm vorbeisehen, ihn nicht beachten, aber der Trotz in ihr zwang sie, ihn, gerade ihn, der andern zu entlocken.

Ganz unbewußt fühlte sie auch, daß er in dieser Gesellschaft etwas bedeuten mußte, daß vielleicht gar Millionen durch seine Hände gingen, daß vielleicht gerade er berufen war, den Grafen als Verehrer abzulösen.

In der Art, wie von Mühren Trude mit dem Blick streifte, sah sie, daß er sie näher kennen mußte. Und sie bat ihn, ihr doch die Namen der Gäste zu sagen. Recht kokett, mit hilfloser Geste sagte sie, daß sie unter lauter Fremde geraten war.

Von Mühren war in Verlegenheit. Auch er kannte die wenigsten. Sich halb erhebend stellte er sein Visavis vor. „Herr Mühlbrecht — Frau Mühlbrecht — Fräulein Nina Petrowna."

„Nina Petrowna Bogdanow," ergänzte sie lachend.

Hans begnügte sich damit, sich halb zu erheben und seine Verbeugung zu machen. Daß in der gewünschten Vorstellung eine Aufforderung zur Konversation lag, schien er nicht zu bemerken.

Vor ihm auf dem Teller lag eine Wachtel. Und deren Sektion widmete er sich mit zierlichen, geschickten Bewegungen.

Das kleine Orchester im Nebensaal intonierte das Toreromotiv aus Carmen. Nina Petrowna bekam einen leidenden Zug in ihr fein geschnittenes Gesicht. Sie hob ihre Hand und machte eine

läſſige Bewegung, als ob ſie die lauten Töne
verſcheuchen wollte.

Und er ſah ſie feſt an, faſt mit einer imper-
tinenten Frage, warum ſie ſich denn ſo krampfhaft bemühe.

Sie war wütend, offenſichtlich wütend und
biß ſich faſt merklich auf die Lippe.

Er aber erhob ſein Glas und trank ihr wieder
zu. Mit frech intimen Augen.

Sie mußte ſich zuſammennehmen, um nicht
geradezu ungeſchickt zu ſein. Es war klar, ſie hatte
einen ebenbürtigen Partner, einen, der ihre Reize,
wie ſie wohl merkte, ſah, der ſie aber kühl ſah,
wie ein Feinſchmecker, der edle Koſt wohl ſchätzt,
dabei aber reſervierter Kritiker bleibt.

Eine lange Reihe von Gängen war bereits
ſerviert worden, und wohl ein halbes Dutzend
Gläſer, halb oder ganz gefüllt, war von lautloſen
Dienern abgenommen worden. Die Gäſte aßen
kaum mehr. Nun griff man zum Obſt, aß hier und
da eine der Früchte, plauderte nur noch ein Weil-
chen und wartete auf das Zeichen zum Aufbruch.
Da rückte ein Stuhl. Frau Geheimrat erhob ſich,
der Geheimrat bot Frau Direktor Beckenhardt den
Arm, und während ſie bei den Klängen eines
Wiener Walzers hinausſchritten, erhoben ſich die
anderen Gäſte.

Nina Petrowna hatte kaum eine Bewegung gemacht, als von Mühren sich stramm erhob und ihr seinen Arm bot. Ohne Gruß schritt sie davon, nur der Oberleutnant grüßte Trude und Hans mit besonderer Höflichkeit.

Nun nahm auch Trude seinen Arm. Ohne den Tanzsaal zu betreten, zogen sie sich durch die Salons in den Wintergarten zurück.

Die Frau Geheimrat kam an ihnen vorbei. Sie blieb stehen und wandte sich ihnen zu.

„O nein, gnädige Frau. In Ihrem Alter zieht man sich nicht zurück. Wie können Sie das nur zugeben, Herr Mühlbrecht?"

Hans führte Trude folgsam in den Tanzsaal. „Man muß dich sehr gelobt haben, wenn Frau Geheimrat Bock dich im Tanzsaal sehen will," flüsterte er ihr zu. „So schnelle Erfolge sind selten."

Sie sah ihn glücklich lächelnd an.

Sie sahen den Tanzenden ein wenig zu. Von Mühren kam herbei und bat Trude zum Tanz.

Geheimrat Wurm kam auf Hans zu. „Herr Mühlbrecht, nicht wahr? Sie zählen bei mir schon zu den vielen berühmten Menschen, die ich nicht kenne. An Ihnen aber will ich mich zuerst schadlos halten. Wurm heiße ich."

Und als Hans sich stumm verbeugte:

„Ich habe schon soviel über Sie gehört, daß ich Sie gerne selbst ein wenig kennen lernen möchte. Wollen wir hinten eine Friedenspfeife rauchen?"

Hans war es zufrieden, und so gingen sie ins Rauchzimmer. Es war außer ihnen noch niemand da. Sie setzten sich.

„Wie fühlen Sie sich hier in der Gesellschaft, Herr Mühlbrecht?"

„O, sehr wohl, Herr Geheimrat."

„Das war eine Verlegenheitsantwort. Die hätte mir ein jeder von dem halben Dutzend der Leutnants auch gegeben."

Hans lachte. „Männer mit sachlichem Ernst passen ja wohl nicht recht in Gesellschaft."

„Meinen Sie?"

„Wenn die Frage ernst gestellt ist, Herr Geheimrat, so kann ich wohl nur mit Ja antworten. Jawohl, das meine ich."

„Warum?"

„O, all das Leichte, Gesellige, Spielerische, Tändelnde und nicht zuletzt das Hausfrauliche ist doch wohl das, was wir das Feminine nennen. Ich habe immer das Gefühl, daß ich im Halb-schlaf mit einer Gesellschaft von zwanzig kon-versieren könnte, daß ich aber als ganzer, wacher, bewußter Mensch noch zu arm bin, um mit nur einem Menschen einen Dialog zu führen."

„Sie machen mich ordentlich schüchtern, Herr Mühlbrecht, denn augenblicklich bin ich der andere eine."

Sie lachten. Dann sagte Wurm:

„Es würde mich in der Tat interessieren, zu erfahren, was für ein Gefühl Sie hier in der Gesellschaft haben."

„Darf ich es denn aber auch aufrichtig sagen?" fragte Hans lachend. Und als der andere ihn darum bat, sprach er ganz ernst.

„Was für ein Gefühl ich habe? Ringsum Kulisse, vornehme, leichte, heitere Kulisse. Kleine, wertvolle Fetzen einer Kultur, getragen von Men= schen, die keinen innigen Zusammenhang mit dieser Kultur haben. Frauenkleider, die ihren Trägerinnen fast gegen ihren eigenen Geschmack komponiert und angezogen worden sind, ein Tanz= saal, von Menschen mit Künstlerblut und fein= stem Raumsinn geschaffen, ein Tanzsaal, aus dem eine Tradition leichtlebiger, galanter Kultur spricht und in dem Gänschen hüpfen, eine Tafel, gedeckt und bedient wie zu einem Fest von Frankreichs Herrschergeschlecht und geleitet von einer Frau, der kaum die Geste der Würde steht ... Ich bitte Sie um Verzeihung, Herr Geheimrat, ich bin

der letzte, den Sie fragen durften, ich stehe ein
wenig abseits und sehe deshalb zu viel."

Wurm hörte ihm mit offensichtlichem Inter=
esse zu. Dieser Mensch stand in der Tat abseits
und sah viel.

„Ich möchte fast so unbescheiden sein zu
sagen, daß ich nicht viel anders sehe, als Sie,"
sagte der Geheimrat.

Hans lehnte Wurms Bescheidenheit nicht mit
höflichen Worten ab, er lachte nur über sie, wie
über einen guten Scherz. Und dem Geheimrat
war dieser Takt angenehm.

„Auf Ihrer Seite saß die berühmte Nina
Petrowna an der Tafel. — Was für einen Ein=
druck hatten Sie von ihr?" fragte Wurm.

Interessierte sich der Geheimrat für sie?
Nein, er interessierte sich wohl nur für seinen
Eindruck, sie war ihm nur Konversationsthema.
Hans sagte:

„Nina Petrowna pendelt zwischen einer vor=
nehmen Dame und einer vom Demimonde. Das
könnte man freilich wissen, ohne sie je gesehen
zu haben. Aber das Interessante ist, daß sie
von ihrer Zweiheit weiß und daß sie sich selbst
nicht zu entscheiden vermag. Die Spitzentaille mit
dem langen Schoß, mit dem länglich viereckigen

Ausschnitt vorne, diese dunklen Lilatöne des
Samts, die die cremefarbenen Spitzen so raffiniert
geschmackvoll am Gürtel und am Saum unter=
brechen, der überall diskret angebrachte Diamant=
schmuck läßt sie als eine Dame der Pariser Welt
erscheinen. Man könnte sich sie neben der Präsi=
dentenloge beim Grand prix denken. — Nur
halb aber will sie so wirken, so möchte sie wirken,
wenn sie ihr eigenes Blut nicht in jene tiefere
Welt triebe. Was die Männer am meisten lockt,
wovor sie im Grunde die tiefste Angst haben, das
ist die Hetäre. Nina Petrowna will gleich einer
Hetäre locken, will Angst hervorrufen und mit
Opfern spielen.

Sie ist die einzige hier, die sich bewußt kleidet.
Sehen Sie daraufhin diese langen Diamantohr=
ringe an. In der Art, wie sie sie trägt, liegt ein
orientalischer Zug, ein Herabdrücken des Frauen=
preises auf materielle Werte, ein Feilhalten teurer,
kostbarer Ware."

Der Geheimrat hörte mit einem Interesse zu,
das von Wort zu Wort stieg. Nun, da Hans
schwieg, ging er seinen eigenen Gedanken nach.
Ein Rätsel stieg ihm auf, ein Rätsel, das er
dem andern nicht zu lösen geben konnte. Wie war
es möglich gewesen, daß gerade dieser Mensch auf
Bock einen so großen Eindruck gemacht hatte, auf
Bock, der doch nichts, gar nichts mit ihm gemein

hatte. Und über den er sann, Bock selbst, trat eben ein. Arm in Arm mit Direktor Beckenhardt.

Sie nahmen an demselben Tischchen Platz. Hans wollte sich zurückziehen. Aber Wurm hielt in zurück und stellte ihn vor.

Ein Diener trat ein und blieb, einige Schritte von ihnen entfernt, in abwartender Stellung stehen.

„Trinken die Herren schwarzen Kaffee?" fragte Bock, und als sie bejahten, stellte der Diener die Tassen auf den Tisch.

Man schlürfte den heißen, duftenden Trank und rauchte.

„Ich habe selten eine so angenehme Gesell= schaft beisammen gesehen, wie bei Ihnen, Herr Geheimrat," sagte Beckenhardt.

Bock dankte und sprach die Hoffnung aus, den Direktor häufiger bei sich zu sehen.

„Jetzt ist die Reihe erst an Ihnen, meine Herren," antwortete Beckenhardt.

Und Bock versicherte, daß es ihm ein Ver= gnügen sein würde, des Herrn Direktors Gast zu sein. Auch Wurm versprach zu kommen.

Eine Pause entstand. Es fiel auf, daß von drei Anwesenden nur zwei gebeten worden waren. Da wandte sich Beckenhardt an Hans und sagte:

„Ich würde mich freuen, auch auf Ihren Be=
such rechnen zu dürfen, Herr Mühlbrecht."

In liebenswürdigem Tone dankte Hans. Er
nahm den Anschluß gerne wahr, wenngleich er
ihm nicht gerade mit Vorbedacht geboten worden
war.

Beckenhardt erkundigte sich nach Geheimrat
Wurms Befinden, und so wendete sich die Kon=
versation. Man sprach von Aegypten, Sizilien,
der Riviera, sprach dann von Sommerreisen, von
Ostende und von der Tour nach den Nordlanden,
die Seine Majestät so populär gemacht hatte. Man
kam zu dem Ergebnis, daß es sehr schwer sei, ein
stilles, komfortables und abwechslungsreiches Ziel
für seine Sommerreise zu wählen. Dabei blieb
man stehen.

Eine Gruppe von Herren trat ein.

Nun wurde es lauter. Man konversierte
über die Tische weg, warf die Gesprächsstoffe
durcheinander, politisierte ein wenig, machte einen
gemütlichen Bierabend.

Hans dachte: ein paar Kannegießer mit
schweren Bäuchen und dicken Zigarren. Die Kreise
lösten sich, man wechselte die Plätze, man bildete
eher ein raucherfülltes Knäuel, als eine Gesell=
schaft.

Hans zog sich mit Wurm zurück. Bock und Beckenhardt blieben.

„Werden Sie zu Beckenhardt gehen, Herr Mühlbrecht?" fragte Wurm.

„Ja, Herr Geheimrat."

„Nur um zu beobachten, was Sie im voraus wissen? Ist es da nicht schade um den Abend?"

„Nein, Herr Geheimrat. Man sieht eigentlich doch ein wenig mehr, als Kulisse."

„In der Tat?"

„Ja, Herr Geheimrat." Und lachend: „Direktor Beckenhardt kam heute nicht nur aus Höflichkeit. Auch er kam als Beobachter. Man darf den Gegenzug nicht verpassen. Nun will ich als Beobachter in Feindes Lager."

Wurm lachte. „Identifizieren Sie sich denn mit den Interessen von Bock und Wurm?"

Und völlig ernst antwortete Hans:

„Jawohl, Herr Geheimrat."

Der andere sah ihn fragend an. „Ernsthaft?"

„Jawohl, Herr Geheimrat."

Sie waren gerade im Wintergarten. In einer Ecke flirtete ein Leutnant mit Käte Krüger. Wurm forderte Hans mit einer Bewegung auf, in der entgegengesetzten Ecke Platz zu nehmen.

„Die lustige Geschichte mit den Terrains in

10*

der Mauerstraße war für Sie keine bloße Episode, kein Einzelcoup?"

„Nein, Herr Geheimrat, ich war so unbe= scheiden, in gewissem Sinne, an einen dauernden Kontakt mit Ihrem Hause zu denken."

„Sie haben etwas Bestimmtes im Auge?"

„Ja, Herr Geheimrat."

„Geheimrat Bock weiß davon?"

„Der Zufall fügte es, daß ich ihm eine An= deutung machte, ohne das Gebiet, auf dem sich meine Idee bewegt, auch nur zu streifen."

„Und dürfte ich nach Einzelheiten fragen?"

„Ich bin glücklich, sie Ihnen vortragen zu dürfen. Soweit natürlich, als sie die Interessen des Kaufhauses Brüggemann nicht betrifft. Ueber den andern Teil meines Planes darf ich nicht sprechen, solange ihn mein Chef nicht voll und ganz gebilligt hat."

„So vereinigt Ihre Idee die Interessen unserer Bank mit denen des Kaufhauses?"

„Jawohl, Herr Geheimrat. Es handelt sich um zwei große Neugründungen. Die eine davon ist die Gründung einer Tageszeitung."

„O, die Gründung einer neuen Tageszeitung scheint mir kein billiges Vergnügen. Die ver= schlingt Millionen."

„Ganz recht, Herr Geheimrat. Nach meiner

Rechnung wären fünf Millionen dafür nötig, die
in zwei Jahren amortisiert wären und dann eine
Rente von einer und einer halben Million ab=
würfen."

„Sie sind sich darüber klar, Herr Mühlbrecht,
daß ich keinem andern auf einen solchen Vorschlag,
der dem Wesen unserer Bank völlig fernliegt, auch
nur folgen würde."

„Soll ich dies als Ablehnung ansehen, Herr
Geheimrat?"

„Als Ablehnung? Nein. Aber als Zeichen
des Befremdens. Welche Gründe könnten uns
als Bank veranlassen, eine Zeitung zu gründen?"

„Der Handelsteil der Zeitung, Herr Ge=
heimrat, der Einfluß, den Sie auf den Finanz=
markt gewinnen könnten."

„Gewinnen? Wozu? Kapital ist Einfluß,
nicht Druckerschwärze."

„Sehr wohl, Herr Geheimrat. Aber Drucker=
schwärze hat Einfluß auf das Kapital der Depo=
siteninhaber, kann auf die Anzahl und den Um=
fang der Depositen Einfluß haben, auf Majorität
und Minorität in Aufsichtsrat und Generalver=
sammlungen, im Börsenrat, in der Zulassungs=
stelle, im Emissionskonsortium."

„Zugegeben, wie würden Sie es machen, um
die Depositen zu vermehren?"

„Indem ich das Vertrauen in die Aktien=
banken untergrabe."

„Womit, bitte? Doch nicht . . ."

„Nein, durchaus nicht, Herr Geheimrat.
Nicht mit Entstellungen oder Gehässigkeiten, nur
mit sachlich ernster Kritik und mit Beweisen."

„Und was glauben Sie damit erzielen zu
können?"

„Dreierlei. Die Aktienbanken würden ge=
zwungen werden, ihre Kunden zu fragen, ob ihr
Aktienbesitz im Sinne der Verwaltungsvorschläge,
oder gegen sie benützt werden soll. Man würde
eine staatliche Aufsicht darüber erwirken, ob das
Material genau im Verhältnis der von den Ak=
tionären abgegebenen Ansichten verwendet wird,
und man würde drittens das Publikum sachgemäß
über den materiellen Stand der Dinge aufklären
können, damit es sich seine Ansicht selbst bilden
kann. Durch die heutigen Zeitungsartikel über die
allgemeine Lage wird kein Kleinkapitalist klüger
gemacht. Sollen wir Deutsche das erste Handels=
volk werden, dann muß dem kleinsten Sparer,
dem kleinsten Inhaber von Effekten die Möglich=
keit geboten werden, Zuschauer großer wirtschaft=
licher Transaktionen zu sein und selbst großzügig
denken zu können, dann muß jeder einzelne wirt=
schaftlich erzogen werden."

Der Geheimrat war jedem einzelnen Worte aufmerkſam gefolgt. Was der andere ſagte, das war mehr als eine vernünftige Verteidigung materieller Intereſſen, das war faſt ſo etwas, wie eine nationale Aufgabe. Es ſchien ihm lohnend zu ſein, dieſes Menſchen Anſichten auch über andere Fragen und vor allem auch über die techniſchen Vorausſetzungen des Journalismus zu hören, dem er ſelbſt fernſtand.

„Und wie würden Sie die Schwierigkeiten der Redaktion auf allen anderen Gebieten überwinden?" fragte Wurm.

„Ich vermag keine zu ſehen, Herr Geheimrat, wenigſtens nicht im redaktionellen Teil einer Zeitung. Die Berichterſtattung iſt eine Frage geſchickter Organiſation. Es dürfte nicht allzu ſchwer fallen, einen tüchtigen Organiſator zu gewinnen. Das Feuilleton iſt eine Frage der Honorare. Plauderer, Feuilletoniſten, Kritiker und Dichter ſchreiben am liebſten in jenen Spalten, die am beſten bezahlt werden."

„Und die Politik? Die hätten Sie beinahe vergeſſen."

Lachend antwortete Hans: „Vergeſſen? Nein, Herr Geheimrat, aber wir würden keine Politik treiben. Parteigeſchwätz würden wir ausſchalten, mannhaftes Deutſchtum wäre ſelbſtver-

ständlich und über sachliche Probleme ließen wir
gewiegte Fachleute sachlich und ohne Phrasen
schreiben."

Es entstand eine kurze Pause. Geheimrat
Wurm hätte gerne noch mancherlei Fragen ge=
stellt, denn das Projekt, das ihn anfangs so be=
fremdet hatte, gewann langsam sein Interesse
und seine Sympathie. Doch abgesehen von der
Annahme oder Durchführung, abgesehen von der
materiellen und praktischen Seite der Frage,
interessierte es Geheimrat Wurm, Näheres über
die Dinge zu erfahren, die ihm bis heute fremd
gewesen waren und sich so sonderbar einfach an=
hörten, wenn dieser fremde Mensch in seiner
fesselnden Art und mit seinen feinen Pointen
sie vortrug. Aber der Wintergarten füllte sich
immer mehr, die Gruppen ringsum wechselten
immer schneller, so daß man unmöglich an ein
ernstes und ruhiges Gespräch denken konnte.

Hans schien das Treiben um sich nicht
zu bemerken, er folgte stumm seinen eigenen Ge=
danken und begann plötzlich weiter zu sprechen, als
ob die Gedanken in ihm nach einer klaren
Formulierung in hörbaren Worten verlangt
hätten.

„Eine andere, nicht die redaktionelle Seite

bietet Schwierigkeiten. Und eben diese Schwierig=
keiten sind es, die meine Idee löst."

Der Geheimrat gab ihm ein leises Zeichen.
Hans sah sich um. Kein anderer, als Nina
Petrowna schritt am Arm Direktor Beckenhardts
auf sie zu. Wer von den beiden hatte den Weg
zu ihnen eingeschlagen? Hans begann diese Frage
auf das lebhafteste zu interessieren. Hatte Nina
Petrowna ihn gesucht, oder Direktor Beckenhardt
Wurm? Und wie hatte es Nina Petrowna fertig
gebracht, an Beckenhardts Arm zu gehen? O, sie
mußte wohl informiert sein, wer er war.

Nun stand das Paar an ihrem kleinen Tisch.

„Sie scheinen nicht gerade passionierter Tänzer
zu sein, Herr Mühlbrecht?" sagte Direktor
Beckenhardt.

„Ich tanze ganz gerne, Herr Direktor, es
hat sich nur gerade so gefügt, daß ich mit Herrn
Geheimrat ein Viertelstündchen plaudern durfte."

Also Beckenhardt war es gewesen, der sie
gesucht hatte und mit Wurm allein sein wollte.
Galant bot Hans Nina Petrowna seinen Arm.
Und freundlich nickend ging sie mit.

Sie tanzten. Eine lange, lange Weile. Als
die Musik ausklang, sagte sie:

„Sie tanzen famos, Herr . . . Pardon, wie

war, bitte, Ihr werter Name. Ich verstehe nie, wenn ich vorgestellt werde."

„Mühlbrecht."

„Ja, Herr Mühlbrecht, Sie tanzen famos."

„Das ist ein Lob, das schwer wiegt, gnädiges Fräulein."

„Sie meinen, weil ich Berufstänzerin bin?"

„Ja, gnädiges Fräulein."

„O, ich tanze furchtbar gerne."

Hans schritt mit ihr durch den Saal und sah sie fast freudig erregt an. Der leichte Tanz hatte ihn erfrischt und er sah noch um ein paar Jahre jünger aus, fast wie ein Student.

„Dort geht Ihre Frau Gemahlin. Wollen Sie mich nicht mit ihr ein wenig bekannt machen?"

Sie gingen Trude nach, die der elegante Rudolf Wehrhahn, der Schwiegersohn von Franz Brüggemann, eben nach den Salons begleitete.

Schon im ersten der kleinen Säle trafen sie sie. Sie waren bei Frau Wehrhahn stehen geblieben. So bildeten sie einen Kreis von fünf Menschen und mußten sich zum Fenster zurückziehen, um die Paare passieren zu lassen.

Als die gegenseitige Vorstellung beendet war, wandte sich Nina Petrowna ein wenig provokativ an Trude:

„Ihr Herr Gemahl tanzt mit entzückender Leichtigkeit, gnädige Frau.“

„Ihr Lob wiegt hier doppelt schwer,“ antwortete Trude. Sie war während des Abends noch hübscher geworden.

Nina Petrowna lachte auf, etwas frecher als sie gedurft hätte:

„Würden Sie es wohl glauben, gnädige Frau, daß Ihr Herr Gemahl meine Bemerkung mit denselben Worten beantwortet hat?“

Rudolf Wehrhahn nahm das Gespräch auf:

„O, das ist nur natürlich, gnädiges Fräulein. Ich habe einmal ein französisches Theaterstück gesehen. „L'Empreinte“ hieß es wohl. Darin bewies ein französisches Autorenpaar klipp und klar, daß in der Ehe beide Teile gegenseitig die Eigenheiten des anderen Gatten annehmen. Na, und die Franzosen müßten sich doch auf Eheprobleme verstehen, wie ... na, wie gnädiges Fräulein auf Probleme des Tanzes.“

„Oh, ich verstehe mich wohl ein wenig darauf, aber ich kann es nicht so erklären,“ meinte Nina Petrowna.

„Ginge es beim Anschauungsunterricht leichter?“ fragte Wehrhahn lachend.

Die Musik intonierte eben einen Walzer und so wirkte es wie eine feine Pointe, als Wehr=

hahn der russischen Tänzerin einfach den Arm
bot und sagte:

„Also, bitte, mein gnädiges Fräulein, wir
wollen es mit dem Anschauungsunterricht ver=
suchen. Je prends mes leçons à l'oeuil."

„Eine reizende Person, diese Nina Pe=
trowna," sagte Frau Wehrhahn. „Kroll soll
stets ausverkauft sein, wenn sie auftritt."

Franz Brüggemann kam auf ihren kleinen
Kreis zu.

„Rudolf scheint dem Ausland zu huldigen,"
wandte er sich an die junge Frau. „Ich hörte
ihn eben mit der russischen Dame französisch
sprechen."

„Er würde auch mit einer Berlinerin fran=
zösisch sprechen, wenn er Pariser Erinnerungen
austauschen könnte, Papa."

Franz Brüggemann lachte. Dann wandte er
sich Trude zu und erkundigte sich, wie es ihr gehe.

„Es geht mir recht gut. Nur ein wenig
Durst habe ich," sagte sie.

Er bot ihr den Arm und führte sie in den
nächsten Salon, in dem das Büfett stand.

Hans blieb mit Frau Wehrhahn zurück. Un=
willkürlich setzten sie sich. Sie hatten sich eben erst
persönlich kennen lernen und hatten den Wunsch,
mehr von einander zu wissen. Er hatte eigentlich

einen recht sympathischen Eindruck auf sie ge=
macht, und sie hatte von ihrem Gatten erfahren,
daß sich Papa in sonderbar lebhafter Weise für
ihn interessierte. So stand die ungünstige Aus=
kunft ihres Gatten im geraden Gegensatz zu dem
Interesse ihres Vaters. das für ihn sprach.

Erst bewegte sich das Gespräch um gleich=
gültige Dinge. Aber bald wurde es intimer. Sie
waren über Nina Petrowna zu allerlei Theater=
gesprächen gekommen, und sie erzählte nun die
Handlung einer der letzten Novitäten, die einigen
Eindruck auf sie gemacht hatte. Da war ein alter
Gelehrter, der eine Art Resümee der Handlung
zog und dessen Worte ihr haften geblieben waren.
‚In dem ärmsten Menschen ruht ein Stück Be=
wußtsein. Zersetzt es nicht, damit ihr nicht den
ganzen Menschen tötet‘, so etwa hatte der Alte
gesagt. Und ihr schien es, als ob sie seine Worte
verstanden hätte.

Hans sah sie an. Sie war keine von denen,
denen es nur auf gefälliges Plaudern ankam.
Er glaubte einen Ernst in ihr zu erkennen, mit
dem sie gegen all die mädchenhaft naiven Vor=
aussetzungen in sich kämpfte. Und so nahm er
sie als ganzen, ernsten Menschen und antwortete:

„Ich vertrage den sentimentalen Ton der=
artiger Massenweisheiten nicht recht. So sicher

ihre Wirkung ist, so verlogen ist ihr Sinn. Da
sitzen nun tausend Menschen im Theater, kommen von gleichgültiger, halb ohne Bewußtsein
durchgeführter Arbeit, fühlen dumpf, wie sinnlos ihr Leben verläuft, und sind naiv genug, sich
an der Theaterkasse für fünf Mark das Recht
auf zweistündige seelische Erbauung, auf ein
Stück höherer Daseinsform, auf ein Stück Bewußtsein erstehen zu wollen. Dumpf und unklar
fühlen sie, daß die Dichter doch eigentlich dazu
da sind, den guten Bürger seelisch zu heben und
um so mehr Tantiemen beziehen, je mehr sie dem
Volke aus der Seele sprechen. Soweit ist ja alles
in Ordnung. Nur das eine, das, was sie die
Seele des Volkes nennen, das ist erlogen, das
gibt es nicht. Seele hat nur ein einzelner, die
Massen haben Instinkt."

„Sind das nicht vielleicht nur Wortunter-
scheidungen, Herr Mühlbrecht?"

„Nein, gnädige Frau. Wenn das Verständnis der Massen und der Erfolg bei den Massen ein
Maßstab für die Größe eines Dichters wäre, so
hätte Deutschland heute nur einen lebenden
Dichter . . ."

Sie fiel ihm ins Wort: „An Beispielen verständigt man sich am leichtesten. Sagen Sie,
bitte, wer wäre dieser Dichter?"

Mit einer Stimme, die ihm für kurze, sach=
liche Feststellungen zur Verfügung stand, ant=
wortete er:

„Franz Brüggemann wäre dieser Dichter.
Ihr Vater, gnädige Frau."

„Sie überraschen mich, Herr Mühlbrecht. Es
mag daran liegen, daß ich die sonderbare Art
Ihrer Scherze noch nicht kenne."

„Ich scherze nicht, gnädige Frau. Ich frage
Sie völlig ernst: Welcher ist der populärste Name
von Berlin? Wessen Stücke werden seit zehn
Jahren alltäglich mit ununterbrochenem Erfolg
gespielt? Wer hat es fertig gebracht, ganz Berlin
alltäglich, wie zur feierlichen Schaustellung, in
seinem Hause zu sehen? Wer weiß jeden Frem=
den, der Berlin betritt, an sich zu ziehen? In
welchem Hause stehen die beliebtesten Foyers?
Wovon spricht man in den Salons? Wessen In=
szenierungen werden am lebhaftesten diskutiert?
Welche Vorstellung zieht die letzte Arbeiterfrau dem
Zirkus und dem Wintergarten vor? Wo finden
Tausende ihre eigenen Instinkte am stärksten be=
jaht? Sie könnten noch viel mehr Fragen stellen
und würden immer nur den Namen Ihres Vaters
als Antwort hören."

Sie schwieg. Ihr feines, zartes Gesicht zeigte
eine merkliche Erregung. Dieser Mann liebte

ihren Vater, wie sie selbst. Auch er sah ein höheres Wesen in ihm, auch er mußte zu anderen über ihn sprechen, weil auch das leiseste, verborgenste Lob den großen, edlen Mann wie eine peinliche Taktlosigkeit berührt hätte. Und zugleich zog eine Frage durch ihre freudige Erregung, eine wahnwitzige, von Kindesliebe diktierte Frage. Sie wollte sie verscheuchen, aber sie konnte es nicht, sie fühlte, wie sie immer festere Formen annahm, und erstaunt hörte sie sich selbst sprechen:

„Warum aber ist er kein Dichter?"

„Dichter lieben nur e i n e Menschenseele, und der ist der größte unter ihnen, der nur seine eigene Seele liebt," sagte Hans, und als eine Pause entstand, fügte er mit tiefem, hartem Ernst, wie im hörbaren Selbstgespräch hinzu: „Der ganz Große, der Ewige, der Apollinische achtet die Massen kaum, sieht über sie hinweg. Und der Große, der Menschliche, der mit sich ringt, verachtet die Massen, muß sie verachten, um sich in seiner Verachtung emporzuheben zu sich selbst. Wer sich den Massen beugt, verrät seine eigene Seele."

Sie konnte ihm nicht ganz folgen, aber sie empfand, daß er aus dem Tiefsten, das in ihm war, zu ihr sprach, und daß er in diesem Augenblicke vielleicht selbst einen Kampf kämpfte für seine eigene Seele, oder gar für die ihres Vaters.

Er aber sprach weiter:

„Die Seele eines Ringenden ist wund von offenen, schmerzenden Wunden. Aber nur er selbst kann sie heilen. Und wenn sie ein fremder Arzt heilend berühren will, berühren mit kalten, billigen Mixturen, mit dem Lob der den Massen gefälligen Schwäche, dann beginnen sie von neuem zu bluten . . .“

Ein leidender Zug kam in ihr Gesicht, ein Zug von Leiden und Verklärung. Sie empfand es, ohne ihn ganz zu verstehen, daß es einen Men=schen gab, der der Seele ihres Vaters näher stand als sie selbst, die ihn über alles liebte, und sie fühlte, daß nur ein Mann den anderen ganz und restlos verstehen könne. Wie hoch stand dieser Mann über ihrem eigenen Gatten, der es fast wie eine selbstverständliche Fügung nahm, neben ihrem Vater arbeiten zu dürfen und dem im Grunde von den Tiefen des großen Mannes kaum eine Ahnung dämmerte. Eine Sehnsucht erwachte plötzlich in ihr, eine Sehnsucht, ihren Vater zu sehen, ihn in ihrer Nähe zu fühlen, sich seines bloßen Seins zu freuen.

Langsam erhob sie sich. Und ohne daß sie gesprochen hätte, bot er ihr den Arm und be=

gleitete sie zu ihm. Erst im dritten der kleinen
Salons trafen sie ihn im Gespräch mit Trude.
Als er sie auf sich zukommen sah, erhob er sich.

„Nun wird es bald Zeit, zu gehen," sagte
er, und, zu Hans gewendet: „Ich habe mich mit
Ihrer Frau Gemahlin geeinigt, daß ich Sie in
meinem Wagen nach Hause bringe. Im Auto=
mobil fahren Sie von der Ahornstraße in vier
Minuten nach dem Lützowplatz."

Hans dankte.

Es ging eine Bewegung durch die Gäste und
es schien in der Tat, daß die Stunde gekommen
war, in der man allgemein aufbrach. Geheimrat
Bock begleitete Direktor Beckenhardt zum Entree
und andere Gäste folgten ihnen. Franz Brügge=
mann bot seiner Tochter den Arm, Hans Trude
und so zogen sie alle, fast in regelmäßigem Marsch,
zum Ausgang. Hier standen schon die Offiziere,
schnallten ihre Degen um, warfen den Mantel
über und halfen den jungen Damen mit leb=
haftem Plaudern und Lachen.

Der ganze Schwarm der Gäste zog fast gleich=
zeitig ab.

Nina Petrowna stand in einem langen Her=
melinmantel da und plauderte mit dem Inten=
danten, der ihr sichtlich den Hof machte. Als
Hans an ihnen vorbeischritt, sah sie ihn interessiert

an. Er sah ihr offen ins Gesicht. Als ihm Trude
um einen halben Schritt voraus war und ihn
so, ohne es zu wollen, nachzog, wandte er sich
mit einem schnellen, aufleuchtenden Blick ab.

Er sah noch, daß Nina Petrowna diesen
Blick bemerkt hatte. Dann schritten sie die kurze
Treppe hinab und standen draußen in der Kälte.
Ein elegantes Coupé fuhr vor. Trude stieg ein,
Franz Brüggemann folgte und dann saß auch
Hans in den weichen, schwellenden Kissen. Die
Tür wurde geschlossen, sie fuhren ab.

Hans sah den Senior an. Ein wehmütiger
und verklärter Zug lag in seinem Gesicht und
Hans sann nach, wo er diesen selben Ausdruck
bereits gesehen hatte. Heute abend war es. So
hatte ihn Frau Wehrhahn angeblickt, als er ihr
von ihrem Vater sprach. Er hatte es nie vor=
her gesehen, daß auch etwas Frauliches in Franz
Brüggemanns Gesicht war.

Noch bevor sie ein Wort gesprochen hatten,
hielt der Wagen. Noch ein kurzer Dank und
Gruß und dann waren sie allein.

Als sie die Treppe zu ihrer Wohnung empor=
stiegen, blieb Hans plötzlich stehen. Einem starken
Zärtlichkeitsgefühl folgend, umfaßte er Trude und
küßte sie mitten auf den Mund.

Sie errötete und sah ihn dankbar an.

11*

„Ist es nicht, als ob heute unser Hochzeits= tag wäre?" fragte er sie.

Mit schelmischem Gesicht nahm sie wieder seinen Arm. „Unser Hochzeitstag? Ich weiß nicht. An unserem Hochzeitstag hast du eine andere geküßt."

Er lachte: „Du Närrchen du, weißt du das immer noch? Du warst doch nicht etwa eifer= süchtig?"

„Doch, Hans!" gestand sie.

Nun waren sie in ihrer Wohnung angelangt.

„Wie denkst du, Trudchen," fragte er, „wollen wir denn heute das Schäferspiel streichen?"

„Oh, du Komödiant, du lieber, süßer Ko= mödiant du, ich denke, heute haben wir beide schon genug geflirtet."

Und lachend, wie zwei Kinder, gingen sie zu Bett.

II.

Hans Mühlbrechts Leben verlief recht regel=
mäßig. Die Einteilung des Tages wechselte selten.
Sechs Stunden Schlaf, drei Stunden Rast und
fünfzehn Stunden Arbeit. Das war die Ordnung,
der sein Tag unterlag.

Die schönsten Minuten fielen auf den frühen
Morgen. Als ob die Töne einer leichten, gra=
ziösen, tändelnden Ouvertüre den Tag einleiten
sollten. Sie nannten diese Morgenstunde scherz=
haft ihr „Löwenerwachen". Trude schlief noch,
wenn er mit dem Glockenschlag sieben zu er=
wachen pflegte. Dann war es seine Aufgabe, sie
wachzurütteln. Oh, es war keine leichte Aufgabe.
Das niedliche, blonde Ding lag mit pausbäckigen,
vom Schlaf geröteten Wangen da und schien nie
wieder die Augen aufschlagen zu wollen. Immer
hielt sie etwas fest in der Hand, einen Bettzipfel,
ein Kopfkissen oder gar ihren eigenen Zopf, der
sich in der Nacht gelöst hatte. Dann nahm er
wohl das Ende des anderen Zopfes und begann
sie damit zu kitzeln. Ganz leicht, mit der Be=

wegung eines Wiegenkindes, fuhr sie mit der
Hand an ihrer Nase vorbei, als ob sie die Fliege
verscheuchen wollte. Dann küßte er sie aufs Ohr,
auf die Nasenspitze und zu guter Letzt auf die
Augen. Da erwachte sie und schlug, verstört erst
und dann erstaunt, ihre langen Wimpern in die
Höhe. Er lachte sie an, daß sie mitlachen mußte.
Geschmeidig und mollig, wie ein junges Kätzchen,
rekelte sie sich in den Betten.

Er wollte aufstehen. „Nein,“ bat sie, „nur
noch fünf Minuten, ja? Wollen „Pferdchen,
Pferdchen“ singen.“

„Schön,“ meinte er. „Aber nur fünf Minuten.“

Und sie sangen abwechselnd je einen Vers
des harmlosen Kinderliedchens. Sie hatte immer
ein paar neue Variationen mit drolligen Reim-
worten bereit. Doch statt aufs Pferdchen, reimte
sie auf ihn:

Hänschen, Hänschen, hopla ho
Du bist ganz ein Schlimmer
Spricht er mit Herrn Wurm — und so
Wichtig tut er immer.
Spricht er mit Herrn Bock darauf
Setzt er ernste Miene auf,
Heimlich lacht er alle aus
Niedlich ist er bloß zu Haus
Hänschen, Hänschen, hopla ho
Nur bei Truden bist du froh!

Dann sprang er kurz entschlossen auf, nahm
seine sieben Sachen, winkte ihr zu und verschwand im Badezimmer. Nun kam das Dienstmädchen herein. Ein kleines Tischchen wurde eng
an Trudes Bett gerückt, und während Hans unter
der plätschernden, kalten Brause stand, sich rasierte
und anzog, wurde das Frühstück aufgetragen.

Trude durfte nicht aufstehen. Sie sollte noch
einmal einschlafen, wenn er gegangen war, sie
sollte frisch und jung und elastisch und sorglos
sein, sollte wie ein Kind ihr doppeltes Schläfchen
halten und ihr „Löwenerwachen" als waches
Intermezzo zwischen Träumen nehmen.

Und dann kam er wieder zu ihr. Ordentlich
frisch und gesund sah er aus. Lachend kam er
herein und setzte sich auf die Kante ihres Bettes.
Nun frühstückten sie und plauderten und scherzten.
Seitdem er ihr eines Morgens gesagt hatte, wie
frisch ihr Atem sei, bot sie ihm allmorgendlich
ihre Lippen, damit er ihr den Milchbart weg-
küsse. „Guck mal, heute hab ich wieder einmal
einen tüchtigen Bart abgekriegt." Dann nahm
er sie und küßte sie.

„Was wirst du heute alles treiben?"
fragte sie.

Er scherzte:

„Trudchen, wir zwei verbissenen Rechner, wir

werden es noch einmal herauskriegen, wieviel
Kaffeekörner Berlin in sieben Monaten, elf
Tagen und dreizehn Stunden futtert. Ich denke
nur noch lauter statistische Zahlen und du mußt
doch auch schon bald von „Kleinen Anzeigen"
träumen."

„Hansi, heute darf ich es doch wohl schon
sagen, wenn du mittag nach Hause kommst, bin
ich mit dem ganzen Jahrgang der „Volksstimme"
fertig."

„Ei potztausend, da bist du aber fleißiger ge=
wesen als du durftest. Ist mein Trudchen nicht
etwa eine Stunde früher aufgestanden, als sie
sollte?"

„Nein, Hansi, wahrhaftig nicht. Es ist nur,
weil ich jetzt mehr Uebung habe."

„So so, na, wollen mal sehen. Was suchen
denn die Leute am häufigsten?"

„Hansi, es ist auch zu drollig. Denk mal,
Bettgestelle suchen sie, billige, alte Bettgestelle für
Erwachsene. Denkst du etwa, da käme auch nur
eine Wiege auf zehn erwachsene Bettgestelle?
J wo! Hansi, du glaubst es nicht, worauf die
Menschen aus sind. Auf Dezimalwagen sind sie
rein wie toll. Weißt du, man kann es verstehen,
wenn einer Geldspinden oder Rollwagen kaufen
will, wie man sich aber darauf versteifen kann,

altes Wellblech und Zahngebiſſe zu kaufen, das
verſtehe ich nicht. Alſo bitte, auf tauſend Inſe=
rate gibt es ſiebenunddreißig Leute, die auf alte
Zahngebiſſe aus ſind.“

„So. Und was v e r kaufen denn die Leute
am liebſten?“

„Du, das brauchſt du nicht zu denken, daß
die Verkäufe auch ſo intereſſant ſind. Lange nicht.
Ich meine immer, die Leute genieren ſich, ſolche
drolligen Sachen anzubieten. Huh, lauter Laden=
einrichtungen und Salongarnituren und Kla=
viere und maſſenhaft Damenfahrräder. Wozu
ſchaffen ſie ſich erſt welche an, wenn ſie ſie gleich
wieder loſſchlagen wollen? Aber . . . aber, am
Tiermarkt geht's intereſſant zu. Alles was recht
iſt! Ganze vierzehn Tage lang war irgend ein
Direktor aus Groß=Lichterfelde ganz toll auf
einen einjährigen Dobbermann. Alle Tage ſtand
es drinnen: Abſtammung, Größe und Tugenden
erbittet Direktor Soundſo. Nein, wart’ mal, wie
hieß doch der verflixte Kerl?“

„Na, wie kann er geheißen haben?“ neckte
er ſie.

„Namengedächtnis ſchwach. Du weißt ja.“

„Trudchen, jetzt muß ich gehen.“

„Nein, Hanſi, ſo warte doch noch einen

Augenblick. Ich weiß noch etwas furchtbar Inter=
essantes."

„Na, was denn?"

„Weißt du, wer die gesuchteste Berufs=
person ist?"

„Die Nähmamsell."

„Nein. Die Amme. Auf hundert Ammen
kommen nur siebenundachtzig Nähmamsells." Und
kichernd und leise errötend verkroch sie sich in den
Betten.

Nun war es aber höchste Zeit geworden. Er
eilte der Leipzigerstraße zu. Das „Löwenerwachen"
hatte heute doch einen stärkeren Eindruck auf ihn
gemacht, als sonst. Er empfand das Glück dieser
Morgenstunde mit nicht weniger innigem Gefühl
als Trude, die nun nicht nur sein liebes, blondes
Mädel war, sondern ihm tagsüber getreulich bei
jenen statistischen Arbeiten half, die er dem ihm
zur Verfügung gestellten statistischen Neben=
bureau im Warenhause nicht anvertrauen durfte.
Sie half ihm bei den geheimsten Vorarbeiten und
blieb dabei für ihn das herzige, treue Kind, bei
dem er ganz er selbst sein durfte, jener er selbst,
den er als übermütigen, tollen Schuljungen noch
in sich lebendig fühlte.

Es war so ganz anders gekommen, als er
es erwartet hatte, sein Leben war viel schöner,

inniger und freier geworden, als er je gehofft
hatte. Und er fragte sich, ob dieses Glück in ihm
gelegen hatte oder ob er es einer anderen, einer
äußeren Gewalt verdankte. Und der Unterton
einer einmal erlebten Stimmung beherrschte ihn
und brachte ihm eine sonderbare und bedeutungs=
volle Szene in Erinnerung.

Er sah sich Franz Brüggemann gegenüber
und hörte sich selbst sprechen, so wie er bei seiner
ersten Begegnung gesprochen hatte, als ihn Franz
Brüggemann gebeten hatte, ihm etwas über seine
junge Frau zu erzählen. Damals, in jener Stunde,
ward sein häusliches Glück geboren, damals, als
er erkannt hatte, daß keusche Anbetung reicher
und größer und glücklicher macht als frevelndes
Spiel mit Menschen. Einmal noch hatte er seit=
dem mit einem Menschen gespielt und häufig ge=
nug hatte er es bereut. Frau Marlow war nicht
mehr in seinem Heim erschienen und es tat ihm
weh, daß sie nun allein und zurückgezogen lebte
und vielleicht seinetwegen litt.

Und dann erfaßte ihn wieder seine alte Lei=
denschaft, unbemerkter Herrscher der Massen zu
sein, dann wurde der seelische Gegenpol des De=
magogen in ihm lebendig. Nicht Volkstribun
wollte er sein, nicht nach seinem Namen im Jubel
des Pöbels lauschen, nein, auf hoher, unsichtbarer

Warte wollte er stehen und ungesehen und unge=
kannt, Leidenschaften wecken und lenken.

Er war am Portal der hinteren Front des
Kaufhauses angelangt und ging auf den Lift zu.
Der Führer wollte eben die Gittertür strecken,
als noch ein Herr einstieg und Hans höflich
grüßte. Es war der Beamte eines Patentbureaus,
der am Tage vorher stundenlang im Arbeitssaal
des Patentamtes neben ihm gezeichnet hatte.

„Schon so früh beim Einkauf?" fragte er
Hans.

„Nein, ich habe dienstlich bei der Verwal=
tung zu tun."

„Dann fahren wir also gemeinsam hinauf.
Darf ich fragen, ob Sie mit den Verhältnissen
im Hause bekannt sind?"

„Ja. Was wünschen Sie zu wissen?"

„Meine Angelegenheit führt mich zur Re=
klameabteilung."

„Handelt es sich um Inserate, Plakate, Druck=
schriften?" fragte Hans.

„Es ist eine Patentangelegenheit."

„Haben Sie schon mit jemandem ver=
handelt?"

„Nein."

„Dann glaube ich es verantworten zu können,
wenn ich Sie erst in mein Kontor bitte."

„Ah, Sie selbst . . . ich hatte natürlich keine Ahnung,“ antwortete der Herr und folgte Hans.

Es handelte sich um eine recht einfache Sache, um eine neuartige Schaufensterbeleuchtung. Hans klärte den anderen auf, daß dies bei der Organisation des Hauses der technischen Abteilung zufalle und ließ ihn zu dem betreffenden Herrn begleiten. Er nahm sich vor, von der technischen Abteilung die Unterlagen aller Vorschläge zu erbitten, die in den letzten Jahren abgelehnt worden waren. Dann verteilte er in seinem statistischen Nebenkontor die Tagesarbeiten. Es waren lange, mit unverständlichen Kopfinschriften versehene Zahlenreihen in drei verschiedenen Tintenfarben. Um neun Uhr war er in den Einkaufssälen. Die Angebote in durchschnittlichen Stapelartikeln wurden auf schriftlichem Wege erledigt. Zur persönlichen Bemusterung wurden nur die Vertreter der Erzeuger von neuen Modellen und Marken zugelassen.

Durch zwei Räume, in denen Muster von Herren= und Damenhüten geprüft wurden, ging er mit höflichem Gruß, aber ohne Interesse, nach einem kleinen Raum, in dem die Ränge eines hohen Koffers stufenweise ausgezogen waren und kleine, saubere Lederarbeiten sehen ließen. Er stellte sich bescheiden hinter den Koffer und streifte

ein Stück nach dem anderen mit dem Blick. Dann
nahm er drei kleine, apart geformte Täschchen
heraus, untersuchte ihren Mechanismus, prägte
sich ihre Form ein und legte sie dankend wieder
an ihre Stelle. Den Einkäufer bat er beschei=
den, die gewiß unwillkommene Störung zu ent=
schuldigen.

In einem großen Nebenraum waren Stroh=
matten eines sonderbar elastischen Gewebes in
diskret getönten geschmackvollen Mustern aus=
gebreitet. Hans beugte sich nieder und prüfte
das Gewebe. Dann bat er um die Erlaub=
nis, die Echtheit der Farbe zu untersuchen. Mit
ironischem Ton bemerkte der Verkäufer, daß die
Farben natürlich echt seien. Hans zog ein kleines
Fläschchen mit einer Säure vor und netzte die
einzelnen Farben des Musters an verschiedenen
Stellen. Die Farben schwanden. Ueberrascht sah
der Verkäufer seinen schnellen Bewegungen zu.

„Ich meinte natürlich, daß die Farben
w a s s e r fest sind," sagte er.

„Natürlich sind sie das," antwortete Hans.
„Mir kam nur die Idee, ob nicht eine der Far=
ben, das Rosa vielleicht, die Naturfarbe des
Strohs ist. Aber es sind keine Pflanzenfarben
dabei."

„Und wofür halten Sie das Stroh?" fragte der Verkäufer.

„Für gespaltenes, innen dünn gehobeltes ost= asiatisches Schilf," sagte Hans.

„Die Gegend haben sie richtig geraten, das Material nicht," sagte der Verkäufer. „Es ist eine erst wenig bekannte Pflanze aus Korea."

Hans ließ sich freundlich dankend belehren, aber er glaubte dem anderen nicht. Er nahm sich vor, der Sache nachzugehen.

Im nächsten Raum waren drei komplette Patentbetten aufgestellt. Er hörte aufmerksam zu, wie der Verkäufer die Systeme erklärte und ging weiter. An einer Ausstellung von Herrensocken ging er achtlos vorbei, überblickte aber aufmerk= sam eine ganze Farbenreihe von durchbrochenen Frauenstrümpfen. Zwei Einkaufsräume, in denen echte Spitzen geprüft wurden, beachtete er kaum, in der Abteilung für Fabrikspitzen interessierte er sich nur für Bluseneinsätze und Tischläufer. In einem größeren, zufällig für die Einkäufe der Parfümeriewarenabteilung eingerichteten Raume verweilte er fast eine halbe Stunde. Neue Mo= delle von Straßenschuhen vermochten ihm kein Interesse abzuzwingen, doch interessierte er sich lebhaft für eine billige Imitation luxuriöser orien= talischer Hausschuhe. In der Papierwarenabtei=

lung waren Modelle nächstjähriger Abreiß- und Abrollkalender ausgestellt, reizende, gefällige Kombinationen von Uhren und Schreibblocks und dann wieder unsinnige Zutaten, wie nie funktionierende kleine Thermometer, Klammern, die einzelne Datenblätter beiseite schoben und perforierte und gummierte Zettel, die auf neu fortschreitende Kalenderblätter übertragen werden sollten.

Bei einem mit einer Uhr versehenen Kalender sah man eine Art halbplastischer Bühnenumrahmung, zwischen der das einzelne, seitlich regulierbare Kalenderblatt wie ein Vorhang wirkte. Die sonderbare Form, die das selbständige Fallen des Blattes vorspiegelte, gab ihm plötzlich die Idee ein, daß es nur einer geringen technischen Schaltvorrichtung bedurfte, um einen automatischen Kalender zu schaffen.

Er lächelte leise und schritt dankend weiter. Nun kam er durch vier, fünf Räume, in denen jetzt schon Spielwaren für Weihnachten gewählt wurden. Zwei Stunden lang interessierte er sich für jeden einzelnen Mechanismus, für jedes einzelne Modell. Hier und da stellte er sonderbare Fragen, die ihm mit sichtlicher Ironie im belehrenden Tone beantwortet wurden. Er dankte immer wieder verbindlich, als ob er die überlegene Miene der anderen nicht merkte. Aber keiner der ihn Belehrenden wußte, daß er an Erwachsene und nicht an Kinder dachte, als er die Spielwarenabteilung so aufmerksam prüfte.

Gegen Mittag trat er in Franz Brüggemanns Kontor. Der Senior empfing ihn mit aufmerk= samer Höflichkeit.

„Dürfte ich mir zwei Bitten gestatten?“ fragte er.

Und auf die einladende Geste des Seniors fuhr er fort:

„Es würde meine Arbeit fördern, wenn ich die Unterlagen für alle in den letzten Jahren von der technischen Abteilung abgelehnten Vorschläge haben könnte.“

„Und Nummer zwei, Herr Geheimkritikus?“ fragte der Senior mit wohlwollendem Lachen.

„Ich sah in der Offertenabteilung des Herrn Böhme eine neuartige ostasiatische Strohmatte. Dürfte ich ein Muster davon haben?“

Franz Brüggemann versprach ihm beides und entließ ihn mit freundlichem Gruß.

* * *

Als er den Lützowplatz durchquerte, sah er Trude schon am Fenster und ihm Willkommen winken.

„Ich habe es glücklich geschafft!" rief sie ihm
entgegen und sprang ihm um den Hals. Dann
führte sie ihn in sein Arbeitszimmer, in dem sie
tagsüber am Schreibtisch schaltete. Er sah nichts
als weiße, beschriebene Papierflächen. Das Sofa,
der Zeichentisch, der Schreibtisch, die Fenster=
bretter waren damit bedeckt. Wie eine prunkvolle
Herrlichkeit hatte sie ihm die Arbeit, die sie in
einer Woche für ihn fertig gebracht hatte, aus=
gebreitet.

„Am linken Fenster fängt es an," rief sie.

Und richtig, da stand auch Seite 1 oben in
der rechten Ecke des Bogens und dann ging es
rechts um das Zimmer herum bis zum Zeichen=
tisch in der linken Ecke, auf dem der letzte Bogen
die Nummer 52 trug. Ein Kreis von Wochen,
gefüllt mit wohlsortierten Inseratenzeilen aus
den „Kleinen Anzeigen" der „Berliner Volks=
stimme".

„Ei, das hast du fein gemacht!" lobte
er. „Aber wo ist Bogen 53, das Resümee?"

„Das möchtest du wohl wissen, wie? Nein,
mein Hänschen, erst wird ordentlich zu Mittag
gegessen."

Er folgte ihr in freudiger Erregung zu Tisch.

„Du tust recht geheimnisvoll, Trude. Weißt

du denn auch, wer von uns zweien das größere Geheimniß hat?"

„Hab' dich nur nicht so, mein Hänschen, mit deinen Papierkalkulationen und Rotationsdrucken. Wenn ich bei dir nicht nach Dezimalwagen und Ammen inseriere, dann bist du nach der ersten Nummer pleite."

„Das stimmt," lachte er. „Aber wieviel Dezimalwagen und Ammen mußt du suchen, damit ich nicht pleite werde, damit ich an meine siebenhunderttausend Berliner Hausstände meine Zeitung verschenken kann?"

„Huh, nun wird es ordentlich gruselig. Das geht mir zu sehr in die Ziffern. Hansi, Hansi, ich fürchte, da helfen dir selbst meine tugendhaften Dobbermänner nicht."

Das Mittagessen ging schnell vorüber und sie saßen bald wieder im Arbeitszimmer.

„Her mit Bogen 53!" kommandierte Hans, noch scherzend, und sie brachte ihn.

„Hier stehen die Jahresziffern und hier die Tagesdurchschnitte," sagte sie, jetzt schon ganz ernsthaft bei der Sache.

Er las:

„Kleine Anzeigen 9840 normale, 3840 fette Zeilen, Vergnügungen 1600 normale

12*

Zeilen, Hypotheken und Vermietungen 3200,
Auktionen 1600. Alles achtspaltig."

Sie sah über seine Schulter, während er
rechnete.

„Wenn ich die fette Zeile zu vier Mark,
die Normalzeile zu zwei Mark und Hypotheken
und Versteigerungen zu drei Mark rechne, so
komme ich zurecht. Ich hatte die Ziffern richtig
taxiert," sagte er nachdenklich und schritt langsam
im Zimmer auf und ab. Sie folgte ihm mit den
Blicken.

Plötzlich aufjauchzend, fiel sie ihm um den
Hals.

„Wie du die Leute auch übertölpeln magst,
wir zwei beide bleiben doch zwei allerliebste
Närrchen."

Er mußte lachen und konnte ihr nicht böse
sein. Es war zur unausgesprochenen gefühls=
mäßigen Voraussetzung zwischen ihnen geworden,
daß sie draußen in der Welt, zwischen den Men=
schen auf der Straße und in der vornehmen Ge=
sellschaft ganz andere waren als zu Hause zwischen
ihren Wänden.

„Trudchen, ich muß jetzt ins Patentamt.
Sonst schließen sie die Bude, bevor die Haupt=
person dagewesen ist."

„Unter einer Bedingung, Hanfi," diktierte
sie und hob feierlich den Zeigefinger.

„Und die wäre?"

„Keine Minute nach zwölf zum Schäferspiel."

„Abgemacht."

*   *

*

Um halb zwölf Uhr nachts verließ er sein
Kontor im Kaufhaus und stieg die nur halb be-
leuchtete Treppe hinunter. Der Portier hatte es
sich abgewöhnt, den Kopf zu schütteln. Es geschah selten, daß er für Herrn Mühlbrecht das
Tor früher aufzuschließen hatte.

Hans nahm eine Automobildroschke. Er
hätte Trude gerne die Freude bereitet, vor dem
vereinbarten Termin bei ihr zu sein. Und in
der Tat kam er mit vollen zwölf Minuten Vorsprung an.

Nun ging es rasch noch an ein zweites
kleines Abendbrot. Und dann verschwand er
mit schelmischem Lächeln. Wieder stand er zwei
Minuten unter der plätschernden kalten Brause,
wieder war es das geräumige, freundliche Badezimmer, in dem er Toilette machte. Ueber seinem
weißen Nachthemd trug er einen japanischen

Kimono mit handgemalten Schmetterlingen. Da=
mit hatte er einst Trude überrascht. Und dann
ging er in das Arbeitszimmer. Da lag Trude
auch schon mit kokett aufgestecktem Haar, in einem
Kimono, zwischen dessen Falten gemalte Blumen
vorguckten. Ein kurzes neckisches Scherzen. Dann
nahm er sie und trug sie in das Schlafzimmer.

Das war das, was sie ihr „Schäferspiel“
nannten.

III.

Gegen Ende März hatte Hans eine ernste und eindrucksvolle Unterredung mit Franz Brüggemann.

Es war Brauch des Hauses, die Monats= gehälter des Personals nicht am letzten Tage des Monats, sondern am 25. zu bezahlen. Als Hans eben die ihm vorgelegte Quittung unterschreiben wollte, sah er, daß sie auf den doppelten Betrag lautete.

„Es liegt ein Schreibfehler vor," sagte er zum Kassierer. „Ich habe nur tausend Mark zu be= anspruchen. Sie haben eine Quittung auf zwei= tausend ausgestellt."

Der Kassierer holte eine Liste vor und zeigte ihm, daß ihm derselbe Betrag vorgeschrieben worden war, den er auszahlen wollte.

„Dann stammt der Fehler aus der Direktion," stellte Hans fest und bat, ihm natürlich nur tausend Mark auszuzahlen.

Am nächsten Tage geschah es, daß Franz

Brüggemann gegen seine Gewohnheit um sechs
Uhr nachmittags in Hansens Kontor trat.

„Ist es erlaubt, Herr Geheimkritikus?"
scherzte der Senior.

Hans erhob sich und grüßte ehrerbietig.

„Ich war bis jetzt recht seltener Gast bei
Ihnen, Herr Mühlbrecht. Vielleicht verschiebt
sich das jetzt. Ihre drei Monate sind in diesen
Tagen um. Bald wird der geheimnisvolle Schleier
gelüftet, der über Ihren Arbeiten schwebt."

Hans wollte antworten. Aber der Senior
kam ihm zuvor:

„Ich wollte Sie natürlich nicht zu einer Aus-
sprache treiben. Sie können gerne selbst den
Zeitpunkt wählen. Ich kam aus einem anderen
Grunde, Herr Mühlbrecht. Sie haben gestern die
Annahme ihres Monatsgehalts verweigert."

„Verweigert? Nein, ich habe mein Gehalt
richtig bekommen."

„Sie verstehen mich doch, Herr Mühlbrecht.
Der Kassierer hatte Sie darauf aufmerksam gemacht, daß der Betrag von der Direktion vorgeschrieben war. Glaubten Sie ernstlich an einen
Irrtum?"

„Nein, Herr Brüggemann. Aber ich habe
bis heute nichts für Sie geleistet. Ich durfte das
doppelte Gehalt nicht annehmen."

„Ich hatte zu Ihren Leistungen mehr Ver=
trauen als Sie selbst. Ich glaubte an ihren
Wert, ohne sie zu kennen. Was ich sah, waren
nur Zeichen einer ernsten, unermüdlichen Arbeit."

Hans wollte das Lob ablehnen, aber die Be=
wegung einer feinen, schmalen Hand hielt ihn
zurück. Und der Senior fuhr fort:

„Sie haben selten vor Mitternacht Ihr
Kontor verlassen, Sie haben den größeren Teil
Ihrer Mittagspause im Lese= und Zeichensaal
des Patentamtes zugebracht, Sie haben an keinem
Tage auch nur einen der Einkaufsräume unbe=
achtet gelassen. Sie haben von der technischen
Abteilung die Akten der letzten fünf Jahre ein=
gefordert und mancherlei zusammengetragen, was
ohne Zusammenhang, nur den Jahresdaten nach,
in verschiedenen Mappen gelegen hatte. Ohne es
zu wollen, habe ich dies alles erfahren. Täglich
kamen deswegen Beschwerden an mich, die ich
prüfen mußte."

„Ich bitte mir zu glauben, Herr Brüggemann,
daß ich mich stets bemüht habe, niemanden zu
verletzen."

„Ich weiß es. Ich habe den Takt, mit dem
Sie mit den Herren verkehrten, häufig genug
festgestellt. Ich wollte Sie nicht belohnen, als
ich Ihr Gehalt erhöhte. Ich wollte Sie nur durch

eine offenkundige Bevorzugung vor den anderen
Herren schützen. Es gibt in einer großen Organisation leider keinen anderen Schutz. Nur wer
äußerlich emporsteigt, wird geachtet."

Hans schwieg. Dankbar blickte er den Chef
an. Aber er vertrug den gütig vornehmen Blick
nicht, den Franz Brüggemann auf ihn richtete,
und er senkte die Augen.

„Sehen Sie ein, daß Sie unrecht taten, Herr
Mühlbrecht, als Sie Ihren Stolz durchsetzen
wollten?"

Und plötzlich, wider seinen eigenen Willen,
sprach Hans:

„Es ist nicht das einzige Unrecht, das ich
begangen habe. Ich habe viel Schlimmeres getan. Mit keinem Wort, mit keinem Blick fragten
Sie mich nach meiner Arbeit. Und statt daß ich
zu Ihnen gekommen wäre, um Ihrem Urteil vor-
zulegen, was ich plante, ließ ich mich hinreißen,
Geheimrat Bock Andeutungen über einen Plan
zu machen, von dem Sie selbst noch nichts
wußten . . ."

Der Senior sah ihn lange forschend an. Und
nur ganz leise sagte er:

„Es war unrecht. Sie hätten das nicht tun
sollen."

„Ich habe noch nicht alles gesagt, Herr

Brüggemann. Geheimrat Bock weiß nicht, auf welchem Gebiete sich mein Plan bewegt. Er weiß nur, daß er ungeheure Summen erfordert. Nicht zu ihm, sondern zu Geheimrat Wurm habe ich gesprochen, habe ihm einen Teil meines Planes mitgeteilt, habe ihn dafür gewonnen. Ihn — bevor Sie noch etwas wußten …"

Hans stand schamerfüllt da. Und doch war ihm jetzt, da er gebeichtet hatte, freier zumute. Er wunderte sich selbst darüber, wie er all das getan haben konnte, was er eben als seine Schuld eingestehen mußte.

Franz Brüggemann blieb unbeweglich stehen. Nur sein Blick verfinsterte sich und um seine Mundwinkel legte sich eine dünne, scharfe Falte. Lange sann er nach, lange sah er den jungen Menschen an, dem er mehr Vertrauen und mehr Liebe entgegengebracht hatte als je einem, und der sich so sehr vergessen hatte, daß er selbst das Gebot des einfachsten, natürlichsten Taktes außer acht gelassen hatte.

„Sie irren, Herr Mühlbrecht, wenn Sie glauben, daß Sie mir gegenüber ein böses Gewissen haben. Sich selbst gegenüber haben Sie ein böses Gewissen. Nur sich selbst haben Sie den Beweis erbracht, daß Sie Ihrer Idee nicht gewachsen sind. Zur Ausführung einer großen

Idee gehört nicht Jugend, sondern Alter. Das
haben Sie noch nicht gelernt. Sie fühlen es selbst,
daß Sie noch zu jung sind, um den Mund halten
zu können, daß Sie noch zu jung sind, um nicht
über jeden verständigen Zuhörer, den Sie ge=
winnen, glücklich zu sein und ihm Ihre Gedanken
vorzutragen. Sie schämen sich Ihrer selbst,
weil Sie die Welt regieren wollen und sich selbst
nicht regieren können. Sie wollen abseits stehen
und laufen Ihrem Publikum nach. Erzählen Sie
mir, bitte, nichts von dem, was Sie planen.
Gehen Sie erst mit sich selbst zu Rate. Und wenn
Sie sich selbst, ehrlich und kritisch, sagen, daß
Sie Ihrer Idee gewachsen sind, dann kommen
Sie. Wer in der Welt etwas Großes schaffen
will, der muß ernst und stumm sein, der darf
seine Gedanken nicht auf der Zunge haben, wenn
er in Gesellschaft geht . . ."

Hans schwieg noch immer. Schwieg, weil er
sah, daß der andere ihn ganz durchschaut hatte
und mit Händen die großen Schwächen festhielt,
die er sich selbst nicht hatte gestehen wollen und die
er jetzt mit lächerlicher Klarheit vor sich sah.

Aber in Franz Brüggemanns Zügen ging
eine Wandlung vor. Die dünne, scharfe Falte
um seine Mundwinkel verschwand und aus seinen
Augen strahlte wieder jener Zug schüchtern=takt=

voller Güte, der Hans sonst ganz in seinen Bann zu ziehen pflegte.

„Auch ich trug einmal meine Gedanken auf der Zunge," sagte der Senior, „ein einziges Mal. Und dieses eine Mal hat einen Einfluß auf mein ganzes Leben gewonnen. Glauben Sie mir, Herr Mühlbrecht, der andere, dem ich damals gegen= überstand, hat härter mit mir gesprochen . . ."

Auch jetzt noch antwortete Hans nicht. Da trat der Senior auf ihn zu und sagte:

„Geben Sie mir die Hand, Herr Geheim= kritikus. Ich trage Ihnen nichts nach. Nur Sie selbst sollen sich etwas nachtragen. Das allein wollte ich erzielen."

Hans erfaßte die ihm dargebotene Hand. Ihm war, als ob jede Linie dieser schmalen, feinen Hand begütigend und liebevoll zu dem geheimsten Menschen in ihm spräche. Und, einer plötzlichen Eingebung folgend, wollte er diese Hand küssen.

Peinlich berührt wandte sich der Senior ab:

„Keine Dummheiten, Herr Geheimkritikus!"

IV.

Wochen und Monate vergingen, und Hans hatte noch immer nicht gesprochen. Der Plan, der einen Monat nach seinem Eintritt in das Haus Brüggemann in seinem Kopf fertig gewesen war, den er in allen Einzelheiten übersehen zu können glaubte, der ihm wie eine notwendige Verschmelzung aller beteiligten Interessenten, wie eine ideale Lösung aller kommerziellen Pläne erschienen war, entschwand ihm immer mehr. Er sah nur noch seine Konturen und verlor sich in einem Meer von Einzelheiten, zu deren Bewältigung er alle seine Kräfte ausnützen mußte, um sich nur einigermaßen auf der Oberfläche zu halten.

Wie verblendet war er doch gewesen, als er die Stirn gehabt hatte, mit einem so unfertigen, ja vielleicht gar im Grunde unmöglichen Projekt hervortreten zu wollen. Nichts, nichts war an seinem Plan einfach. Und wenn es Geheimrat Wurm einst so erschienen war, so lag das eben daran, daß Wurm in ihm einen Fachmann ver-

mutet hatte, von dem er sich über ihm unbekannte
Dinge kritiklos belehren ließ.

Die Zeiten, in denen er, innerlich über die
anderen lächelnd, durch die Einkaufsräume ge=
schritten war, waren längst vorüber. Er hatte
die Achtung vor denen gelernt, die sich gegen die
Sprödigkeit des Details behauptet hatten, er
hatte gelernt, daß die feinste und klügste Idee
weniger wog, als die Ueberwindung des nächsten,
kleinsten Hindernisses.

Ein Dutzend kleiner Erfindungen glaubte er
gemacht zu haben und mußte nun einsehen, daß
auch nicht eine darunter völlig einwandfrei war.
Und wo es zur Lösung eines neuen Mechanismus
eines klaren Intellekts, eines findigen Kopfes
und geschickter Hände bedurfte, da stockte die
Arbeit, weil er unter den besten Präzisionsmecha=
nikern Berlins nur solche fand, die ihren eigenen
Kopf von zu erwerbenden Patentbriefen und
den Millionen, die angeblich auf der Straße
lagen, voll hatten. Wollte er sicher gehen, so mußte
er seine Ansprüche herunterschrauben und zu den
Lohnarbeitern gehen, die des Nachts zu Hause
Nebenverdienst machen wollten, die mit müden,
plumpen Händen wochenlang an Dingen herum=
bastelten, die mit ein paar geschickten Griffen in
wenigen Stunden zu erledigen gewesen wären.

Dann ergriff ihn die Wut über die Unfähigkeit
dieser Menschen, so daß er ihnen die Arbeit ab-
nahm und sie selbst vollenden wollte. Und nun
richtete sich seine nervöse Ungeduld gegen ihn
selbst. Er machte plötzlich die Entdeckung, daß
er trotz seines klaren Kopfes und der Hände, die
er für geschickt gehalten hatte, nicht schneller weiter
kam als die Arbeiter, die vor ihm den Vorteil der
gewohnten Mechanikerarbeit hatten. Volle vier
Monate dauerte es, bevor er seine ersten zwei
Modelle so weit fertig hatte, daß er sie dem Patentamt einreichen konnte. Es handelte sich um
zwei ganz einfache Dinge, um ein Taschenmesser
mit aufschnellender Sprungfeder und um einen
Ascheimer zum staubfreien Entfernen von Ofen-
asche. Und selbst bei diesen einfachen Gegen-
ständen, um deren Schutz nach den Büchern des
Patentamtes kein anderer Erfinder angesucht
hatte, wurden ihm Schwierigkeiten gemacht und
unsinnige Ergänzungsfragen gestellt, die ihn um
Wochen zurückwarfen. Von drei neuen Küchen-
gebrauchsgegenständen, von denen er fertige
Modelle eingereicht hatte, wurden ihm zwei glatt
verweigert, weil sie mit fremden Patenten kolli-
dierten. Der Patentanwalt, ein kluges, ge-
witztes und flinkes Kerlchen, hatte zwar jene
fremden, noch nicht bewilligten Patentgesuche, die

aus dem Ausland eingereicht worden waren, geprüft und schlug kleine Aenderungen vor. Seiner
Erklärung nach handelte es sich nur um eine zufällige, durchaus nicht prinzipielle Aehnlichkeit.
Aber der Anwalt hatte ja ein Interesse daran,
ihn zu unnützen und zwecklosen Aenderungen zu
veranlassen.

Noch unangenehmere Ueberraschungen hatten
ihm seine Erkundigungen über den Einzelverkauf
der großen Berliner Tageszeitungen gebracht.
Während die Inseratenziffern einigermaßen mit
seiner Schätzung übereinstimmten, hatte er die
Verkaufsziffer der Einzelblätter um das Vier-
fache überschätzt. Auch bei den redaktionellen
Kosten hatte er stark vorbeigeraten. Um auf seine
Kalkulationsziffer zu kommen, hätte er den ganzen
Nachrichtenteil von Korrespondenzen bestreiten
müssen und wäre den durch Spezialkorresponden-
ten bedienten Blättern gegenüber in einem fühl-
baren Nachteil geblieben. Soviel er auch rechnen
mochte, er sah keine Möglichkeit, unter Verzicht
auf die großen Rauminserate eine Rentabilität
einer zweimal des Tags erscheinenden Zeitung
zu erzielen.

Auch sonst schreckten ihn einzelne Anzeichen,
die beredt genug gegen die Durchführung seiner
Idee zeugten. Der hypothekarische Wert der

Grundstücke, die er für seinen Plan ausersehen
hatte, stieg gerade an den für seine Zwecke er-
forderlichen, exponierten Stellen der Stadt enorm.
Die prinzipielle Durchführung des Filialwesens
war durchaus nicht etwa nur seine Idee. Besonders drei Sondergeschäfte waren es, die syste-
matisch die besten Geschäftsstellen der Stadt be-
setzen zu wollen schienen. Eine Zigarrenfirma,
ein Buttergeschäft und die Firma Frahm, die den
Vertrieb ihrer belegten Groschenbrötchen und
Groschenbiere bis in die entlegensten Stadtteile
ausdehnte. Es gingen Gerüchte über Abstandsgelder um, die den Inhabern guter Eckläden bezahlt wurden und die so groß waren, daß sie
die Miete des Neueinziehenden selbst bei zehn-
jährigem Vertrage auf das Doppelte der früheren
Miete steigerten.

Einmal ertappte er sich dabei, daß er sich
mißmutig sagte, er hätte seinen Anschluß um ein
Jahr zu spät erreicht. So weit war er also schon,
daß er zu der billigen Lebenslüge aller Unfähigen seine Zuflucht nahm, daß er den Kalender für seine eigene Schwäche verantwortlich
machte.

Und zu all dem kam noch, daß seine Zeit
eine viel begrenztere geworden war. Seitdem er
am ersten April die Leitung der Reklamabtei-

lung übernommen hatte, konnte er für das, was
er seine Vorbereitungsarbeiten zu nennen sich an-
gewöhnt hatte, nicht mehr mit dem Vormittag
rechnen. Er hatte geglaubt, die Arbeit, zu der
sein Vorgänger einen ganzen Tag gebraucht hatte,
in einer, vielleicht höchstens in zwei Stunden erledigen zu können. Aber so leicht lagen die Verhältnisse doch nicht.

Da gab es stets erst Beratungen mit den
Chefs der einzelnen Ressorts, die eine Propaganda für ihre Abteilungen verlangten, Beratungen bei der Direktion, die nicht immer seine
Vorschläge billigte und bei einer Sache zweimal,
dreimal um Aenderungen bat, da gab es eine
ganze Menge neuer Angebote, die er persönlich
erledigen mußte, und Menschen, die sich dabei
zögernd und umständlich erklärten und ihm seine
Zeit raubten. Er hatte Korrekturen von Druck-
schriften zu besorgen, Umbruchskizzen für Kataloge
zu entwerfen und es hatte eines dreimonatlichen
Kampfes bedurft, bevor er es durchgesetzt
hatte, daß keine neuen Kataloge mehr angefertigt
und versandt wurden. Ganz ernstlich wiesen die
Herren darauf hin, daß alle großen Spezialgeschäfte dasselbe taten, als ob sie das Wesen
des Warenhauses gar nicht begriffen hätten. Er
war dumm genug gewesen, zu glauben, daß das

Kaufhaus Brüggemann nach dem Prinzip seines obersten Herrn geleitet würde. Nein, Franz Brüggemann hatte im Laufe der Jahre der stärksten Gewalt weichen müssen, die es in einer Organisation gab, der Grenzbestimmung, die in dem Menschenmaterial seines Reiches begründet war, der Dezentralisation, die unmerklich durch die Wünsche jedes einzelnen der Ressortchefs vorwärtsging.

Keiner dieser Menschen hatte das Prinzip des Warenhauses richtig erfaßt. Sie waren alle aus Spezialgeschäften gekommen und brachten die Wünsche, Sorgen und Erfahrungen ihres einzelnen Geschäftszweiges in die große, von ihnen unverstandene Organisation. Vielleicht auch hatte sich Franz Brüggemann von dem Heer dieser durchaus tüchtigen Einzelfachleute nach und nach herumkriegen lassen und das durch- geführt, was er eine individuelle Behandlung jeder einzelnen Abteilung nannte. Mit der Selbst- verständlichkeit naiven Unverstands und erprobter Erfahrung verlangte der Chef der Buchhandlung eine prinzipielle Genehmigung von Ansichtssen- dungen an jene Kunden, die ein Depot von soundso- soviel in der Bankabteilung des Kaufhauses hatten. Hatte sich doch auch die Buchhandlung König, in der er jahrelang in leitender Stellung

war, auf diese Weise den weiten Kreis ihrer
Kunden verschafft. Und die Direktion hatte sich
dem Vorschlage des „erprobten Fachmannes" ge-
neigt gefühlt und erwog ernstlich, ob wegen des
Mehrverkaufs von ein paar Büchern mit einem
grundlegenden Warenhausprinzip gebrochen werden sollte.

Ein Parlament war das Kaufhaus Brüggemann, ein Parlament, in dem 87 Ressortchefs
zu Rate saßen, 87 ehrliche, kluge Fachleute, die
aber nicht um eine Nasenlänge über den Ver-
kaufstisch ihrer Abteilung hinwegsahen.

Ein kluger Berater seiner Untergebenen war
Franz Brüggemann, kein selbstherrlicher, klar
wollender, planmäßig schaffender Fürst.

Wenn Hans seine ersten, selbständigen Versuche durchführen wollte, die Versuche, die den
sichtbaren Beweis dafür erbringen sollten, daß
er richtiger sah und leitete als die anderen, so
mußte er sich klug mit den einzelnen Chefs
stellen, ihrer Abteilung zu Vorteilen und Um-
satzsteigerungen verhelfen, sich dem Geiste, der
im Hause herrschte, völlig unterordnen.

Das zufällige Angebot einer großen Seiden-
warenfirma war ihm dabei behilflich. Um sich
als Lieferant einzuführen, hatte der Fabrikant
eine neue, in wirkungsvollen, ungemusterten Ein-

heitsfarben gearbeitete japanische Waschseide angeboten. Der Einkäufer fand sie enorm billig.
Das Meter der freilich nicht gerade unverwüst-
lichen und nicht allzu breit liegenden Seide kostete
eine Mark. Der Chef der Abteilung wollte einen
Versuch machen und sie für 1,25 Mark verkaufen.

„Wenn Sie den Preis auf drei Mark fest-
setzen, verschaffe ich Ihnen eine umfangreiche
Reklame dafür," schlug Hans dem Ressortchef vor.

Nach langer Verhandlung einigten sie sich.
Der Fabrikant verpflichtete sich, den Artikel drei
Monate keiner anderen Firma anzubieten und
dem Kaufhaus Brüggemann das alleinige Ab-
nahmerecht zu wahren, wenn innerhalb der ersten
drei Monate ein gewisser Umsatz erzielt werden
würde. Die Direktion hatte gegen den Vertrag,
der nur den Fabrikanten band, nichts einzu-
wenden.

Hans setzte alle Reklamemittel in Bewegung und die Seidenwarenabteilung mußte
schon am dritten Tage nur dieses Artikels wegen
um vier Verkaufstische vermehrt werden. Jeden
dritten Tag trafen die eben fertiggestellten Sen-
dungen als Eilgüter ein. Vierzehn Tage lang
hielt sich der Tagesumsatz auf gleicher Höhe:
20 000 Meter pro Tag.

Da geschah es, daß die größte Seidenwaren=
firma Berlins anscheinend denselben Artikel für
zwei Mark inserierte und ihre ganze Schau=
fensterflucht in der Leipzigerstraße damit deko=
rierte. Am selben Tage fiel der Umsatz auf
dreihundertfünfzig Meter.

Hans inserierte: 1,90 Mark.

Gebrüder Becker: 1,85 Mark.

Hans: 1,80 Mark.

Gebrüder Becker: 1,75 Mark.

Täglich, in abwechselnder Folge der Gegner,
sank der Preis um fünf Pfennig. Der Verkauf
stockte fast völlig. Nur die Fremden kauften. Die
Berliner warteten geduldig, bis der Preis auf
ein Viertel der ursprünglichen Höhe gesunken sein
würde.

Die Verkaufstische waren noch immer be=
lagert. Die Damen saßen und standen umher und
wühlten in der Fülle der Seidenstoffe. Eine jede
wählte die Farbe, die sie dann, später, in wenigen
Tagen, für fünfzig, sechzig Pfennig das Meter
kaufen würde. Dienstmädchen kamen und Ar=
beiterfrauen und reich gekleidete Damen und junge
Mädchen aus Geschäften und Kontors, und alle
wollten sie nur sehen und betasten. Keine kaufte.

Der Preis, den Gebrüder Becker zuletzt inse=
riert hatten, war 1,25 Mark.

Hans wollte dem Gegner einen Wink geben. Er hatte es in Erfahrung gebracht, woher der Konkurrent den Stoff bezogen hatte und wußte, daß der andere selbst 1,85 M. zahlte und daß die Qualität, die der Gegner bot, eine bessere war. Aber darauf kam es ja nicht mehr an. Im Publikum stand es fest, daß es ein und derselbe Seidenstoff war, den Brüggemann und Becker heute bereits tief unter dem Einkaufspreis verkauften und der täglich nur noch billiger werden mußte.

Die Frauen griffen des Morgens nach der Zeitung, um sich zu vergewissern, ob der Seidenstoff nicht etwa über Nacht verschwunden war, man begrüßte sich allmorgendlich in der Markthalle lachend mit dem Preise des Tages, rief sich 1,35, 1,30, 1,25 zu, man war wie von einem Fieber ergriffen und sah erregt dem unsinnigen Rennen der beiden Rivalen zu, die ihr bares Geld dem Publikum zuwarfen, um sich den Rang abzulaufen.

An dem Tage, an dem Hans den Einkaufspreis ermittelt hatte, den Gebrüder Becker für den Stoff zahlten, hatte er einen schweren Stand bei der Direktion. Er hatte einfach seine Beweise auf den Tisch gelegt und die riesenhafte Bestellung von einer Million Meter durchsetzen wollen. Man lehnte es glatt ab. In neun Tagen mußte man soweit sein, den Artikel entweder aufzugeben oder unter dem Einkaufspreis zu verkaufen.

Am Nachmittag desselben Tages erhielt er die Mitteilung, daß die von ihm vorgeschlagene Bestellung aufgegeben worden sei. Und er wußte, daß nur Franz Brüggemann selbst diese Verfügung getroffen haben konnte.

Nun wagte er seinen Schachzug, wagte es, dem Gegner offenkundig einen Wink zu geben, setzte den Preis nicht mehr um fünf Pfennige, sondern um drei tiefer, auf 1,22. Die Hälfte des bestellten Quantums lag in den Lagerräumen, die andere Hälfte mußte binnen einer Woche in zwei Abteilungen eintreffen.

Mit fieberhafter Ungeduld wartete er auf die Morgenblätter. Und richtig, da stand es: Seidenwarenhaus Gebrüder Becker, Japanische Waschseide, in allen Farben, 55 cm breit, M. 1,22.

Schon am Vormittag war die Seidenwarenabteilung stark besetzt, als aber die stilleren Mittagsstunden vorüber waren, gab es einen wahren Sturm. Die Tische der halben Weißwarenabteilung mußten zur Hilfe genommen werden und dann mußten erst vier, dann sechs, dann ein ganzes Dutzend der Verkaufsdamen von den Konfektionsabteilungen zur Bewältigung des Andrangs herangezogen werden.

Als am späten Abend eine schnelle Ueber=
sicht geschafft wurde, waren 215 000 Meter ver=
kauft worden. Nur langsam ließ die Kauflust des
Publikums nach. In neun Tagen war der letzte
Rest des Lagers geräumt.

Und dieselben Herren der Direktion, die sich
gegen seine Bestellung gewehrt hatten, wollten
nun eilig nachbestellen. Er bat, kein Stück mehr
zu kaufen. Man rechnete ihm vor, wieviel noch
verkauft werden könnte. Er blieb bei seiner
Ansicht.

Und wieder war es Franz Brüggemann, der,
ohne mit ihm gesprochen zu haben, seinen Stand=
punkt stützte.

Oben in den Verwaltungsräumen gab es
nur eine Stimme: „Ein Teufelskerl ist dieser
Mühlbrecht, aber einer von der eingebildetsten,
hartnäckigsten Sorte."

„Warum wollen Sie denn aber nicht weiter
verkaufen?" fragte ihn Rudolf Wehrhahn, der
sich soweit vergab, persönlich mit einer Frage in
Mühlbrechts Kontor zu kommen.

„Weil kein Konkurrent wissen darf, daß wir
nicht verloren, sondern verdient haben und weil
das Publikum dazu erzogen werden muß, einen
Spezialartikel von uns als eine kurze, nie wieder=

kehrende Gelegenheit anzusehen, die man auf den Tag wahrnehmen muß."

Rudolf Wehrhahn glaubte es seiner Würde schuldig zu sein, diese sonderbare Weisheit des Herrn Mühlbrecht mit ironischem Kopfschütteln zu begleiten.

*   *

*

Hans merkte bald, daß ihm sein erster Coup Ansehen verschafft hatte. Die Ressortchefs begannen sich um seine Gunst zu bewerben. Ein jeder von ihnen kam mit Vorschlägen, legte neue, billige Artikel vor und versprach große Umsätze. Aber Hans wählte sehr sorgfältig. Und es vergingen mehr als zwei Monate, bevor er einen zweiten Artikel gefunden hatte, mit dem er das Experiment wagte. Die meisten Abteilungsvorsteher vertröstete er auf Weihnachten, bat sie um zwei, drei Spezialartikel, mit denen man zur Zeit der Weihnachtsernte nicht etwa die Umsätze, sondern die Rentabilität des betreffenden Lagers erhöhen könnte, hielt gründliche Beratungen mit ihnen ab und legte sich hier und da mit einzelnen Artikeln für den Monat Dezember fest. Er war froh, daß die Vorschläge an ihn gerichtet wurden und nicht von ihm selbst ausgegangen waren. Er verteilte die einzelnen Artikel und die Propaganda für sie so,

daß ihm der einzige Monat Dezember, der wich=
tigste des Jahres, mit einem Schlage die Ant=
worten auf eine Menge stumm gestellter Fragen,
daß er ihm die Resultate einer ganzen Reihe von
Experimenten bringen mußte.

Gegen Ende September, kurz vor dem
Quartalsumzug, brachte er einen neuen Artikel
heraus, einen Artikel, für dessen Einführung er
kein kleineres Reklameetat erwirkte, als ihm für die
Japanseide bewilligt worden war: fünfzehn ganz=
seitige Inserate in acht Berliner Tageszeitungen,
53 000 Mark.

Es war ein in schönen Farben gearbeiteter
Läuferstoff, der das glänzende Aussehen von
Tournay=Velour hatte und bei 80 Zenti=
meter Breite nur 80 Pfennig kostete. Das Mate=
rial bestand zwar zur Hälfte aus Jutefaser, war
aber so gut mit Baumwolle durchflochten und ver=
arbeitet, daß sich der Stoff recht weich und schmieg=
sam anfühlte.

Er setzte den Preis auf 1,75 fest. Tournay=
Velour hätte mindestens das Dreifache gekostet.

Und wiederum hatte er einen heftigen Kampf
mit einem nach zehn Tagen auftauchenden Gegen=
bietenden durchzufechten und wiederum blieb er
bei 1,07 Mark stehen, um nur noch acht Tage den

Artikel beizubehalten. Und wiederum war es der
andere, der gerne nachgab, weil er verlor und
von dem Kaufhause Brüggemann gezwungen
worden war, den Preis tiefer herabzudrücken, als
er erwartet hatte.

Nur zwei Ressortchefs waren es, die sich
seinem Rate nicht fügen wollten und die zwei
Artikel nur unter der ausdrücklichen Erklärung
aufgenommen hatten, daß es gegen ihren Willen
geschehen war. Hans glaubte es sich schuldig zu
sein, auf seiner Ansicht zu beharren.

Weihnachten kam heran. Der ganze Ver-
waltungsapparat blieb lange nach Geschäftsschluß
bei der Arbeit. Selbst am „goldenen Sonntag“,
an dem die Verkaufsräume nach altem Brauch
um 6 Uhr geschlossen wurden, trotzdem alle
anderen Läden der Leipzigerstraße bis 8 Uhr vom
Publikum gefüllt waren, selbst am „goldenen
Sonntag“ war das halbe Verwaltungspersonal
um Mitternacht noch auf den Beinen.

Es war schon drei Uhr morgens, als Hans
noch in seinem Kontor saß und die Ergebnisse der
letzten drei Dezemberwochen überschlug.

Die Umsätze, in den von ihm eingeführten
und zu doppelten und dreifachen Einkaufspreisen
verkauften Artikeln waren enorm. Und doch war
er nicht zufrieden. Die Ziffern lauteten anders,

als er erwartet hatte. Er hatte die Spezial=
angebote als Versuche angesehen, hatte sozusagen
mit sich selbst Wetten abgeschlossen auf den Erfolg
des einen, das Versagen des anderen Angebots.

Das Schlußergebnis kam dem Verlust fast
aller seiner Wetten gleich. Die zwei Artikel, gegen
die sich die Ressortchefs gewehrt hatten, hatten
in der Tat versagt, einzelne, überaus praktische
und nicht zu teuere Gebrauchsgegenstände waren
fast unbeachtet geblieben und der große, augen=
fällige Erfolg war jenen Artikeln zugefallen, die
er auf Zuraten der Abteilungsvorstände nur auf=
genommen und betrieben hatte, um sich selbst zu
beweisen, daß die anderen unrecht hatten.

Unzähligemal war heute abend in den Ver=
waltungsräumen sein Name gefallen und wohl
alle waren, mit Ausnahme jener zwei Ressort=
chefs, nur einer Meinung über seine Tüchtigkeit.

Ihm aber hatte der Weihnachtsmonat den
Beweis seiner Unfähigkeit erbracht.

Zu Hause sprang ihm Trude lustig entgegen.

„Trudchen, Trudchen, du warst wieder einmal
nicht folgsam. Du solltest schon längst zu Bett ge=
gangen sein!“

„Hansi, ich wollte dich doch nur noch etwas
fragen.“

„Was war denn so wichtig?“

„Ob viel von meinen Kochtöpfen verkauft worden sind?"

„Riesig viel," log er. Es handelte sich um das Modell eines mehrfach geteilten Kochtopfes, den er halb ihr zuliebe konstruiert hatte, weil sie ordentlich stolz darauf war, ihn auf einen Mangel der üblichen Kücheneinrichtungen aufmerksam gemacht zu haben.

„Jetzt wird es in Berlin nur Schüsseln mit bunt garniertem Gemüse geben," scherzte sie. „Weißt du, Hans, es war auch unhaltbar, solange man für jedes Gemüse einen besonderen Topf und ein besonderes Flammenloch brauchte. Es gibt doch viele junge, kleine Paare von zwei Menschen, die mancherlei naschen und nicht gleich einen vollen Topf von jedem Gemüse haben wollen."

„In vierzehn Tagen sage ich es dir auf ein Stück, wie viele solche Paare bei uns im Kaufhaus deinen Kochtopf holen kamen."

In der Tat aber waren nur ein paar hundert des Modells abgesetzt worden.

Und während Hans und Trude, plaudernd, aber, jetzt in früher Morgenstunde, ohne „Schäferspiel" zu Bett gingen, lag Franz Brüggemann schlaflos in den Kissen und dachte an seinen jungen Reklamechef.

Das war einer, der sich regte, ein ganzer
Mann, deſſen Arbeit man nur zu verfolgen
brauchte, um ſelbſt ſeine alte Kraft wiederzu-
gewinnen!

Und er dachte an Trude, an die junge, Glück
um ſich breitende Frau dieſes jungen Menſchen,
an das liebe, ſtille Weſen, wie er es kannte, an
das Weſen mit dem fraulich keuſchen Blick,
der ſchmiegſamen Geſtalt und dem Gang, der an
die lieblichen Bewegungen eines Rehs erinnerte,
das leicht und frei durch den Morgenwald ſchreitet.

––––––––

V.

Faſt zwei Monate vergingen noch, ohne daß
in der äußern Entwicklung der Geſchehniſſe jene
große Veränderung ſtattgefunden hatte, deren
Einleitung Hans nun ſchon ſeit mehr als einem
vollen Jahre alle ſeine Kräfte widmete. Franz
Brüggemann hatte eine frühere Ausſprache er=
wartet und ſah erſtaunt erſt und dann gar ein
wenig befremdet, wie Hans immer noch ſchwieg.
Ja, ſelbſt der Wechſel der Firma, den Hans ur=
ſprünglich als Bedingung ſeines Eintrittes ge=
nannt hatte, war auch nicht mit einem Worte ge=
ſtreift worden.

Nur eine Aenderung im Weſen ſeines Re=
klamechefs glaubte der Senior bemerkt zu haben.
Es ſchien ihm, als ob ſich des Herrn Geheim=
kritikus Energie in Unraſt, ſein feſter Wille in
Unduldſamkeit, ſeine Ungeduld in Nervoſität ge=
wandelt hätte.

Aber Franz Brüggemann ſah Hans nur im
Geſchäft, ſah ihn nur bei der Erledigung ſeiner
obligatoriſchen Arbeiten. Er ſah ihn nicht, wenn
er mit einem verbitterten Zug um den Mund

zerstreut durch die Straßen eilte, sah ihn nicht, wenn er in seinem Heim, in dem er früher der ungezogene, von Lustigkeit übersprudelnde Schul= junge war, mürrisch durch die Zimmer schritt, wenn er manchmal mit verzweifelter Geste Feder oder Bleistift hinwarf und, den Kopf in den Händen, vor sich auf den Zeichentisch stierte.

Nur die Nächte verliefen noch immer so, wie früher, nur die glückliche Eigenschaft, sofort ein= schlafen zu können, sobald er sich hingelegt hatte, die blieb Hans treu. Er lag nie schlaflos und grübelnd im Bett. Und wenn er jetzt nur noch fünf Stunden zu schlafen pflegte, so lag das daran, daß er statt fünfzehn Stunden volle sech= zehn arbeitete.

Aber die Vorbereitungen zu seinem Projekt waren trotz alledem nicht weiter gediehen. Hans war blind, oder wollte es sein, wollte nicht ein= sehen, daß ihn seine Arbeit nicht weiterführen konnte, solange sie nur theoretisch betrieben wurde.

Seitdem er sich überzeugt hatte, daß die Ressortchefs recht und er selbst unrecht behalten hatte, seitdem er die Erfahrungen auf Einzel= gebieten schätzen gelernt hatte, fühlte er eine Ohnmacht in sich, fühlte er, daß seine Intelligenz viel weniger oder nichts taugte neben der alltäg= lichen Erfahrung von Durchschnittsköpfen. Und

diese Erkenntnis war es, die seine Kräfte lahm=
legte.

Den plötzlichen Aufflug des Bedeutenden,
des Tüchtigen, den gab es eben nicht. Der Weg
zur Macht wollte mühsam erklommen werden.
Arbeit, nur Arbeit, Ueberwindung kleiner Hinder=
nisse, Kampf mit den Einzelheiten, die galten,
die hatten Wert. Ideen, psychologische Erkennt=
nisse galten nichts.

Seine Umgebung beneidete ihn. Selbst bis
in die höchsten Verwaltungskreise des Hauses
waren die niedrigen, häßlichen Prinzipien ge=
drungen, die die Verkaufsräume beherrschten:
Neid und die Lust zur Denunziation. Hundert
Menschen verfolgten jede seiner Handlungen, jeden
Federstrich, den er im Dienste tat und suchten
nach Fehlern. Ein paar kleine Versehen konnten
sein Ansehen untergraben. Das erbärmliche Prin=
zip des Hauses, das dem Denunzianten Prämien
auf Kosten des Angezeigten für den Nachweis
von Fehlern sicherte, das erbärmlichste, niedrigste
Prinzip der Zentralverwaltung war überall im
Hause bei der Arbeit und drohte den Besten in
seine Fliegennetze zu locken.

Manchmal ergriff Hans eine kindliche Angst,
ein Gefühl absoluter Ohnmacht. Er fürchtete,
zwischen die Räder des gigantischen Betriebes zu

14*

kommen, von deſſen Hebeln einer der wichtigſten
ſeiner Hand anvertraut war, fürchtete, von den
unzähligen kleinen Zahnrädern zermalmt zu
werden, aus deren Zuſammenwirken und Jnein=
andergreifen der ungeheure Mechanismus be=
ſtand, von dem auch er ein Teil war.

Die Stunden für ſeine Vorbereitungen
ſchmolzen immer mehr zuſammen. Je mehr er
zu bewältigen fähig war, deſto mehr Arbeit ſam=
melte ſich in ſeinem Kontor. Er hatte tagsüber
mit den regelmäßigen Erledigungen zu tun und
mußte ſeine Mittags= und Abendzeit dazu neh=
men, um ſeine eigenen Arbeiten in allen Einzel=
heiten nachzuprüfen, auf die Möglichkeit von
Schreibfehlern zu achten, damit keine der drei
Leitungen, in deren Gebiet ſeine Arbeitsleiſtung
hinüberſpielte, auf Fehler und Jrrtümer hin=
weiſen konnte, auf Verſehen, die, an ſich lächer=
lich, hier in dieſem Hauſe und bei dem hier
herrſchenden Organismus, dennoch ſein Anſehen
untergraben, ihn auf die Dauer vielleicht gar un=
möglich machen könnten.

Er hatte eine Berechnung über die Umſätze
der Lederwarenabteilung zu einem nur ihm be=
kannten Zwecke angefertigt und ſie dem ſtatiſtiſchen
Hauptbureau zur Reviſion vorgelegt. Da waren
nun zwei Fehler entdeckt worden, belangloſe Ver=

fehen, die kaum ein Tausendftel der in Frage
ftehenden Summe betrafen. Aber es waren
Fehler und der Chef des ftatiftifchen Bureaus
hatte dies mit befonderer Genugtuung feftgeftellt.

Ein Dutzend ähnlicher Fehler konnte genügen,
um fein Anfehen derart zu untergraben, daß man
feine Berechnungen in der Direktion nicht mehr
ernft nehmen würde.

Ihm graute vor der Möglichkeit, daß ein
Heer von Durchfchnittsköpfen, das nur den Vor-
fprung feiner Unbedeutendheit und daher fcheinbar
größerer Gründlichkeit vor ihm voraus hatte, ihn
mit der Zeit erbarmungslos zu Tode hetzen könnte.

Seine Nervofität ftieg derart, daß er das
Bedürfnis hatte, fie auf irgend. jemand zu ent-
laden. Er, der fonft mit allen in höflichem Takt
verkehrt hatte, fing an, die Leute anzufchnauzen,
eines oder das andere der ihm unterftellten
Schreibmafchinenmädchen bis zu Tränen zu peinigen, den Bureaudiener heftig anzufahren, wenn
er einen Bleiftift nicht finden konnte, den er
felbft unter feinen Papieren vergraben hatte.

Gegen Ende Februar gefchah es, daß er
Trude, die ihm in ihrer liebenswürdig fröhlichen
Art entgegenfprang, unhöflich, faft unwirfch behandelte, fo daß fie fich beleidigt zurückzog und
gekränkt ohne Gruß zu Bett ging.

Da geschah es auch, daß er zum erstenmal
in der Nacht nicht schlafen konnte und sinnend
und grübelnd dem Morgen entgegenwachte.

Als er sich früh erhob, hatte er einen Ent=
schluß gefaßt. Gegen seine bessere Ueberzeugung
wollte er den Schritt wagen, den Kopfsprung ins
Leere machen, sein Projekt als fertig hinstellen, mit
allen Mitteln für seine Verwirklichung eintreten.
Lieber eine Niederlage im Kampf mit großen
Mächten, als ein langsamer und sicherer Nieder=
stieg auf das Niveau der Durchschnittsmenschen
und Lohnarbeiter, aus denen der Verwaltungs=
apparat des Hauses Brüggemann bestand. Lieber
den Tod eines Kämpfers, als die stille Geborgen=
heit eines pflichtgetreuen, automatisch und be=
wußtlos tätigen Philisters.

Fünf Tage lang arbeitete er noch an seinen
Berechnungen, schloß die Konten, regelte gegen
seine Ueberzeugungen die Schlußziffern, fügte da
hinzu, nahm dort ab und beendete eine Renta=
bilitätsberechnung, die, wie er wußte, nur eine
Rentabilitätsvorspiegelung war.

Am sechsten Tage trat er mit seinen Vorlagen
vor Franz Brüggemann.

Ende des zweiten Teils.

Dritter Teil

I.

Punkt für Punkt erklärte Hans sein Projekt.
Erst die wichtigsten Punkte von prinzipieller Bedeutung, die wirtschaftlichen und psychologischen
Grundsteine seines Gedankenganges, dann die
Hauptlinien, die Silhouette seiner Idee, und
dann die Einzelheiten. Auf jedes technische De-
tail ging er ein, jede seiner Erwägungen stützte
er durch Gründe, führte die zwei, drei Möglichkeiten an, die ihm an einzelnen Punkten offen
gestanden hatten, die Bedenken, die er gegen
einzelne der Möglichkeiten hatte und die Gründe,
die ihn zur Wahl trieben.

Nur hier und da unterbrach ihn Franz
Brüggemann durch Fragen. Aber selbst diese
vereinzelten kurzen Fragen bewiesen ein Verständnis, das Hans überraschte, ein spielendes Beherrschen der durchaus nicht einfachen Materie,
ein Beherrschen, zu dem er selbst erst nach gründ-
licher Prüfung und schwerer Arbeit von Monaten
gekommen war.

Und trotzdem Franz Brüggemann sich nicht
äußerte und kaum die Andeutung eines Urteils
merken ließ, sah es Hans doch, daß die großzügige Durchführung der Idee, die Art, wie sie
die verschiedensten Interessen zu verschmelzen vermochte, auf den Senior einen tiefen Eindruck gemacht hatte.

Nur zu ganz nebensächlichen Einzelheiten
äußerte sich der Senior und tat es mit lobenden,
fast herzlichen Worten. „Die Art, wie Sie das
Feuilleton der Zeitung führen wollen, ist so fein,
daß man fast an ihrem Erfolg bei der Masse
zweifeln möchte . . .“

Oder:

„Das Programm des Handelsteils überzeugt. Hier füllen Sie eine Lücke aus.“

Doch schon am Anfang der Unterredung überraschte der Senior durch ein intimes Verständnis
von Zusammenhängen, bei denen Hans befürchtet
hatte, daß es ihm nicht gelingen werde, sie erfolgreich zu begründen.

Hans ging daran, die Gründung der Kleinwarenhäuser zu erklären.

„Drei wichtige Gründe waren es, die mir
diese Idee eingegeben haben. Die Zentralisation
des Kleinhandels war eine wirtschaftliche Erscheinung, deren Bedeutung heute schon zu schwin-

den beginnt. Die Leipzigerstraße verliert immer
mehr, die Peripherie der Stadt rückt immer weiter
zurück. Heute schon sind fünf, sechs Läden im
östlichen Teil der Leipzigerstraße frei. Die aus
Verlegenheit entstandenen Interimsverträge
rechne ich nicht. Wer unter dem Deckmantel einer
großen Zentralorganisation dem Publikum in seine
Stadtviertel nachrückt, der hat den künftigen De-
tailhandel in der Hand . . . Sehe ich darin recht,
Herr Brüggemann?"

„Nicht ganz unrecht jedenfalls," sagte der
Senior reserviert und Hans fuhr fort:

„Das wichtigste Hilfsmittel, Umsätze zu erzielen, ist eine kampflustige Konkurrenz."

Nun war er bei dem Punkte angelangt, vor
dessen erfolgreicher Vertretung er am meisten ge-
bangt hatte. Aber der Senior beantwortete das
scheinbare Paradoxon nicht, wie er es früher getan hätte, mit einem Kompliment über die geistreiche Causerie. Nein, er bewies volles, vor-
aussetzungsloses Verständnis. Und nur um die
Kette seiner Beweisführungen zu vollenden, hatte
Hans seine Ansicht zu begründen.

„Wir haben nur mit jenen Sonderangeboten
große Umsätze erzielt, bei denen ein Konkurrent
billigere Gegengebote machte und uns zu einem
Preiskampf lockte, dem das Publikum wie einem

spannenden Schauspiel folgte. Aber wir haben
den Kampf noch immer mit einem Gewinn ab=
geschlossen, während die anderen verloren haben.
Wir haben uns schneller, als ich erwartet hatte,
die Angst der Konkurrenz verschafft und stehen
ohne Gegenangebote, ohne Kampf da. Wir müssen
uns selbst eine kampflustige Konkurrenz schaffen.
Wir müssen Strohmänner aufstellen, die uns
bekämpfen und zugleich in den einzelnen Stadt=
vierteln die Pioniere unseres künftigen Kaufhaus=
systems sind. Wir führen unsere Strohmänner
ein, indem wir ihnen durch den Kampf Reklame
schaffen und auch sie selbst werden unsere Um=
sätze steigern."

Der Senior folgte all diesen neuartigen Ge=
dankengängen und verblüffenden Vorschlägen mit
einem Interesse, von dem seine verständnisvollen
Fragen beredt genug zeugten.

Nur dafür, was der Senior über den wun=
desten Punkt seines Projektes dachte, hatte Hans
keinen Anhaltspunkt. Ohne eine Entgegnung,
ohne eine Frage ließ sich der Senior einen Vor=
trag darüber halten, daß eine Zeitung nur dann
ein großes Inseratemeinkommen haben könne,
wenn es die Aufnahme von Inseraten überhaupt
verweigere und den Wert des Anzeigenteils in
den Augen der Interessenten dadurch vervielfache.

Die zwei größten Gegner, die Hans schaffen wollte, das Kaufhaus Brüggemann und der Verband der in allen Stadtteilen vertretenen Kleinwarenhäuser, die beiden größten Interessenten Berlins wollte er in seine Zeitung aufnehmen, die beiden größten Interessenten sollten die Anzeigen in allen anderen Berliner Tageblättern aufgeben und nur sein Blatt als Ersatz wählen. Und wenn dann die anderen Inserenten es den beiden nachmachen wollten, dann sollten ihre Anzeigen verweigert werden. Ins Maßlose sollte der Wert der Inserate in der „Berliner Tageszeitung" gesteigert werden, damit die „Kleinen Anzeigen" in einem Umfange und zu einem Preise gewonnen werden konnten, der die Rentabilität der Zeitung gewährleisten würde.

Jetzt erst war die Zeit für einen Firmawechsel des Hauses Brüggemann gekommen. Jetzt erst war die Zeit gekommen, in der der Name mit einem Schlage verschwinden würde, der Name, der sonst trotz aller offiziellen Aenderungen für immer weiter bestehen geblieben wäre.

Und so einfach und selbstverständlich wie der Name der neuen Zeitung, so selbstverständlich sollte auch der künftige Name des Kaufhauses sein.

„Berliner Kaufhaus Leipzigerstraße" sollte es heißen. Schlicht, wie eine sachliche Feststellung,

als ob es das einzige Kaufhaus der Leipziger=
straße wäre, als ob die anderen Geschäftshäuser
derselben Hauptverkehrsader gar nicht zur Dis=
kussion ständen.

Der Verband der Kleinwarenhäuser aber,
sollte „Berliner Kaufhäuser" heißen und die ein=
zelnen Geschäfte sollten überall groß Straße oder
Platz firmieren, auf der sie standen.

Und die Eröffnung dieser „Berliner Kauf=
häuser" sollte wie ein frecher erster Schachzug im
Kampfe wirken, sollte als Bestrebung angesehen
werden, die Namensgrenze des großen, alten,
mächtigen, renommierten ersten Kaufhauses zu ver=
wischen, sollte die Neugierde des Publikums auf
den Gegenzug stacheln, sollte den Kampfruf „hie
Leipzigerstraße — hie Alexanderplatz, Chaussee=
straße, Lützowstraße! entfachen. Und Artikel nach
Artikel sollten die beiden Gegner im gegenseitigen
Preiskampf durchsetzen, sollten im Publikum den
Schein erwecken, als ob sie bares Geld zulegten,
um sich den Rang abzulaufen und statt dessen
bei genügend hohem Gewinn die Umsätze neuer
Sonderartikel ins Maßlose steigern.

Das war Hans Mühlbrechts Plan.

Franz Brüggemann hörte ihn ruhig bis zu
Ende an, übernahm, Stück für Stück, die rech=
nungsmäßigen Unterlagen, die Zeichnungen der

Häuserfassaden, in denen, bei immer wechselnder
Ansicht Berliner Mietshäuser, dieselbe stereotype
Umrahmung in Milchglaskristall und Bronze=
leisten dem Publikum sagen sollte, daß hier wieder
eines der Sonderlager der „Berliner Kaufhäuser"
war. Ein hoher Halbbogen mit abgeflachter
Kuppel war die Umrahmung, die überall in der=
selben typisch geschweiften Linie verlief und sich
dennoch mit kleinen Abweichungen und Ein=
biegungen um Fensterrahmen und Balkone den
verschiedensten Formen Berliner Mietswohnun=
gen anpaßte, ein Halbbogen, der sich auf schmaler
gradliniger Säule um jedes Schaufenster wand
und so der Geschäftsfassade das Ansehen einer
Arkadenzeichnung in milchweißer Farbe gab. Zum
Schluß übergab Hans dem Senior eine Art Denk=
schrift, ein starkes Heft, das in sachlicher Aufein=
anderfolge die Erklärungen aller Einzelheiten bot.

„Es soll meine wichtigste Arbeit sein, Ihre
Vorschläge bald und gründlich zu prüfen, Herr
Mühlbrecht."

Das waren die Worte mit denen der Senior
Hans entließ.

* * *

Und wiederum folgte der Alltag gewohnter
Arbeit und laufender Erledigungen. Im Hause

änderte sich nichts. Ganz so, als ob nicht ein
Projekt, das alle gegenwärtige Ordnung der Dinge
umstoßen sollte, bei Franz Brüggemann läge, ganz
so, als ob alles seinen alten, eingefahrenen Weg
weitergehen sollte.

Wieder Beratungen mit den Vorständen der
einzelnen Abteilungen, wieder Beratungen mit
der Direktion, wieder Vorbereitungen und Organi=
sationen für das Ostergeschäft.

Niemand in seiner Umgebung, kein Mitglied
der Verwaltung schien eine Ahnung davon zu
haben, daß der junge Reklamechef, dieser
schneidige und eigensinnige Herr Mühlbrecht dazu
bestimmt war, Berlins größtes Kaufhaus umzu=
gestalten und Organisationen ins Leben zu rufen,
die neue Millionen in Bewegung setzen und zum
bedeutungsvollsten Ereignis des wirtschaftlichen
Berlin werden sollten.

Nur abseits, im Heime des Reklamechefs,
für dessen Existenz sich keiner interessierte, von
dessen Lebensfäden niemand Notiz nahm, nur dort,
abseits vom großen Getriebe der Geschäfte, schob
sich die Reihe wechselvoller Lebensbilder weiter.

Die kindliche Harmlosigkeit, die ein Jahr lang
über den kleinen vier Zimmern geschwebt hatte und
sich im Scherzo übermütig lustiger Töne austobte,
schien verklungen zu sein. Eine bange Unruhe er=

füllte das kleine Heim, eine Unruhe, die in Trude zu keimen begonnen hatte, die sich auf Hans übertrug und auch Frau Marlow mit sich fortriß.

Hans hatte Frau Marlow recht selten gesehen. Ein Gefühl zwang sie, nur in den Stunden seiner Abwesenheit zu Trude zu kommen und es zählte zu den Ausnahmen, wenn sie ihm einmal in seiner kurzen Mittagspause begegnete. Dann aber pflegte sie sich schnell mit einer billigen, allzu durchsichtigen Ausrede zurückzuziehen. Oft fragte sich Hans nach den Gefühlen der noch immer jugendlichen Frau, die ihn einst so sonderbar angezogen hatte und die jetzt nur noch ängstlich vor ihm zurückwich.

Nun aber kam sie häufiger und saß oft stundenlange Vormittage mit Trude zusammen, um die Sorgen ihrer Tochter in Worte zu lösen. Sie verstand Trudes bange Unruhe vor dem Kommenden, verstand Trudes Gefühl, daß nun mit dem erwarteten Kinde, das sie in sich keimen fühlte, auch Trudes eigenes Schicksal ins Rollen kommen, und daß sich nun alles, alles verschieben würde, wenn Trude mit Hans nicht mehr allein sein würde.

Aber mit einem Lächeln vertrieb sie die Sorgen. „Wovor ängstigst du dich, Närrchen, das Glück kommt zu euch ins Haus und meldet sich an."

Auch Trude lächelte wohl dann manchmal und glaubte ihr für Augenblicke. Sobald sie aber allein war, kamen ihr die alten, trüben Gedanken wieder und ließen sich nicht verscheuchen.

Sie sann über Hansens verändertes Wesen nach, über das junge Glück, das ihr zu entschwinden schien oder drohte, und über die lustigen Scherze und harmlosen Kinderlieder, die in ihrem Heim wohl für immer verklungen waren.

Hatte Hans Sorgen? Größere Sorgen als früher?

Ja, die hatte er wohl. Das Projekt, an das alle seine Hoffnungen geknüpft waren, an dem er ungezählte Stunden eines Jahres gearbeitet hatte, das Projekt lag nun bei Franz Brüggemann und Hans wartete auf die Entscheidung.

Aber nein! Schon früher, schon fast zwei Monate lang war er ebenso gewesen, ebenso verbittert, ebenso versonnen, ebenso in ihrer Gegenwart zerstreut.

Warum?

Sie fand keine andere Lösung, als die, die in ihr selbst enthalten war. Er mochte sie nicht mehr so, wie früher, sie war ihm nichts mehr. Ihr Glück lag nur in seinem, ihre Freude nur in seiner Freude, sie war nur er. Ein einfaches lustiges Mädel war sie erst gewesen, als er sie

einfach und lustig und mädelhaft gewollt hatte,
eine Gesellschaftsdame war sie gewesen, als er
sie als Gesellschaftsdame gewollt hatte, das vor=
nehme Kind eines alten Adelsgeschlechtes war
sie, als er sie so gewollt hatte und nun war sie
leer und ihr Leben sinnlos, weil er ihr nichts mehr
gab, sie nicht mehr liebte, sie nicht mehr zu seiner
Gehilfin machte, sie nicht mehr als Spielkamerad
mochte.

Keine Rolle wäre spielerisch und schwer und
tief genug gewesen, als daß er sie ihr nicht hätte
suggerieren können und kein Abgrund so tief, als
daß er in ihn durch Lieblosigkeit sie nicht hätte
fallen lassen können.

Langsam schlichen die Stunden des Vor=
mittags. Und dann kam er, versorgt und vergrämt
und küßte sie kühl und fragte nach ihrem Befinden
mit so uninteressierter Höflichkeit, als ob sie irgend
eine ihm zur Last werdende Patientin wäre.

Dann zog sie sich wohl manchmal in ihrer
Trauer zurück und konnte die Tränen nicht zu=
rückhalten. Und er kam ihr nach und sprach ihr
zu und tröstete sie, aber er half ihr nicht.

Wäre er lustig zu ihr getreten mit einem
harmlosen Scherz, wäre er nur mit freudiger Nach=
richt über seine eigenen Angelegenheiten zu ihr
gekommen, sie wäre ihm glücklich und mitfühlend

um den Hals gefallen. Aber nein, er sprach nur Worte, die jeder andere auch gesprochen hätte.

Und auch die Worte waren bald zu Ende ge= gesprochen und auch die Mittagspause schien immer kürzer werden zu wollen. Und dann ging er von ihr weg, immer und immer zu seinen Ar= beiten und Plänen.

Würde ihr ihr Kind eine Wandlung bringen? Nur eine Wandlung, irgend eine erbat sie von der Zukunft. Lieber sollte es noch schlimmer kommen, lieber sollte es ausgesprochen werden, als daß sie unverändert in diesem Zustande halben Wissens und langsamen Erkaltens bleiben sollte.

Ostern rückte immer näher.

Und wie mit dem brünstigen, heißblütigen Ernst eines gläubigen Kindes klammerte sie sich an das Fest, an dem Hans den ganzen Tag bei ihr bleiben mußte, an dem irgend etwas, etwas Großes, die ersehnte Wandlung eintreten müßte.

Und wie einem gläubigen Kinde ward ihr ihr Wunsch erfüllt.

Es geschah etwas, es geschah eine Wand= lung. Und es ward eine frohe Wandlung.

Erst spät nach Mitternacht kam Hans am Oster=Heiligabend nach Hause.

Sie lag zwar schon lange im Bett, wie er es

in letzter Zeit gewünscht hatte. Aber sie erwartete ihn und schlief noch nicht.

Da kam er. Freudig, heißblütig, übermütig, wie früher.

„Trudchen, rate wer morgen unser Gast ist?"

„Unser Gast? Bleiben wir nicht allein?"

„Nein, der Chef, der Senior, Franz Brügge= mann ist unser Gast."

„Zum erstenmal, Hansi! Ist es, weil . . .?"

„Ja, ja, weil . . . Er will mir morgen die Entscheidung bringen."

Und glücklich, unter lustigen Scherzen, wie früher immer, schliefen sie ein.

———

II.

Das war der längst vergessene Brüggemann
wieder, das war jener Kavalier, dem auch Hans
bei seiner ersten Begegnung gegenübergesessen
hatte, der französische Edelmann mit dem warmen
Künstlerblut, mit einer Tradition von Takt und
Vornehmheit, mit der männlich festen und dabei
so wohlgefälligen Grazie der Bewegungen und
mit dem innigen, fast verschüchterten Blick.

Das war nicht mehr jener Franz Brügge=
mann, der als Haupt einer großen geschäftlichen
Organisation ein System von Geheimspitzelei und
Denunziantentum in seinem Hause großgezüchtet
hatte, der jeden einzelnen seiner drei bis vier=
tausend Angestellten gegen den andern ausgespielt
hatte, um sich durch ihren Neid vor ihrer Un=
ehrlichkeit und Untüchtigkeit zu schützen, das war
nicht mehr die höchste Instanz eines in ewigen
Sticheleien und Gehässigkeiten sich bekämpfenden
Menschenschwarmes.

Das war ein Mensch mit freundlichem, ein=

samem und liebebedürftigem Herzen, der Oster=
sonntag ins Heim der beiden lieben Menschen
kam, die in sein Alter getreten waren, um seinem
Leben einen neuen Inhalt zu geben.

Erst saßen sie zu dritt im Speisezimmer.

Und durch Franz Brüggemanns Sinn zog die
Erinnerung an irgend ein rührend schlichtes Mär=
chen, das er einmal gelesen, von dem er einmal
gehört, oder das er gar einmal geträumt hatte, an
ein Märchen, das von wundersamen Dingen sprach,
die in einem paradiesischen Heim zu finden waren
und eines Menschen Seele restlos zu läutern ver=
mochten. Und in diesem Heim saß er nun. Und
wie einst ein anderer, so empfand auch er jetzt
den keuschen Duft weißen Linnens; den Frieden,
der unsichtbar mit ihnen zu Tische saß und die
weiten Abendfluren, die sich hinter diesen Fenstern
dehnen mochten.

Neben ihm saß Trude. Sie sah ein wenig
bleich aus und lächelte nun durch ihren Kummer
hindurch über das glückliche Intermezzo des Oster=
sonntags. Und was der Ausdruck fraulicher
Sorgen und mütterlichen Bangens war, das wirkte
auf ihn, den es in dies Haus gezogen hatte, wie
das Zeichen himmlischer Verklärung.

Wie ein frommer französischer Marquis nach
erbaulichem Kirchgang saß er da und fühlte sich

unbewußt geborgen und von liebevollen Händen
sorgsam gepflegt durch den Madonnenglauben im
eigenen Herzen.

Stunden saßen sie so beisammen, ohne auch
nur mit einem Worte zu streifen, was heute ver=
handelt werden sollte.

Und erst als Trude sich nach Tisch zurückzog,
gingen die beiden Männer zu ernster Unterredung
in das Arbeitszimmer.

Erst saßen sie einander eine Weile stumm
gegenüber. Dann begann Franz Brüggemann:

„Ihr Projekt hat viele wunde Stellen. Die
Summe, die Sie als Abstandsgelder an die
Ladeninhaber bezahlen wollen, deren Räume Sie
brauchen, wird kaum reichen. Der Einzelverkauf
der Zeitungen entspricht auch nicht annähernd der
ausgeworfenen Summe. Ja, selbst die Ein=
nahmen aus den kleinen Anzeigen sind stark
übertrieben. Aber trotzdem scheint mir Ihr Vor=
schlag annehmbar. Sie haben eine stille Reserve
in Ihren Rechnungen, die nicht in Ziffern aus=
gedrückt ist und die dennoch wohl den Ausschlag
geben wird.

Eine Zeitung, die so redigiert wird, wie Sie
es planen, hat selbst dann einen Erfolg, wenn
die materiellen Unterlagen, mit denen Sie rechnen,
versagen. Die Art, wie Sie sich selbst so neben=

sächliche Dinge, wie die Theaterkritik gedacht
haben, weicht so völlig von dem ab, was die
Journalistik bis heute bot, verbindet so erfolgreich
seinen Kultursinn und Massenwirkung, daß Sie
auch auf dem letzten, kleinsten Gebiete spielend
das allgemeine Interesse wecken werden. — Trotz
der Schwächen Ihrer theoretischen Unterlagen bin
ich bereit, Ihr Projekt durchzuführen."

Hans wollte antworten, wollte fragen. Aber
er fühlte, daß jede Frage jetzt noch zu früh gestellt gewesen wäre. Und er wartete ab, was der
Senior weiter sagen würde. Und Franz Brüggemann fuhr fort:

„Die zwei größten Schwierigkeiten blieben
freilich ungelöst. Wen dachten Sie sich als Teilhaber der konkurrierenden „Berliner Kaufhäuser"?"

„Ich dachte an Herrn Wehrhahn."

„Wird mein Schwiegersohn der Aufgabe
gewachsen sein?"

„Es wird alles so vorbereitet werden, daß er
als Chef nur zu repräsentieren braucht, daß er
die Wahrscheinlichkeit des Kampfes aufs äußerste
schon allein durch den Zusammenhang mit Ihrem
Hause plausibel machen wird."

„Auch ich habe natürlich an die Möglichkeit
dieser Wahl gedacht. Ich würde sie gerne ver-

meiden, aber ich habe niemanden, zu dem ich
wenigstens so volles Vertrauen hätte. Nehmen
wir an, es bliebe dabei, wen dachten Sie sich
als Verleger der „Berliner Tageszeitung"?

Hans schwieg. Schwieg so lange, bis ihn der
Senior bestimmt fragend ansah. Eine Weile
blickten sich die beiden Männer in die Augen.
Dann wußte der Senior, an wen Hans gedacht
hatte. Mit nachdenklicher, stiller, fast billigender
Stimme sagte er:

„Sie dachten an . . .

„Ja, Herr Brüggemann, ich dachte an mich
selbst. Ich sehe keine andere Möglichkeit, unauffällig in täglicher Verbindung mit beiden Konkurrenten zu bleiben. Bliebe ich bei Ihnen, so
könnte ich nicht zu Herrn Wehrhahn gehen, und bei
Herrn Wehrhahn müßte ich außer Zusammenhang
mit Ihnen bleiben. Die wichtigste Voraussetzung
meines Planes ist die Geheimhaltung innerer Zusammenhänge."

„Sie haben recht, und im Grunde übernehmen Sie auch die schwerste Aufgabe, die, der
von uns allen nur Sie gewachsen sind."

Nun hatten sie den Hauptfragen eine Antwort
gefunden. Und in freundschaftlichem, fast in
kameradschaftlichem Ton besprachen sie die Einzelheiten.

Der Plan sollte durchaus nicht in dem Um=
fange durchgeführt werden, wie sich ihn Hans ge=
dacht hatte.

Hans hatte vorgeschlagen, die Auflage der
zwei Monate lang kostenlos zu liefernden
Nummern der „Berliner Tageszeitung" auf drei=
viertel Millionen festzusetzen. Die Auflage wurde
auf vierhunderttausend fixiert. Hans hatte vor=
geschlagen, fünf Gruppen von je drei Spezial=
kaufhäusern in fünf Stadtteilen zu errichten und
war es zufrieden, daß nur drei Gruppen, also neun
Einzelgeschäfte, eröffnet werden sollten. Man
beriet das Bankarrangement für die „Berliner
Kaufhäuser", beschloß die Errichtung zweier von
einander unabhängiger Speditionsgeschäfte, an die
die Warensendungen im Verhältnis des Bedarfs
beider Kaufhauskonkurrenten verfügt werden
sollten, besprach in den Grundzügen die künftige
Zusammensetzung des Personals der „Berliner
Kaufhäuser", entlastete Hans von allen Neben=
arbeiten, so daß er nur noch drei Vormittags=
stunden in den Einkaufsräumen arbeiten sollte
und einigte sich zuletzt über die voraussichtlichen
Daten der Eröffnungstransaktion.

Am 1. September des nächsten Jahres sollte
der Firmawechsel des Kaufhauses erfolgen.

Am 1. Oktober sollten die neun Geschäfte der

„Berliner Kaufhäuser" eröffnet werden, so daß ihre Firmierung als direkter Schachzug gegen das „Berliner Kaufhaus Leipzigerstraße" wirken sollte. Und am 1. November, also in zwanzig Monaten, sollte die „Berliner Tageszeitung" zu erscheinen beginnen.

Diesen Zeitraum glaubte Hans für die Vorbereitungen nötig zu haben.

*   *   *

Dann erschien Trude wieder und verscheuchte die ernsten Gespräche. Sie sah, wie Hans von inniger Freude erfüllt war, wie der alte ungebrochene Tatendrang wieder Gewalt über ihn gewann, wie das alte Glück in ihr Heim zurückkehrte.

Und dieses Bewußtsein, sich wieder eins mit ihm zu fühlen, ihn neben sich zu wissen, gab ihrem blassen Gesicht einen Zug verklärter Freude und geborgenen Friedens.

Aus einem warmen, glücklichen Freudentaumel heraus sprach sie und sah, wie Hans ihr freundlich zunickte und wie Franz Brüggemann sie mit verschüchterten, keusch verehrenden Blicken ansah.

III.

Wegmutig erſt und dann immer mißmutiger, enttäuſchter, müder und verzweifelter war Hans den Berg emporgeklommen, der zu jener Höhe führte, die zum Ausgangspunkt ſeiner Lebens= arbeit werden ſollte.

Und nun ſtand er doch an der Spitze, von der er den erſten, weiten Ausblick gewinnen ſollte. Um einen Stein ins Rollen zu bringen, darum war er emporgeklommen. Und doch holte er nicht gleich mit lebenstoller, kampfesfroher Miene zum Wurf aus.

Nachdenklich und ſinnend ſtand er erſt auf dem Gipfel ſeines Wegs und blickte zurück.

Er ſah, daß ſein Mißmut, ſeine Enttäuſchun= gen und ſeine Verzweiflung nicht umſonſt geweſen waren, daß er durch ſie gereift war.

Langſam und vorſichtig wollte er nun ſein Werk aufbauen. Er griff nicht nach dem erſten Stein, der neben ihm lag, er baute einen Block, ſchwer und feſt, bevor er ihn in den Abgrund stieß, auf das dumpfe Dröhnen seines Falles lauschte und zusah, wie er immer weitere Massen an sich riß, wie er dichte Staubwolken über seinen Fall breitete und den Berg, auf dem er zum Tale rollte, donnernd erzittern ließ.

Nicht mit praktischen Lösungen wirtschaft= licher Probleme begann er seine Arbeit. Nein, Menschen suchte er. Die besten Fachleute auf zehn weiten, getrennten Gebieten suchte er, Fach= leute, die nichts voneinander wußten, die einzeln ihre Riesenarbeit taten und deren gemeinsames Bewußtsein er allein bilden wollte.

Ideen waren wie tanzende Steinchen, die, von zerklüfteten Höhen ins Tal geworfen, sorglos über Abgründe hüpften, spielend alle Hindernisse nahmen und dann im Tal in unbemerkten Ritzen wirkungslos vermoderten. Nur Menschen konn= ten Menschen mit sich reißen, Bewegungen schaffen, Lawinen bilden, Berge und Täler um= gestalten.

Hans Mühlbrecht suchte Menschen, die ihm helfen sollten, seine Arbeit zu vollbringen.

Er baute keine Druckerei, er bestellte keine Maschinen, er suchte keine Läden. Nur Menschen suchte er.

Und das Bild Berlins, das er so gründlich zu kennen glaubte, das er plebejisch nannte und

daß er doch in jedem Stein und in jedem Straßen=
kandelaber liebte, wie nichts auf Erden, das Bild
Berlins wandelte sich in seinen Blicken. Wieder
war er auf eine Lebensstelle gelangt, indem seine
Augen auf eine neue Perspektive eingestellt waren.

Bis jetzt hatte er die Massen Berlins ge=
sehen, jetzt begann er plötzlich einzelne zu sehen,
jetzt, da er einzelne suchte. Er hatte geglaubt,
daß der schwerste Teil seiner Arbeit hinter ihm
lag und mußte erkennen, daß die Ueberwindung
der Einzelheiten, die er als schwersten Kampf und
als größten Sieg zu schätzen gelernt hatte, nur
eine Vorstufe seiner künftigen Leistungen werden
sollte.

Er schlug sich vor die Stirn und fragte sich,
ob es denn möglich wäre, daß in dem ungeheuern
Berlin keine Einzelmenschen wohnen sollten, keine
in sich geschlossenen, gefestigten Persönlichkeiten,
die alles auf die eine Karte ihrer Berufsarbeit
gesetzt hätten, nur ihr nachdächten und das Er=
gebnis geheimen, jahrelangen Denkens ihm mit
einem Schlage in die Hände zu legen bereit wären,
wenn er ihnen dafür freie, großzügige Tätigkeit
böte.

Aber er fand keine solchen Menschen. Und
die, die sich selbst dafür hielten, waren nur Son=
derarbeiter durchschnittlichen Maßes.

Als Erzieher von Hilfskräften mußte er seine Arbeit beginnen. Das war die erste Enttäuschung auf seinem neuen Gründerwege.

Er wollte für seine Arbeiten auf dem Hypothekenmarkt zwei in abwechselnden Rollen auftretende kluge, beharrliche und schweigsame Menschen und mußte statt dessen zwei gewitzte, geschwätzige Agenten nehmen, die mit gewohnten Tricks arbeiteten und die bei der ersten Schwierigkeit allzu schnell das Ziel des Grundstückserwerbs durch neue Vorschläge wechseln wollten.

Er suchte drei, vier Menschen, die das Wesen und die Organisation des Journalismus spielend beherrschten und dabei mit innerlicher Kritik und wider Willen den gewohnten Gang weiterverfolgt hatten, weil ihre Verleger sich neuen Ideen nicht erschließen wollten und sie selbst zur Verwirklichung ihrer Reformen keine Möglichkeit sahen.

Aber auch solche Journalisten gab es nicht. Er lernte tüchtige, rührige Menschen kennen, die in der Erledigung und Behandlung der Tagesereignisse unermüdlichen Eifer zeigten, aber keine, die eigene grundlegende Ideen hatten. Nur Menschen mit netten Einzeleinfällen fand er.

Er mußte alle diese Menschen mit zwecklosen, kleinen Aufträgen beschäftigen, damit er an ihren Erledigungen ihre Arbeitsart und Tüchtig-

keit erkenne und sie für seine Ziele erziehen konnte.
Und während er Gruppen von Menschen um sich
sammelte, mit guten Gehältern an sich fesselte
und nichts dagegen tun konnte, daß sie ihn trotz
seines sichern Auftretens und festen Wollens für
eine Art Sonderling ansahen, der sein Geld für
unsinnige Experimente vergeudete, begann er
seine ersten tastenden Versuche auf praktischen Gebieten.

Unzählige Hindernisse türmten sich vor ihm
auf und nur hier und da geschah es, daß ein erfolgreicher Schritt ihm neue Hoffnung einflößte.

Und doch erwies sich die Art seiner Bemühung schon nach kurzer Zeit als die richtige.
Die beiden Agenten der Hypothekenabteilung, die
wie alle seine Ressorts vorläufig nur in einem
einzigen Stadtkontor vereinigt waren, lernten
schneller, als er anfangs gedacht hatte. Sie hatten
die Verlegenheit einer Großdestillation im Halleschen Viertel ausfindig gemacht, führten die Verhandlungen mit viel Geschick und boten ihm die
Möglichkeit, ein Grundstück für seine Druckerei
zu erwerben, bei dem noch recht neue Maschinen
und Kesselanlagen zu sehr billigem Preise mit
übernommen werden konnten. Die beiden Fachleute der Druckereiabteilung kehrten nach mehr-
tägiger Studienreise aus London zurück und be-

richteten über überraschende Erfahrungen, die
man mit neuen Modellen einer Setzmaschine und
einer Rotationspresse gemacht hatte. Er fuhr selbst
hinüber und fand die Angaben der beiden Fachleute bestätigt. Er bestellte drei Setzmaschinen und
zwei Rotationspressen, um vorläufig als Lohndrucker fremder Drucksachen seine Erfahrungen zu
machen.

Der Todesfall eines Hausbesitzers am Alexanderplatz und der Streit der Erben bot ihm die
Möglichkeit, ein altes Grundstück von ziemlich
weiter Fassade und geringer Tiefe zu erwerben.
Seine beiden rührigen Agenten hatten rechtzeitig
ermittelt, daß die Baupolizei schon vor Jahren
die Vergrößerung des Hofes für den Fall eines
Neubaues gefordert hatte und daß sich deshalb
die Verhandlungen mit einem Reflektanten, der
den Bau eines Familienhotels an jener Stelle
geplant hatte, zerschlagen hatten. Mühlbrechts
schneller Entschluß und seine Geldbereitschaft
gaben ihm vor anderen Reflektanten den Vorsprung von einem beträchtlichen Teil der Kauf-
summe.

Trotz der ursprünglichen Schwierigkeiten war
er in vier Monaten viel weiter, als er gehofft
hatte.

Der Vertrag jenes Ladeninhabers am Alex-

anderplatz lief in zehn Monaten ab und gab ihm
die Möglichkeit, den Eindruck der für die „Ber=
liner Kaufhäuser" geplanten Ladenumrahmung
rechtzeitig auf der Fassade des freistehenden
Hauses auf seine Distanzwirkung zu prüfen.

Der Zufall war ihm entschieden günstig.

Und dann folgten wieder neue Schwierig=
keiten, endlose Verhandlungen, die zwecklos ver=
liefen, und Versuche, die negative Resultate
brachten.

Doch troß alledem rückte sein Projekt der
Verwirklichung immer näher und gewann immer
festere Umrisse.

Ruckweise, mit kurzen Unterbrechungen, mit
haftigen Sprüngen und unerwarteten Hinder=
nissen ging er auf sein Ziel zu, mit offenem
Kampfesvisier und mit verborgener Tücke, bei
hellichtem Tage auf weiter Straße und auf heim=
lich nächtlichen Schleichwegen. Aber er kam
immer weiter.

Mit tiefer Achtung und steter Teilnahme
folgte Franz Brüggemann jedem seiner Schritte,
jeder seiner Handlungen. Wenn Hans bei halb=
stündigen und ganzstündigen Konferenzen mit dem
Chef allein war, dann ging ein Flüstern und
Raten und Vermuten durch das Verwaltungs=
personal des Hauses.

Was mochte der Chef mit Mühlbrecht ver=
handeln? Aus welchem Grunde war Mühlbrecht
fast völlig entlastet worden? Womit verbrachte
er die ungezählten Tage, die er außer dem Hause
weilte?

Eines Tages brachte einer der Ressortchefs
eine Neuigkeit, die fast der Lösung der Fragen
gleichkam, die über Mühlbrecht durch das Haus
schwirrten. Er hatte den Reklamechef zweimal
hintereinander in dasselbe Haus gehen sehen, das
im südlichen Teil der Wilhelmstraße, dicht am
Belle=Allianceplatz, auf seinem Heimwege lag.
Da hatte er über eine Stunde im Versteck ge=
wartet, bis Mühlbrecht das Haus verlassen hatte
und war die Treppe emporgestiegen, um an den
Türen die Namen der Bewohner nachzusehen.
Und im zweiten Stock hatte er Mühlbrechts
eigenen Namen auf der Tür gelesen.

Natürlich war er gleich auf und davon, um
nicht entdeckt zu werden. Aber es war doch son=
derbar, daß Mühlbrecht zwei Wohnungen in der
Stadt besaß. Denn auch seine alte Privatwohnung
hatte er beibehalten. Vielleicht hielt er sich eine
Geliebte. Natürlich tat er das. Er konnte es sich
ja leisten mit seinen vierundzwanzigtausend Mark
Gehalt und seinen sechzehntausend Tantiemen!

Immer phantastischer wurden die Erzählun=

gen über Mühlbrecht, immer mehr wurde er
zum einzigen Gesprächsstoff des Hauses.

Junge, hübsche Verkäuferinnen wiegten sich
in Hoffnungen auf den reichen, noblen Verehrer,
begannen mit ihm zu liebäugeln, sahen ihm nach
und redeten sich selbst ernstlich sogar eine Leiden=
schaft für den schneidigen, geheimnisvollen Mühl=
brecht ein.

Eine der Verkäuferinnen, ein blutjunges
Ding, fiel in Ohnmacht, als er einmal in den
Abendstunden im Kaufhause an ihrem Tisch vor=
beiging und sie erstaunt ansah, weil sie ihm ge=
radezu ins Gesicht gaffte.

Die anderen Mädchen kamen herbei und er
mußte sie leise, aber bestimmt verweisen, weil sie
mitten im Verkaufsraum plötzlich einen Klatsch
vor ihm auszuspinnen begannen. Dann folgte er
den beiden Dienern, die das Mädchen davon=
trugen, in das Sanitätszimmer.

Die Kleine wurde oben vom diensthabenden
Hausarzt in Empfang genommen und in einem
Nebenraum gebettet. Auf einem der Betten lag
bereits irgend eine Gestalt.

Nach fünf Minuten kam der Arzt zu Hans
zurück.

„Die dritte heute,“ sagte er. „Sind alle
natürlich gerade in dem Zustand, in dem sie die

stehende Beschäftigung am wenigsten vertragen. Wir bemühen uns schon genug, die Schwäch= lichen auszuschließen, aber schließlich kann man da nichts tun. Vor Weihnachten kommen uns manchmal zehn pro Tag herein."

Hans ging wieder seiner Wege.

Er hatte heute nur noch zwei Konferenzen in der Wilhelmstraße. Er hatte sie für neun Uhr abends bestellt und war für die nächsten zwei Stunden frei.

So fuhr er in den Ausstellungspark am Lehrter Bahnhof. Die Augusthitze, die den ganzen Tag über Berlin gebrütet hatte, störte ihn kaum. Nur die innere Unruhe war es, die er durch eine gemächliche Fahrt im offenen Wagen durch den Tiergarten beschwichtigen wollte. Eine Un= rast war in ihm, die er sich selbst nicht zu erklären vermochte und die seine Gedanken immer wieder nach seinem Heim lenkte.

Dort schlich Trude bangend mit langsamen Schritten durch die Räume, dort blickte sie mit furchtsamem, fast mit gehetztem und harrendem Blick um sich, dort bereitete sich ein Ereignis vor, dem er selbst innerlich fernstand und das ihn doch beengte. Und eine liebe, treue Frau ging dort umher, pflegend und tröstend. Und auch sie

harrte auf etwas. Nicht anders, als er selbst.
Und auch sie wußte nicht, warum sie eine bange
Angst beschlich.

Die stille Fahrt durch den sommerlichen Tier=
garten vermochte ihn nicht zu beruhigen. Er
lauschte auf das Pferdegetrappel, als ob er in
irgend einem verlorenen Hause wohnte und als
ob nun der Ton sich nähernder Hufschläge ihm
einen unerwarteten, bedeutungsvollen Gast an=
kündigte. Er sah die schon zu so früher
Abendstunde leuchtenden Lichtkugeln durch das
Laub glänzen, sah den leisen Nebelschleier,
der um die Kugeln lagerte und die schwirrenden
Insekten, die nach der Flamme strebten. Er sah
dies alles, aber es wirkte auf ihn wie schwer zu
enträtselnde, geheimnisvolle Zeichen einer frem=
den Traumwelt. Er sah Menschen vorbeigehen,
Wagen vorbeifahren und dann wieder ferne
Häuserreihen. Aber dies alles sah er nur bei
halbem Bewußtsein vorbeihuschen.

Dann hielt der Wagen. Er sah sich um. Aber
er war so willenlos, daß er das Halten des
Kutschers wie einen Befehl empfand.

Er stieg aus, löste eine Karte und stieg die
lange Treppe zum Ausstellungsgebäude hinunter.
Er folgte den anderen, die vor ihm eine Karte
gelöst hatten und vor ihm herabgestiegen waren.

Zwischen Rasenflächen führten Wege: ein Haupt-
kreis und Querpfade. Da gingen dichte Haufen
von Menschen zwischen beiden Musikpavillons.
Das grelle Licht in den Pavillons und Restau-
rants, die lauten Blechinstrumente und das Ge-
dränge der Menschen rissen ihn aus seinen pein-
lichen Empfindungen. Eine Weile drängte er
mit und schob sich auf dem Wege zwischen den
beiden Pavillons vorwärts.

Dann verließ er den Park und ging in das
Ausstellungsgebäude. In einer Viertelstunde
mußte das Haus geschlossen werden. Es erschien
ihm selbst unsinnig, jetzt, im halben Dämmerschein,
Bilder anzusehen, und er fragte sich, wie er zu
der sonderbaren Idee gekommen war, jetzt hier
einzutreten.

Doch da er bereits da war, trat er wenigstens
in den Illustratorensaal im linken Flügel. Das
war doch zum mindesten ein klein wenig ver-
nünftiger, als Malereien anzusehen oder Skulp-
turen, auf denen krasse Schlaglichter lagerten.

Nichts, als gedankenlose Klischeearbeit sah
er. Originale bekannter Witzblattillustrationen,
nachgebildete Reklameschriften, Buchschmuck.
Nichts, was gelohnt hätte. Da stand er vor
einem kleinen Glasrahmen, hinter dem allerlei
Zeichnungen steckten. Phantastische Gruppen mit

pointenreichen Wirkungen, Skizzen, die auf Kon-
traste gearbeitet waren, Menschengruppen in
karikierten Situationen. Diese Menschen kamen
ihm bekannt vor. Dieser kleine, dicke Mann mit
dem Schmeerbauch und dem ungepflegten Voll-
bart und den schwulstigen Händen, war das nicht
der bekannte Schriftsteller Buller? Dieses feine,
elegante Kerlchen, das dort hinter dem Tisch stand
und die anderen ironisch anblinzelte, war das nicht
der Kritiker Gerbach? Und dieser? Und jener?
Kannte er sie nicht? Aber vor ihnen, die er zu
kennen glaubte, stand ein kleiner, verkrüppelter
Knirps, stand eine Gruppe von Männern und
Frauen in phantastisch exotischer Kleidung.

Es war ihm klar, daß der Knirps und die
fremden Gruppen hierher gestellt worden waren,
um abzulenken und über die Tageskarikaturen
hinwegzutäuschen. Dieser sonderbare Kauz von
einem Karikaturisten interessierte ihn. Er hatte
das Gefühl, daß der Zeichner fast wider seinen
Willen festhalte, was er gesehen hatte, daß er
ein besonders scharfes Organ für lächerliche Züge
habe und seine zeichnerischen Kriterien hinter
phantastischen Gebilden verstecke.

Hier war er, den er gesucht hatte, fix und
fertig stand er da und brauchte sich nur die Technik der einfachen Linien anzueignen, um so zu

zeichnen, wie es die Rotationsmaschine wieder=
geben konnte.

Hans eilte ins Ausstellungsbureau und ließ
sich die Adresse des Künstlers geben.

Er war mit einem Schlage wieder froh ge=
worden, war wieder ganz bei seinen Arbeiten
und Problemen.

Am Hauptportal nahm er eine Kraftdroschke
und fuhr geradeaus nach der Wilhelmstraße.

Auch dort erwarteten ihn heute freudige Mit=
teilungen. Jeder der Agenten seiner Hypotheken=
abteilung brachte eine erfreuliche Nachricht. Sie
hatten beide in der Richtung Alexanderplatz
weitergearbeitet, hatten in der Landsbergerstraße
und Ecke Alexanderstraße—Blumenstraße je einen
großen Laden mit weiter Schaufensterfront er=
mittelt. Wenn ihre Informationen richtig waren,
wenn der eine Laden billig und der andere nur
mit dem Aufgeld eines nicht allzu großen Ab=
standes an eine Taxameterkneipe zu haben waren,
so mußte er in einer Woche die Räumlichkeiten
für eine der drei Gruppen der drei nahe zu=
sammenliegenden Geschäfte der „Berliner Kauf=
häuser" gewonnen haben.

Länger, als nötig gewesen wäre, blieb er bei
seinen Arbeiten in der Wilhelmstraße. Unnötig
verschob er die Stunde seiner Heimkehr.

Er hatte eine unbewußte Angst davor, aus dieser Welt, die von froher Arbeit und Erfolgen erfüllt war, die seine Lebenstätigkeit steigerte, seine Muskeln spannte, in jene andere, stille Welt zurückzukehren, in der zwei Frauen walteten, von denen jede anders auf ihn wirkte und deren räumliches Zusammensein eine Bangigkeit in ihm auslöste.

Und doch zog es ihn wieder hin und störte die Aufmerksamkeit für seine Arbeit.

Voll innerer Unruhe erhob er sich und traf um elf Uhr zu Hause ein.

———

IV.

Trude schlief bereits.

Eine schwere Mattigkeit war in den letzten Tagen über sie gekommen, so daß sie immer nur liegen mochte und manchmal wachend lange Stunden mit geschlossenen Augen dalag.

Frau Marlow hatte sie heute besonders früh zu Bett gebracht und dann mit ihr geplaudert. Als Trude aber immer müder geworden war, da hatte sie das Licht gelöscht und war leise aus dem Zimmer geschlichen.

Vor einer Woche hatte Trude darum gebeten, daß ihre Mutter nun ganz bei ihr bleiben solle. Wenigstens bis das geschehen war, was sie erwartete.

Da hatten sie Frau Marlow das vierte Zimmer eingeräumt, das auf der anderen Seite des Korridors lag.

Nun, da Trude schlief, hätte auch Frau Marlow zu Bett gehen können. Aber sie blieb wach.

Jrgend etwas zwang sie, wach zu bleiben. Sie wollte Hans darauf aufmerksam machen, daß Trude des Morgens länger schlafen müsse, wollte ihn darum bitten, daß er selbst es ihr sage. Sie gestand sich wohl auch, daß dieses Gespräch ebenso des Morgens stattfinden konnte und daß sie deswegen nicht wach bleiben mußte. Aber sie blieb dennoch.

Es war ganz still ringsum. Nur die Uhr tickte. Und Frau Marlow saß wie in Furcht und Hoffnung da und wartete, als ob etwas Ungewöhnliches und Schreckliches geschehen müßte, als ob sie auf ein Urteil über sich selbst harrte, als ob ihr Schicksal in dieser dumpfen Stille entschieden werden sollte.

Sie regte sich nicht.

Unsichtbare Hände walteten im Raume und spannen lautlos Gewebe um sie und von irgendher lugte ein Blick, der sie bannte. Sie fühlte, wie sie bebte. Eine Gewalt, die sie ringsum ahnte, bannte sie und zwang sie, daß sie zusammenkauerte und reglos und nur bebend blieb, wie das Opfer, das eine Schlange mit dem Blicke fesselt.

Und nun sah sie den fremden Blick wirklich, sah Hans, der sich leise in die Wohnung geschlichen hatte und im Türrahmen stand.

Sie fuhr zusammen.

„Bist du erschrocken?"

Sie antwortete nicht.

„Das tut mir leid. Ich dachte, daß ihr schon schlaft und wollte euch nicht wecken."

Und zärtlich besorgt umfaßte er sie und führte sie in das Arbeitszimmer. „Komm' her, du Arme, wir wollen wenigstens Trude nicht wecken. Du bebst ja. Kam ich so unerwartet herein?"

Sie hätte ihm gerne geantwortet, aber sie konnte es nicht. Ihre Zunge war gelähmt, ihr Leib fühllos. Sie wußte kaum, daß er sie um= faßt hatte und sie in zärtlicher Berührung ab= seits führte.

„Komm', meine Liebe, setz' dich . . . so, hier= her, zu mir. Du frierst ja. Hast du zuviel ge= wacht in den Nächten? Konntest du nicht schlafen?"

Wie sie so dicht an seiner Seite saß und bangte, wie ihr das Beben seiner eigenen Stimme und der aufflammende Glanz seiner Augen den Atem benahm, wie sie wehrlos, ergeben und un= bewußt wohl gegen seinen Arm lehnte in ihrer weichen und noch frischen Reife, da steigerte sich seine Glut, daß er ihrer kaum noch Herr zu wer= den vermochte.

Er wollte gegen sich ankämpfen, wollte davor

zurückschrecken, etwas zu tun, was er für immer
bereuen mußte, dessen er sich vor sich selbst schämen
würde. Und sein Hirn begann krampfhaft zu ar=
beiten, um das Geschlecht in ihm niederzukämpfen.
Er blickte ins Leere und versuchte zu rechnen, sich
beliebige Zahlenreihen vorzustellen, zu addieren,
zu multiplizieren, irgend eine abstrakte Geistes=
arbeit zu tun, die ihn zum Bewußtsein seiner selbst
bringen mußte. Vergebens erst arbeitete sein
Kopf. Aber da . . . da, da sah er wirklich Zahlen=
reihen vor sich in der Luft, sah Ziffern, die eben
noch vorher durch seinen Kopf gegangen waren,
sah mitten im Kampfe, den das Geschlecht in ihm
gegen seinen Willen kämpfte, die Ziffern, die die
beiden Agenten eben erst vor kaum zwei Stunden
ihm als Mietskosten und Abstandsgelder genannt
hatten.

Und plötzlich gab er sich einen Ruck und stand
aufrecht da. Wie ein gebändigtes Tier im Käfig
lief er durch das Zimmer und blieb vor dem
Fenster stehen.

Dann machte er Kehrt und schritt mit kurzem
Gruß hinaus. Leise schlich er ins Schlafzimmer,
lauschte auf Trudes Atem und leise zog er sich
aus und legte sich hin, ohne sie geweckt zu haben.

*　　　　*
*

Drei Tage später gebar Trude ein Mädchen.

Er selbst hatte die letzte Nacht im Arbeits=
zimmer zugebracht. Frau Marlow hatte neben
Trude abwechselnd geschlafen und gewacht und
die fremde Person, die nun ins Haus gezogen
war, wohnte in dem entlegenern vierten Zimmer,
in dem erst Frau Marlow zuhause gewesen war.

Eine unerträgliche Unruhe hatte im Hause
geherrscht. Es ging zwar alles leise zu, man
schlich nur durch die Stuben, man drückte behut=
sam die Klinken, man huschte aneinander vorüber.
Aber dieses stete Auf und Nieder, dieses sich
mit ängstlichen Blicken Streifen, das war das,
was dem Heim etwas qualvoll Peinliches gab.
Hans hatte sich sehr bald zurückgezogen und ver=
sucht, auf seinem Lager zu lesen. Aber er war
nicht fähig, auch nur annähernd den Sinn der
Zeilen festzuhalten, über die sein Blick sich weiter=
tastete.

Dann war er mit einem Druck am Kopfe
eingeschlafen.

In der Nacht weckte ihn ein langgezogener,
mühsam verhaltener Schrei. Verstört sprang er
auf und lauschte nach dem Schlafzimmer. Ja=
wohl, drinnen hörte man Schritte und leise Worte,
hörte ein Wimmern. Draußen ging die Treppen=
tür. Das Mädchen kam mit dem Arzt an. All

das war geschehen, während er geschlafen hatte. Man hatte ihn nicht geweckt. Mit Recht wohl. Ein Mann konnte in dieser Situation nicht helfen, hätte nur gestört und beunruhigt.

Rasch zog er sich an und trat ins Speise= zimmer.

Und wieder dieser langgezogene, schwer ver= haltene Schrei, der ihm in den Ohren gellte. Er floh in das Arbeitszimmer, er hielt sich die Ohren zu, er schritt auf und ab und sprach immer nur dieselben Worte vor sich hin: „Furchtbar ... nein, furchtbar ... das kann ich nicht ... furcht= bar.“

Der neue Tag dämmerte. Noch war erst früher Morgen, aber das Zimmer lag schon im vollen Tageslicht da. Das Licht wirkte ermutigend auf ihn, es verscheuchte wenigstens die schauer= vollen, von Schmerzensrufen erfüllten Nacht= schleier. Er hörte eine Tür gehen und sprang er= wartungsvoll zum Speisezimmer.

Der Arzt war es:

„Gratuliere. Ein Mädchen ist es. Es geht alles gut.“

Und als Hans zuviel fragen wollte, bat er ihn, lieber auszugehen und hier im Hause, in dem er jetzt nur überflüssig wäre, nicht zu stören.

Die Hebamme brachte das Kind, und zeigte ihm ein rotes, lebendes Etwas, das schrie.

Dann ging er. Erst in der Richtung zum Landwehrkanal, die Ufer entlang, über eine Brücke und hinein in den Tiergarten.

Der Morgen hatte die Bäume geweckt, die Rasen betaut und ein Liebessehnen in dem ganzen, weiten Park durch die Küsse seiner lachenden Sonnenstrahlen entfacht. Nun streckte alles Grün der Sonne liebestoll seine Arme entgegen und dankte ihr ihre Küsse mit dem Duft seines Atems.

Der morgendliche Sommerzauber der Groß=stadt umfing ihn.

Menschen mit fröhlichen Gesichtern und großem Gepäck fuhren in Droschken an ihm vor=über zum Lehrter und Stettiner Bahnhof, um die ersten Morgenzüge nach der Sommerfrische zu erreichen. Kleine Sprengwagen fuhren vor ihm her und zeichneten mit sprudelndem Wasser weite Läufer auf die Asphaltflächen der Fahr=allee. Volles Milchwagen fuhren mit ihren lustig frechen Jungen und Mädchen auf dem Kutschbock und Hinterbrett an ihm vorüber, hier und da kam ein verspäteter Bäckerjunge mit seinem Brödchenkorb vorbei und an der Rolandstatue stand einer von der blauen Schutztruppe und blickte streng die Siegesallee hinunter, bis hinab zu seinem Kollegen, der an den Stufen der Siegessäule stand und auch seinerseits aufzupassen hatte, ob es sich nicht ein Unhold einfallen lasse, einem der Kurfürsten seine marmorne Nase abzuschlagen.

Hans sah dies alles und freute sich daran. Aus der schwülen Atmosphäre seines Heimes war er mitten in den Morgenjubel der stets zu neuer Jugend erwachenden Baumriesen gekommen, war in eine Welt taufrischen Lebenstaumels getreten, mitten in den großen Vorratskessel frischer Lüfte, die der Tag über Dächer und um Straßenecken über ganz Berlin streuen mußte, damit Millionen Lungen von den kleinsten Resten des großen Reichtums ihr Dasein fristen konnten.

Die frische, noch ungeschwächte, die morgendliche Gewalt des Tiergartens hatte ihm die letzten Fetzen peinvoller Erinnerungen entrissen und ihn mit dem Gefühl innigen, warmen Behagens erfüllt.

Heissah, wie herrlich war doch Berlin. Alles war schön und jung und frisch und glücklich. Volles blaugeschürzte Milchmädchen waren hübscher und frischer, als irgend eine Midinette in gallischen Landen, die Bäckerjungen waren frecher, die Schusterjungen waren witziger. Selbst die weißen Zylinder der Taxameterkutscher schienen ihm

luftiger und drolliger zu sein, als irgend eine
Volkstracht. Was war so ein roter Fez mit seinem
schwarzen Zipfel daneben? Nichts, gar nichts.
Weiß und blank mußte die Kopftracht sein und
in der Sonne mußte sie blitzen!

Er ging weiter. Er sah Frauen, die auf dem
Rasen arbeiteten, welkes Sommerlaub auflasen
und andere, die das Laub mit Rechen auf den
Wegen sammelten und in weite Körbe schichteten.

„Guten Morgen!" grüßte er sie und freund=
lich nickten auch sie ihm zu.

Zwei Stunden wandelte er so durch den Tier=
garten. Dann kehrte er wieder nach Hause zurück.

Es stand recht gut, so wenigstens versicherte
ihm der Arzt. Er ging zu Trude hinein und
sah sie bleich daliegen, die Hände glatt auf der
Bettdecke und in stiller Befriedigung lächeln. Er
streichelte ihr die Hände, die Wangen, er war
lieb und gut zu ihr und sah, wie sie ihn dankbar
ansah.

„Soll ich bei dir bleiben?"

Sie wollte „ja" sagen, aber der Arzt trat
dazwischen und bat ihn, lieber seiner Beschäftigung
nachzugehen, weil die Patientin sonst wohl kaum
zur Ruhe käme.

So küßte er sie nur flüchtig auf die Stirn
und ging wieder.

Er fuhr geradezu in das Kaufhaus und fragte, ob der Senior bereits da sei.

„Seit einigen Minuten", sagte man ihm.

Da trat er in das Kontor des Chefs und sagte ihm, daß er Vater geworden war.

Franz Brüggemann erhob sich und trat auf ihn zu. Mit einer Herzlichkeit und Liebe, wie er sie nie bei ihm gesehen hatte.

Er drückte ihm die Hand und wünschte ihm Glück und fragte immer wieder besorgt nach Trudes Befinden.

Als Hans nach einigen Stunden wieder nach Hause kam, stand das Speisezimmer voller Blumen. Die hatte Franz Brüggemann geschickt.

Der Arzt bestand darauf, daß sie in den Hof= garten gebracht werden. In der Wohnung dürften während der Rekonvaleszenz jedenfalls keine Blumenmassen stehen.

V.

Wochen und Monate waren vergangen. Man war im Spätherbst und bereitete sich auf den Weihnachtsmonat vor.

Die Vorarbeiten für das Projekt waren viel weiter gediehen, als Hans gehofft hatte. Alle neun Läden der „Berliner Kaufhäuser" waren in richtiger Gegend und zu vorteilhaften Bedingungen gemietet worden, die Abstandsgelder, die man für die Restzeit der laufenden Mietsverträge zu zahlen hatte, waren nicht unbescheiden groß und Hans konnte darauf hinweisen, daß er gegen seine Gründungsberechnung einen namhaften Vorsprung erzielt hatte.

Die Londoner Setzmaschinen und die Rotationspressen hatten sich sehr gut bewährt und Hans begann in seiner Eigenschaft als Lohndrucker sogar einen Teil der Vorjahrsmiete zu verdienen.

Sein Stabspersonal funktionierte über Erwarten gut. Erstaunt hatten die Herren festgestellt, daß ihrem jungen Chef tatsächlich bedeutende

Mittel, vielleicht gar Unsummen zur Verfügung standen und ihr Eifer und ihre Tüchtigkeit hatte sich im Maße dieser Feststellung gesteigert.

Hans war froh, daß er wider Erwarten in der Lage war, die äußeren Vorbereitungsarbeiten in langsamerem Tempo laufen zu lassen, um sich im Kaufhaus ganz den letzten, entscheidenden Versuchen zu widmen, zu denen er nur noch einmal, in diesem Dezembermonat, dem letzten unter der alten Ordnung der Dinge Gelegenheit hatte.

Jetzt blieb er wieder fast den ganzen Tag in den Räumen des Kaufhauses.

Je geheimnisvoller seine Arbeiten, je größer sein Einkommen und je phantastischer die Geschichten geworden waren, die über seine Person umliefen, um so bedeutender war in der Zwischenzeit sein Ansehen und sein Einfluß bei den Ressortchefs und bei der Direktion geworden.

Mit Genugtuung bemerkte er die Wandlung, die ihm jetzt, wo er besondere Widerstände erwartet hatte, seine Arbeit erleichterte.

Mit Spannung erwarteten ihn die Einkäufer der einzelnen Abteilungen. Jedem seiner Winke folgte man, hinter jeder Frage vermutete man verborgene Weisheiten. Und als ob nun auch jede einzelne Abteilung in das große, schwebende Geheimnis miteinbezogen werden

sollte, so tuschelte man sich, was Mühlbrecht in der und jener Abteilung bereits verfügt
hatte. Mancher Vertrag wurde mit Fabrikanten
geschlossen, die Sonderartikel angeboten hatten,
mancher der sonst hauptsächlichen Artikel ähnlicher
Art auf ein Drittel, oder ein Viertel im Einkauf
herabgesetzt.

Aber jede einzelne dieser im geheimen unter
Zusicherung von Verschwiegenheit weiter kolpor-
tierter Mitteilungen wurde als bedeutungsvolles
Ereignis gesichtet.

Es gab Fabrikanten, die nach den eigenen
Patenten des Hauses Brüggemann neue Artikel
erzeugten und nur für das Haus liefern durften.
Ein, offenbar durch Indiskretion in den Besitz einigen Materials gelangtes Boulevardblatt,
kommentierte in einem auffallenden und tem-
peramentvoll geschriebenen Aufsatz diese neueste
Wendung in der Entwicklung des Kleinhandels.

Wiederum hatte sich Deutschland in einem
Punkte als wirtschaftlicher Führer anderer
Nationen aufgeworfen. Inhaber einer ganzen
Reihe von Patentbriefen war das Kaufhaus
Brüggemann geworden und würde nicht nur auf
dem Gebiete des Handels, sondern auch auf dem
technischer Erfindungen bahnbrechend wirken.

All die viertausend Angestellten fühlten es,

daß sie so etwas, wie einen nationalen Adels-
brief empfangen hatten, daß etwas von dem Glanze
des Hauses, dem sie dienten, auch auf sie über-
gegangen war.

Auch die Expedition jenes Boulevardblattes
spürte die Wirkung des Artikels. Die Auflage
des Einzelverkaufs stieg in den nächsten Tagen
sichtbar. Die Verleger ließen sich jenen so geschickten und wohlinformierten Mitarbeiter kommen
und boten ihm eine Redakteurstellung an.

Doch der Mann dankte höflich. Er war bereits engagiert.

„Von wem?“

„Von einer neuen, großen Tageszeitung, die
erst im nächsten Jahr erscheinen würde.“

„Eine neue Tageszeitung? Eine große gar?
Von der Sorte sind schon viele gegründet worden.
Aber sie haben nur zehn Wochen gelebt.“

„Darf ich auf Ihre Verschwiegenheit rechnen, meine Herren.“

„Selbstverständlich.“

„Hinter dem Mann, der mich engagiert hat,
steht nicht nur eines unserer größten Finanz-
institute, sondern er selbst ist auch der tüchtigste
journalistische Kopf, den ich mir vorzustellen fähig
wäre.“

„Dann muß man ihn doch kennen.“

„Ich darf nicht mehr sagen, als ich gesagt habe."

Als der Mann, der diese überraschende Nachricht gebracht hatte, gegangen war, ließ man den Chefredakteur des Blattes kommen.

„Es war eben dieser Herr Hannig hier. Er ist von irgend einer neuen Zeitung engagiert, die nächstes Jahr erscheinen soll. Bemühen Sie sich, näheres von ihm zu erfahren."

Und der Chefredakteur, der selbst ein gewitzter Kopf war und als Rechercheur seine Laufbahn begonnen hatte, versprach bald Nachricht zu bringen.

Aber mit einem Schlage war es in der Journalistenwelt bekannt, daß sich die Gründung einer neuen großen Tageszeitung vorbereitete.

Hans gab Hannig den Wink, mit wichtiger, geheimnisvoller Miene seine Adresse in einem literarischen Café zu verraten.

Doch es kamen nur vereinzelte briefliche Gesuche. Es schien, daß man es Hannig nicht glaubte, daß ein völlig Unbekannter und Namenloser der Herausgeber der Zeitung werden sollte.

Eines Tages sah Hans an der Haustüre in der Wilhelmstraße ein bekanntes Journalistengesicht. Mit Absicht ging er zu Fuß nach der Druckerei. An der Straßenecke sah er, daß der

Journalist ihm folgte. Er trat in einen Fabriks-
hof, an dessen Tor noch der Name des früheren
Bewohners, des Destillateurs stand. In diesem
Hause verschwand er.

Nun wußte der Rechercheur genug. Es
stimmte also. Jedenfalls stand dieser Mühlbrecht,
wenn auch nicht an der Spitze der neuen Zeitung,
so doch in einer Verbindung mit der neuen
Druckerei, die in den Räumen der früheren
Flickelschen Schnapsfabrik eingezogen war.

Von einer Redaktion wanderte die Nachricht
an die andere und vom Café ins Theaterfoyer.

Ein Heer von Literaten und Journalisten
bewarb sich um Redaktionsstellungen. Die wenigsten bewarben sich um die Handelsredaktion, viele
um die Politik, die gute Hälfte um das Feuilleton,
aber fast alle wollten die Theaterkritik mit übernehmen.

Hans brauchte weder Politiker, noch Feuille-
tonisten, am wenigsten aber Theaterkritiker.
Gerade das, was die Herren am liebsten
machen mochten, das maßvolle, oder tempera-
mentvolle, geistreich witzelnde und gerecht ab-
wägende Gekritzel über Theatergeschehnisse, über
die es im Grunde nichts zu kritzeln gab, gerade
das wollte er vermeiden, gerade das wollte er
durch eine neue Note ablösen. Er war nicht so be-

schränkt, eine gute Theatervorstellung für ein
nationales Ereignis und eine schlechte für ein
öffentliches Verbrechen anzusehen. Er wollte die
Erscheinungen der Kulissenwelt auf seine Weise be=
handeln. Ohne Wichtigtuerei. Er brauchte keine
Philologenweisheit.

Er brauchte nur Rechercheure. Und mit ver=
einzelten, vorsichtigen Versuchen ging er an ihre
Wahl. Er stellte ihnen Aufgaben, die sie in ihrer
journalistischen Laufbahn bisher nicht gekannt
hatten und deren Lösung ihm gleichzeitig die
Sondierung neuer noch zu erforschender Gebiete
brachte.

Und wieder machte er die Beobachtung, daß
seine finanzielle Freiheit und die Verheimlichung
seines letzten Zieles die Tatkraft seines Personals
besonders stachelte und sie erfinderisch machte.

Doch der Dezember konnte ihm nur die Zu=
sammenstellung des Personals zur engeren Aus=
wahl verschaffen. Die wichtigste organisatorische
Arbeit sollte erst im Frühjahr geschafft werden.

Jetzt galt es anderes, Entscheidenderes zu
leisten.

Man stand dicht vor dem ersten der drei
Vorweihnachtsonntage. Die große Propaganda
begann.

Sämtliche Inseratenseiten der Berliner

Tageszeitungen trugen einen viertelſeitigen Kopf
in derſelben typiſchen Umrahmung. Und jede
dieſer Viertelſeiten galt einer anderen Waren-
abteilung des Hauſes Brüggemann. Man hatte
einen beſonders hohen Rabatt für dieſe Art von
Inſeraten erzielt, weil ſie den Anzeigenwert aller
Anhangsſeiten der Zeitung gleichmäßig hoben und
man hatte auf dieſe Weiſe die Möglichkeit, die
Sonderartikel jeder Abteilung getrennt heraus-
zuarbeiten, ſtatt nur einige wenige Spezialitäten
zu betonen.

Und zwiſchendurch gingen Aufſätze über die
nun authentiſch beglaubigte techniſche Abteilung
für Erfindungen im Kaufhauſe Brüggemann durch
die Blätter.

Es wurden Andeutungen darüber gemacht,
daß das Kaufhaus als Beſchützer erfindender
Kleingewerbeleute an die Oeffentlichkeit heran-
treten, daß es eine Reihe erſter Techniker und
Kaufleute an die Spitze eines Bureaus ſtellen
wolle, das alle eingereichten und auch noch un-
geſchützten Erfindungen prüfen und die gewerb-
liche und geſchäftliche Ausnützung dieſer Früchte
deutſchen erfinderiſchen Gewerbefleißes betreiben
ſollte.

So weit alſo hatte es deutſche Tüchtigkeit gebracht: nicht nur Erwerbsſinn, auch nationaler

Idealismus waltete in den Räumen seiner könig=
lichen Kaufleute.

Einzelne, kleine Blättchen meinten zwar, daß
dadurch nur der Spekulationssinn unfähiger Leute
gezüchtet werde und erinnerten an Hjalmar Ekdal,
den Photographen in Jbsens „Wildente" und an
die Lebenslüge hohler Phrasendrescher, deren
phantastische Pläne nun einen Halt bekommen
würden, aber sie wurden durch den Jubel aller
begeisterungsfähigen Menschen und Zeitungen
überschrien.

Am Sonnabend, den neunten Tag vor Heilig=
abend las man in den Zeitungen, daß das Kauf=
haus Brüggemann soeben mit einer großen süd=
amerikanischen Gesellschaft einen Vertrag ge=
schlossen habe, auf Grund dessen bereits im
nächsten Frühjahr eine Niederlage des Hauses
in Rio de Janeiro eröffnet werden sollte, und daß
der Bau eines Palastes auf Kosten der süd=
amerikanischen Gesellschaft bereits im Gange sei.

Und wiederum sprach man von dem Geiste
deutscher, königlicher Kaufleute, die der deutschen
Industrie neue, weite Absatzgebiete eröffneten.

Und wieder waren es nur einzelne, kleine
Blättchen, die davon sprachen, daß da wohl die
Marke „Made in Germany" herabgesetzt werden
sollte und daß man unter der glänzenden Firma

eines Welthauses halb wertlose Ladenhüter ab-
setzen wolle. O ja, die deutschen, königlichen Kaufleute rührten sich und sorgten schon dafür, daß
die deutschen Fabrikate im Auslande weiterhin
als „cheap and nasty" gelten sollten.

Täglich wartete Hans mit Spannung auf die
Ziffern aus dem Rechnungskontor der Zentralkasse. Um vier Uhr kamen die Vormittagsumsätze
und um zehn Uhr die Nachmittagsziffer. In den
stillen Monaten ließ man die Nachmittagsumsätze
erst am folgenden Tage feststellen, aber kurz vor
Ostern, Pfingsten, im Oktober und im Dezember
hielt das Rechnungskontor Ueberstunden.

Anfangs traute Hans den Zahlen kaum, die
ihm vorgelegt wurden. Vor einem Jahre über-
raschten sie ihn, weil sie seinen Erwartungen
widersprachen, nun verblüfften sie ihn, weil er
nicht glauben konnte, daß er in so kurzer Zeit
so gründlich gelernt haben sollte, um überhaupt
nicht mehr daneben zu greifen, um überall das
Richtige zu treffen.

Schon am 18. Dezember war der immense
vorjährige Dezemberumsatz erreicht und wenn auch
die letzte Woche nach Weihnachten nichts Be-
deutendes mehr bringen würde, so hatte er doch
immerhin noch die besten sechs Geschäftstage des
Jahres vor sich und wußte, daß jede einzelne Ab-

teilung mit Artikeln von besonders hohem Gewinn
arbeitete und daß die Umsätze in eben diesen
Artikeln nicht gerade die kleinsten Teile der
Lagergeschäfte waren.

Der letzte Sonnabend vor Weihnachten fiel
auf den 22. Dezember. Fast siebzehnhundert
Hilfskräfte waren für den Verkauf eingestellt
worden, eine Truppe, wie sie noch nie nötig ge=
wesen war. Die ungeheuren, luxuriösen Räume
des Warenpalastes konnten kaum ausreichen,
wenn der Andrang so groß werden würde, wie
man ihn erwartete. War doch das Haus bereits
am letzten Sonnabend von 4 Uhr an und am
Sonntag während der ganzen Verkaufszeit polizei=
lich gesperrt gewesen und hatte doch der Kommissar
immer nur Trupps von etwa fünfhundert Per=
sonen eingelassen, wenn die gleiche Anzahl von
Besuchern das Haus durch das hintere Portal
verlassen hatte.

Hans war fast während des ganzen Sonn=
abendnachmittags in den Verkaufsräumen. Er
drängte sich durch die Masse der schwerfällig sich
vorwärts schiebenden Frauen, er sah nach jedem
einzelnen der Verkaufsräume, sah die leeren
Regale, die vollbesetzten Tische, die vierfachen und
fünffachen Reihen der Käufer, schlug die Hand=
bücher der Lagerräume auf und hatte nur immer

wieder zu bedauern, daß doch zu wenig eingekauft worden war und daß die Vorräte die Nachfrage nicht befriedigen konnten.

Die Pfefferkuchenabteilung? Sie war so
billig geblieben, wie alle Jahre und wenn auch
diesmal trotz des enorm vergrößerten Lagers die
Vorräte nicht reichten und im letzten Augenblick
nicht mehr zu ergänzen waren, so war es schließlich nur ein bescheidener Normalgewinn, der verloren ging.

Viel mehr verdroß es ihn, daß sein Haupt-
trik nicht genügend ausgenutzt werden konnte.
Aber daran war diesmal er allein schuld. Er
hatte sich mißtraut, er hatte es selbst für einen
tollkühnen Versuch angesehen, der Mode zu trotzen
und selbstherrlich Berlin eine Mode zu diktieren.

Und nun war ihm das Unmögliche doch ge-
glückt. Das Kaufhaus war eben leading house
und seine konsequenten Inserate hatten es bewirkt,
daß das ganze weibliche Berlin an das Bestehen
der vorjährigen Pelzmode geglaubt hatte und
ihm zu spottbilligen Preisen abzukaufen glaubte,
was er selbst als bereits toten Artikel für ein
Dritteil der vorjährigen Preise eingekauft hatte.

Wie war es möglich gewesen, daß sich die
Pelzwarengeschäfte das hatten bieten lassen, daß
sie die durch die Mode im Werte gesteigerten

Waren widerspruchslos behielten, weil er es, wie
ein toller Spieler, gewagt hatte, die alte Mode
als noch bestehend zu diktieren?

Wie war es möglich, daß seine beharrlichen
Inserate mehr Wirkung gehabt hatten, als alle
Modeblätter und alle Konkurrenzangebote?

Er hatte keinen anderen Grund dafür, als
daß heute bereits die Macht des Hauses, dessen
eigentlicher Leiter er geworden war, viel größer,
viel weitreichender, viel suggestiver war, als er
geglaubt hatte. Auch nicht die größte Pelzwaren=
firma Deutschlands hätte, ohne sich zugrunde zu
richten, das wagen dürfen, was er mit Erfolg
durchgeführt hatte.

Eine kommerzielle Großmacht, wie sie noch
nie bestanden hatte, das war es, was er in seinen
beiden Händen hielt, ein Kaufhaus mit 87 Ge=
schäftszweigen, von denen bald vielleicht jeder
führend genug werden würde, zu bestimmen, was
gekauft werden sollte und was nicht.

Er ging wieder in die Verkaufsräume zu=
rück. Rings um ihn schoben und drängten sich
Tausende von Frauen und Hunderte von Män=
nern mühsam vorwärts und stießen sich an den
Verkaufstischen. Die kleinen runden, rollenden
Metallbüchsen flogen unaufhörlich durch die
Röhren der pneumatischen Kassen zu der Kassen=

zentrale. In kurzen Zwischenräumen von zehn
Sekunden fielen die Büchsen an den einzelnen
Stationen aus den Röhren und brachten die
quittierten Kassenzettel an Verkäuferinnen und
Verkäufer zurück.

Vor ihm drängte ein kleines Knäuel von
Menschen zur Türe. Er sah zwei bekannte Ge=
sichter darunter. Es waren Detektivs des Hauses,
die wieder einmal eine Diebin gefaßt hatten und
sie nun möglichst unauffällig in einem Kreis von
zwei älteren Verkäuferinnen und einem Diener ins
Aufsichtszimmer führten.

Er folgte ihnen. Oben wartete er, bis die
Frau im Nebenzimmer entkleidet und untersucht
worden war. Dann drängte man sie zum schnellen
Anziehen und führte sie zum Protokoll.

Es war eine Frau von vierzig Jahren, eine
Ostpreußin, die aber schon zwölf Jahre in Berlin
lebte. Sonderbarerweise konnte sie ihre Per=
sonalien nachweisen. Sie war Witwe, ihr Mann
war höherer Bankbeamter gewesen. Man schlug
die alphabetisch geordneten Protokolle der letzten
Jahre nach. Ihr Name kam nicht darin vor.
Deshalb wurde sie mit einem strengen Verweis
entlassen.

„Darf ich das Tuch denn nicht kaufen, um
wenigstens einen Teil gutzumachen. Ich weiß

selbst nicht, wie das gekommen war, es kam so
plötzlich über mich . . . ich glaubte, daß alles, was
auf dem Tisch herumlag, mein war . . ."

„Nein. Kaufen Sie, bitte, nichts und ver=
lassen Sie das Haus."

Sie ging mit roten Augen hinaus und sah
im Vorbeigehen in den Spiegel, ob man es ihr
nicht ansehe, daß sie geweint hatte.

„Begleitung ist nicht nötig," sagte der Chef
des Aufsichtszimmers mit fachmännischer Miene.

„Viele Fälle heute gewesen?" fragte Mühl=
brecht.

„Siebzehn erste, glaube ich," antwortete der
Chef des Aufsichtszimmers. „Aber auch drei
zweite. Vorige Weihnachten hatten wir nicht einen
Fall von Wiederholung. Natürlich mußten wir
die Polizei kommen lassen und ihr die drei über=
geben."

„Waren alle drei Frauen?" fragte Mühl=
brecht.

„Ein Mann und zwei Frauen. Die Frauen
natürlich aus der Großstadt. Die von der Provinz
haben nicht den Mut zu stehlen."

Hans stieg wieder hinunter. Diesmal zur
Zentralkasse, die im Untergeschoß lag. Es war ein
Saal von etwa 30 Meter Länge, dessen vier
Wände ganz aus Glas bestanden. Ringsum

saßen dicht nebeneinander die Kaffiererinnen, von
denen immer je zwei vier pneumatische Rohre bedienten. Die eine nahm das eintreffende Geld,
wechselte es, während die andere den Inhalt des
Verkaufszettels notierte, das zurückgegebene Geld
revidierte und durch das Rückrohr expedierte.

Fast vierhundert Rohrpaare mündeten in
diesen Saal und aus allen Rohren fielen in
regelmäßigen Abständen die kleinen Büchsen mit
den Verkaufszetteln und den Kaufbeträgen. Eine
sonderbar zusammenklingende Musik von
rauschender Luftströmung in vierhundert Röhren,
von regelmäßigem Niederklappen der Ventile und
dem Anschlage der herabfallenden Metallbüchsen.
Eine Musik, die den Zuhörer in den Zustand ge-
steigerter Spannung versetzen, die ihn die Vorstellung irgend einer wunderwirkenden Zauberlampe Alladins aus Tausend und eine Nacht vorspiegeln mußte, einer Zauberlampe, die ein
Kristallhaus entstehen und unzählige goldspeiende
Röhren darin münden ließ.

Selbst auf Hans, der diesen Anblick gewohnt
war, übte er eine tiefe Wirkung aus und machte
ihn verwirrt.

Eben schlug es sechs Uhr. Nun mußten alle
Damen in vier, je fünf Minuten auseinander-
liegenden Abteilungen abgelöst werden.

Und richtig. Man sah eben eine Reihe von
Damen an den Glaswänden vorbei zur Tür
schreiten. Ein Viertel der an den Tischen ar-
beitenden Damen schlossen ihre Handkassen,
schlossen den Zettelkasten, erhoben sich und schritten
mit ihren beiden Kästen ins danebenliegende,
ebenfalls aus Glaswänden bestehende Rech-
nungszimmer zur Abgabe.

Hans folgte ihnen als Letzter. Er wandte
sich an den Chef und fragte nach dem Stand der
Dinge.

„Die Vormittagsziffer kennen Sie ja wohl?"
fragte der Chef der Rechnungsabteilung und als
Hans bejahte, meinte er, daß er jetzt noch nicht
einmal die ersten zwei Nachmittagsstunden übersehen könne.

„Vor Mitternacht ist an eine Uebersicht nicht
zu denken."

Einer plötzlichen Eingebung folgend, lief Hans
zum Chef der Lagerräume und erbat binnen
weniger Minuten eine, wenn auch nur einigermaßen stimmende Angabe darüber, welche Lager-
abteilungen als geräumt anzusehen waren und
bis morgen nicht mehr ergänzt werden konnten.

„Die Uebersicht dürfte genauer stimmen, als
Sie glauben würden, Herr Mühlbrecht. Vier
Lager sind fast völlig geräumt: Galanteriewaren

in Leder, Pelzwaren, Parfümerie und natürlich, wie immer Pfefferkuchen."

Hans eilte zum Senior.

„Ich möchte die Erlaubnis zu einem Schritte erbitten, der zwar nur die Reklame betrifft, den ich aber doch nicht ohne Ihr Wissen unternehmen möchte, Herr Brüggemann. Vier Lager sind so leer, daß sie heute bei Geschäftsschluß ganz geräumt sein dürften. Ich möchte versuchen, ein Inserat mit dieser Mitteilung noch in die morgige Sonntagsnummer zu bekommen."

„Ist das nicht doch zu laute Reklame?" fragte der Senior.

„Ja, das ist es, aber sie räumt uns die Hälfte unserer anderen Läger. Morgen ist goldener Sonntag."

„Wenn Sie es für richtig halten, bitte."

Hans ließ telephonisch den Text des Inserates aufgeben und schickte mehrere Beamte der Reklameabteilung in die Druckereien zur Korrektur.

Am Sonntag, den 23. Dezember las das erstaunte Berlin, daß selbst das Kaufhaus Brüggemann nicht so vorsichtig zu disponieren verstanden hatte, als daß nicht vier Läger gänzlich geräumt wären und daß die Käufer im eigenen Interesse darauf aufmerksam gemacht würden, den Andrang

am goldenen Sonntag nicht überflüssig zu ver=
mehren, falls sie ihre Einkäufe an jenen Lägern
machen wollten, bei denen eine Bemühung bereits
zwecklos wäre.

Hans hatte richtig gerechnet. Der goldene
Sonntag hatte dem Kaufhaus einen Umsatz ge=
bracht, wie ihn kein Mitglied der Verwaltung für
möglich gehalten hätte.

———————

VI.

Bei Direktor Beckenhardt war Empfangs-
abend.

Es waren fast nur Leute aus der Finanzwelt
und der Großindustrie geladen. Doch es schien,
daß diese Gruppe von Menschen fast durchwegs
Töchter und keine Söhne habe, denn auch hier
sollten Offiziere als Tischherren und Tänzer die
Lücken füllen.

Da die Geheimräte Bock und Wurm geladen
wurden, so erinnerte sich der Direktor auch jenes
Herrn Mühlbrecht, der ihm einst von beiden vorgestellt worden war und den er dann bei seinem
nächsten Gesellschaftsabend auch bei sich gesehen
hatte.

Hans wollte der Einladung folgen. Trude
wäre sehr gerne mitgegangen, wäre ihm schließlich
überallhin gefolgt, um ihn in der Nähe und bei
sich zu haben, aber dennoch schob sie das Kind
vor, als er sie mitzukommen bat.

„Hilde kann mit der Amme nicht allein zu
Hause gelassen werden," sagte sie.

„Haſt Du Bedenken gegen die Amme? Das Dienſtmädchen iſt doch auch da."

Doch ſie blieb dabei. Sie klammerte ſich an das Kind, dachte nur an ſein Wohl. Es war das einzige, das ihr bleiben würde. Hans war ihr für immer entfremdet, das wußte ſie nun ſchon. Und wenn ſie auch freudig ihre Hilde hin= gegeben hätte, um ihn dafür für immer zurück= zugewinnen, ſo fühlte ſie doch, daß er nicht wieder= kehren würde und daß ihr nur noch ihr Kind blieb.

Er ging ungern allein in Geſellſchaft, aber er wollte gerade dieſen Abend nicht auslaſſen.

Es war in der Tat ſo, wie es Geheimrat Wurm einſt geſagt hatte, damals als Hans zum erſtenmal mit ihm geſprochen hatte. Es war die= ſelbe alte Geſellſchaftskuliſſe, die er hier, wie bei Bock, wie überall vorfand und dieſe Umgebung der reichen berliner Geſellſchaft begann ihn zu langweilen. Und wieder ſah er bekannte Ge= ſichter und wieder die jungen Mädchen in blau, roſa und weiß, brünette und blonde, ſchmächtige und frühreife, aber immer nichtsſagende.

Geheimrat Bock nahm ihn in das Rauch= zimmer beiſeite und erkundigte ſich nach dem Stand der Dinge. Aber trotzdem Hans heute keine diplomatiſche Aufgabe zu erfüllen, keine Kämpfe

mehr zu fechten hatte, blieb er doch reserviert.
Er plauderte, gefiel sich in dem Spiel seiner
Pointen, denen er schon so viele gesellschaftliche
Erfolge zu verdanken hatte, aber er verriet nichts,
was nicht seinem wohl durchdachten Vorteil diente.
An jenem einen Tage, an dem ihm Franz Brüggemann seine Schwächen gewiesen hatte, an dem
ihn der Mann, um dessen Anerkennung er rang,
beschämt sich gegenüber gesehen hatte, an diesem
einen Tage hatte er das bedingungslose Schweigen
gelernt.

Er wiederholte dem Geheimrat, was dieser
schon aus seinem offiziellen Bericht wissen mußte
und gab nur etliche ergänzende Mitteilungen, die
den anderen durch den leichten Ton seiner
Causerien fesselten.

Wieder entstand der übliche Wirrwarr im
Rauchzimmer, wieder kamen Leute zusammen, die
keine gemeinsamen Interessen und Voraussetzungen hatten, wieder wurden die Gesprächsstoffe kunterbunt durcheinander geworfen,
wieder zog er sich in die Salons zurück, als
Direktor Beckenhardt mit Geheimrat Bock zu
konversieren begann; wiederum war es Geheimrat Wurm, in dessen Gesellschaft er sich im
Wintergarten befand und mit dem er kritische Bemerkungen über die Umgebung austauschte.

Das alte Spiel: in den Hauptzügen und in den Einzelheiten.

Hans erzählte Wurm eben irgend eine be=
sonders drollige Begebenheit, der einer seiner
Rechercheure auf die Spur gekommen war, als
er plötzlich mitten im Satz abbrach und erstaunt
nach einem Paar sah, das durch den Winter=
garten schritt. Auch Geheimrat Wurm blickte auf.

Die Dame, die an Direktor Beckenhardts Arm
vorbeigeschritten war, war Nina Petrowna.

„Ei, ei, Nina Petrowna Bogdanow," sagte
Hans. „Ich hatte nicht gedacht, sie heute abend
hier zu treffen. Sie tritt übrigens jetzt wieder
in Berlin auf."

„Jedenfalls tanzt sie heute nicht," bemerkte
Wurm. „Ich entsinne mich auch soeben. Heute
wird „Aida" gespielt und sie tritt in „Lakmé" auf."

Frau Direktor Beckenhardt kam direkt auf sie
zu und unterbrach ihr Gespräch. Beide er=
hoben sich.

„Entschuldigen Sie, bitte, meine Herren. Ich
wollte mir nur eine Frage an Herrn Mühlbrecht
gestatten."

Der Geheimrat wollte sich zurückziehen.

„Nein, bitte, Herr Geheimrat, so schlimm ist
meine Interpellation nicht. Dürfte ich fragen, ob

wir Ihre Frau Gemahlin noch erwarten dürfen, Herr Mühlbrecht."

„Leider nein, gnädige Frau, meine Frau ist ein wenig leidend."

„Hoffentlich nur ein klein wenig; Migräne wohl? Dann ist es Ihnen vielleicht recht, wenn ich Sie bitte, Frl. Bogdanow zu Tisch zu führen."

„Oh, sehr gerne, gnädige Frau."

Sie entschuldigte sich nochmals und rauschte davon. Als sie allein waren, fragte Hans:

„Weshalb werde ich zu Nina Petrownas Dienst kommandiert? Ist es eine Strafversetzung wegen ihrer allzu großen Jugend, oder ist es eine Verlegenheitsbesetzung? Was meinen Sie wohl, Herr Geheimrat?"

„Ich stelle mir eine andere Frage, Herr Mühlbrecht. Was beweisen Ihre Vermutungen? Bescheidenheit, Bosheit, oder Argwohn?"

„Bescheidenheit, wenn ich mich vom Standpunkt der Frau Direktor taxiere, Bosheit, wenn ich aufrichtig sein darf und Argwohn, wenn ich nicht falsch beobachtet habe."

Es entstand eine allgemeine Bewegung. Die Paare gruppierten sich, man ging zu Tisch.

Hans ging auf Nina Petrowna zu und bot ihr den Arm.

„Gnädiges Fräulein werden sich wohl kaum mehr meiner entsinnen."

„Oh doch! Herr Mühlbrecht, nicht wahr?"

„Ein erstaunliches Gedächtnis. Mein Name ist ebensowenig auffallend, wie ich selbst."

„Vielleicht ist es also ein Drittes," sagte sie. Er sah sie an. Sie lächelte.

„Sie sind vielleicht recht unglücklich, daß man Sie von Ihrer Frau Gemahlin getrennt hat."

„Sie irren, gnädiges Fräulein. Meine Frau ist gar nicht hier."

„Sind Sie also deshalb so gefaßt?"

„Gefaßt? Gnädiges Fräulein werden bescheiden."

„Bescheiden? Nein."

„Das Gegenteil?"

„Nein."

„Vielleicht ist es also ein Drittes."

„Vielleicht," sagte sie.

Sie gingen zu Tisch.

Ihr Gespräch bewegte sich weiter in demselben oberflächlichen, koketten, vielversprechenden Ton.

Hans sah, wie Direktor Beckenhardt sie beide häufig mit dem Blick streifte. Er hatte also vorhin doch richtig beobachtet und wußte nun, daß sie ihn ausspielte, um den Direktor eifersüchtig zu machen.

Doch er gefiel sich weiter in seiner Rolle, auch als Mittel zu fremdem Zweck. Sie war bildhübsch, war liebenswürdig, und sah ihn interessiert und versprechend an. Das genügte ihm. Es reizte ihn, den Direktor zappeln zu lassen. Amüsiert sah er sie an.

„Der Direktor blickt häufig nach Ihnen herüber," sagte er.

Und mit einer Jronie, die seine Aussage bestätigte, versicherte sie ihm, daß er sich irre.

Er schlug eine Wette vor. Während nur zweier Gänge würde der Direktor sechsmal nach ihr herübersehen.

„Was ist der Preis der Wette?" fragte sie ihn, halb neugierig.

„Die Hälfte aller heutigen Tänze."

„Ist das ein hoher Preis für Sie?"

„Genau die Hälfte des höchsten."

Sie einigten sich und begannen verstohlen zu beobachten. Als die Diener eben den zweitnächsten Gang zu servieren begannen, hatte er gewonnen. Nun wurden sie immer intimer. In einer Viertelstunde hatten sie so viel gemeinsame Voraußsetzungen gefunden, so viel Bündnisse gegen

die andere Gesellschaft geschlossen, so viel Bos=
heiten wechselseitig in gefälliger Form ausge=
tauscht, daß sie sich hier in dieser Umgebung be=
reits als Einheit gegen die anderen abhoben.

Nina Petrowna hatte das Gefühl, daß sie
sich schon lange nicht, vielleicht sogar noch nie so
gut amüsiert hatte. In den Bemerkungen ihres
Nachbars, den sie als geistreich empfand, lag eine
unausgesprochene Verliebtheit ihr selbst gegen=
über, ein Stocken seiner gewandten Kritik bei ihrer
eigenen Person, so daß ihre Eitelkeit und ihre
Schadenfreude zugleich auf ihre Rechnung kamen.

Als man sich vom Tische erhob, gestand sie
sich, daß sie sich selbst ein wenig in ihren reizenden,
galanten Tischnachbar verliebt hatte.

Nun tanzten sie. Den ganzen, langen ersten
Walzer; und dann nach kurzer Pause auch den
zweiten und den dritten. Als Nina Petrowna
dann den vierten Rundtanz mit einem Offizier und
den fünften mit dem Direktor getanzt hatte, machte
er sie galant darauf aufmerksam, daß er genau
zähle und ihr auch nicht den kleinsten Teil ihrer
Wette nachlasse.

Er selbst tanzte nur mit ihr. Es fiel sogar
schon auf, daß man Nina Petrowna nur mit ihm
und ihn nur mit ihr sah und der Direktor war
sich darüber klar, daß er diesen Menschen nie mehr

laden und einer etwaigen Fortsetzung seiner heutigen Tändelei wohl nachgehen werde.

Hans legte die Tänze, die er für sich wünschte, fest. Die Quadrille war selbstverständlich, der Kontre gegeben und von den Rundtänzen nahm er noch vier für sich in Anspruch. Sie fand ihn immer entzückender. Die Art, mit der er sie hofierte, war nicht nur elegant, sondern erschien ihr auch in jeder Einzelheit originell und geistreich.

Jetzt hielten sie kurze Siesta. Er erzählte ihr scherzhaft, daß er jede Dame, die sich nach eigenem Geschmack kleidete, nach der Toilette allein ganz und gar beurteilen könne.

Ob er das auch bei ihr versuchen wolle.

„Natürlich will ich das. Nur wegen dieser Aufforderung tue ich doch so wichtig. Ich zerbreche mir den ganzen Abend den Kopf darüber, wie ich meine schöne Tänzerin für den Verlust ihrer Wette entschädigen kann."

Ob ihm das soviel Kopfzerbrechen koste, fragte sie.

„Riesig viel," sagte er. „Ich passe ordentlich auf, was Ihnen Spaß macht, um dann schnell mit einer Bitte vorzukommen, wenn Sie vielleicht auf einen Augenblick gut auf mich zu sprechen sein sollten."

„Mit einer Bitte?"

„Jawohl, mit einer furchtbar unbescheidenen
Bitte. Ich möchte Sie nach Hause begleiten
dürfen."

„Haben Sie ein Coupé unten?" fragte sie.

„Nein. Aber der Direktor dürfte Ihnen
das seine anbieten.

Sie sah ihn erstaunt an. „Haben Sie die
Absicht, den Direktor offensichtlich zu ärgern?"

„Nein, ich habe nur die Absicht, mit Ihnen
nach Hause zu fahren."

„Geben Sie sich nicht einer ganz groben
Täuschung hin?"

„Ich glaube nicht. Lassen Sie mich erzählen,
wie ich mir Ihr Wesen denke."

Verblüfft sah sie ihn an. Und er sprach:

„Sie wissen zu locken, wie keine. Ich bin
hier in einer Gesellschaft von fünfzig Menschen
mit Ihnen zusammen, ich habe Sie nur einmal
vorher gesehen und auch das eine Mal nur in Gesellschaft. Und doch kenne ich die verborgensten
Geheimnisse Ihres Körpers. Ich frage mich ernstlich, ob Sie unter diesen Spitzen, unter diesem
Crêpe de chine nur wenige ganz dünne, ganz
weiche, schmiegsame Unterwäsche tragen, oder gar
keine. Die anderen Frauen stehen da im Bewußtsein ihrer Toilette. Sie stehen da im Bewußtsein ihres Körpers. Ich muß an griechische

Gottesdienste denken, wenn ich Sie sehe, an Phryne, die ihre Liebhaber nur im Dunkel besaßen, weil sie sich keusch ihren Blicken entzog und ihre Schönheit nur dem ganzen Volke zeigte, wenn sie im Dienste der Götter stand. Und wie eine Göttin erschien sie selbst bei den eleusinischen Mysterien unter der Tempeltür und ließ ihre Kleidung fallen und hüllte sich in einen Purpurschleier. Wenn sie zu Venus und Neptuns Ehren mitten durchs Volk zum Meere schritt, dann hatte sie den Glanz ihres Ebenholzhaares als einzige Hülle. Und wie Venus bei ihrer Geburt, stieg sie aus den Wellen empor. Und wenn die Menge sie sah, wie sie die Salztropfen von ihrem langen, schwarzen Haar schüttelte, dann sagte man, Venus sei ein zweites Mal geboren worden .... So wirken Sie auf mich."

Sie wollte ihm erst heftig, empört antworten. Aber wie er weitersprach und sie Bewunderung und nicht Zynismus in seinen Worten hörte, da schwieg sie und lauschte dem, was er zu ihr sprach. Er sagte ihr in der Tat etwas, was sie selbst als ihr eigenes Wesen fühlte. Sie sagte:

"Und diese Phryne hätte Ihnen nicht ins Gesicht geschlagen, wenn Sie ihr das gesagt hätten, was Sie bei mir wagten?"

„Nein, diese Phryne hätte gelächelt und hätte
gedacht: ich habe ihn trunken gemacht, er will mich,
er kennt auch meinen Preis. Aber er wird ihn
nicht bezahlen können. Die j u n g e n Griechen,
die ich möchte, können mich nie bezahlen; schade."

Das Gespräch lockte Nina Petrowna. Sie
wußte, daß sie sich vergab, wenn sie es fortführte,
aber sie tat es dennoch und sagte:

„Und wenn diese Phryne in einer Gesell=
schaft des heutigen Berlin mit Ihnen zusammen
käme, was würde sie dann denken?"

„Dann würde sie nichts denken. Aber sie
würde sagen: „Mein Herr, Sie wollen mich, Sie
gefallen mir. Auch ich würde gerne eine Nacht
mit Ihnen scherzen. Ich koste hunderttausend
Mark."

Nina Petrowna konnte dem Drange, dies
ungewöhnliche Gespräch fortzusetzen, nicht wider=
stehen. Sie wäre gerne empört aufgestanden und
hätte ihn stehen lassen, aber sie konnte es nicht.
Etwas in ihr zwang sie zu sagen:

„Und was würden Sie Phryne antworten?"

„Meine liebe, schöne Phryne, würde ich ihr
antworten, ich bin auf dem besten Wege, die
Reichtümer zu erwerben, die du verlangst. Nach
den nächsten eleusinischen Mysterien will ich dir

meine Sklaven mit meiner Gabe senden. Erwarte mich!"

Sie erhob sich. Er bot ihr den Arm.

„Nach den nächsten eleusinischen Mysterien erwarte ich dich," sagte sie.

„Meine Sklaven werden kommen, und ich werde ihnen folgen," sagte er.

Sie hatten beide in einem Ton gesprochen, der beide Möglichkeiten, Scherz und Ernst, offen ließ.

Als sie gegen zwei Uhr morgens mit Direktor Beckenhardt tanzte, bot er ihr sein Coupé für die Heimfahrt an.

„Danke, sehr gerne. Herr Mühlbrecht wollte mich zu meiner Wohnung begleiten."

„Herr Mühlbrecht?"

„Ja. Stört es Sie vielleicht?"

„Nein. Es ist mir gleichgültig. Ich verstehe nur nicht, aus welchem Grunde Sie einer Begleitung bedürfen, wenn Sie in meinem Wagen fahren."

„Aus gar keinem. Ich wußte nicht, daß ich Ihr Coupé haben soll, und so nahm ich die an= gebotene Begleitung an. Ich hätte sonst in Ver= legenheit kommen können."

Nach diesem Tanze brach sie auf. Hans be= gleitete sie. Als sie eine Weile gefahren waren, wollte Hans den einen Vorhang senken, der das linke Fenster frei ließ. Sie wehrte es ihm.

„Nach den eleusinischen Mysterien," sagte sie.

„Ernstlich?" fragte er.

„Ernstlich," antwortete sie.

Dann stieg sie aus. Er öffnete ihr Haustor, nahm mit Handkuß Abschied von ihr und fuhr in Direktor Beckenhardts Coupé nach Hause.

Ende des dritten Teils.

Vierter Teil

I.

Am erſten September überraſchte das Kaufhaus Brüggemann Berlin durch die Mitteilung,
daß es seine Firma wechſle. Nun ſollte das
Haus „Berliner Kaufhaus Leipzigerſtraße" heißen.

Die minder Wohlwollenden fanden die
Aenderung geradezu anmaßend. Beſtanden in der
Leipzigerſtraße nicht etwa bereits ſeit Jahren zwei
andere bedeutende Kaufhäuſer? Gehörte nicht geradezu breitſpurige Anmaßung dazu, über ihre
Exiſtenz durch den feſtſtellenden Ton ſeiner eigenen Firmierung einfach wegtäuſchen zu wollen?

Die meiſten aber fanden die Firmenänderung
vollſtändig in der Ordnung, weil ſie eine allgemein
bekannte und anerkannte Tatſache in kurzer bün-
diger Form offenſichtlich machte. Darüber war
ſich Berlin wohl klar, daß es eigentlich nur e i n
Kaufhaus beſaß und daß neben dieſes geſtellt,
die anderen den Namen, der durch Brüggemann
an bedeutungsvollem Inhalt gewonnen hatte, gar
nicht verdienten.

Nur über eines waren alle Stimmen einig. Die neue Firma würde nie den alten populären Namen verwischen, würde weder Brügge, noch Männe tot machen.

Zwei Wochen später gab es eine neue Sensation für Berlins Kleinhandel.

Auf alle Litfaßsäulen waren Plakate geklebt, die eine neuartige Geschäftsfassade in wirkungsvoll vereinfachter Form zeigten und nur die Aufschrift „Berliner Kaufhäuser" trugen. Diese sonderbare Milchglasfassade in Halbbogenform war vielen bereits bekannt. Seit ein, oder zwei Wochen sah man an verschiedenen Plätzen und Straßenecken im Westen, im Alexander- und Halleschen Viertel luxuriös und geschmackvoll ausgestattete geräumige Läden, in denen entweder noch an der Inneneinrichtung gearbeitet wurde, oder die bereits fertig, aber geschlossen und ohne Firma dastanden.

Jetzt wurde ihr Zweck klar. Sie gehörten einem größeren Unternehmen an, das ein Filialsystem durchführen wollte. Die Firmierung fand man im höchsten Grade provokativ und frech. Wollte da etwa irgend ein Neuling, der auf Schwindel ausging, die Identität mit dem „Berliner Kaufhaus Leipzigerstraße" vorspiegeln und von der Irreführung des Publikums leben?

Am felben Tage, an dem zum erstenmal diefe neuen Plakate klebten, wurde die Firma auf dem milchgläfernen von Bronzeleiften durchbrochenen Halbbogen, die die Ladenumrahmung der Kauf= häufer bildete, angebracht. Oben in der ein wenig abgeplatteten Rundung ftanden die zu einem Wappen verarbeiten Initialen der Firma. Und in dem breiten, gerade verlaufenden, von Bronze umrahmten Hauptftreifen unter der Rundung las man:

„Berliner Kaufhäufer: Alexanderplatz" oder „Berliner Kaufhäufer: Wittenbergplatz."

Es war ein allzu durchfichtiger Schwindel, und der alte Brüggemann war ohne Zweifel nicht der Mann, fich ihn gefallen zu laffen. Diefem neuen Schwindler würde wohl binnen vierundzwanzig Stunden heimgeleuchtet werden.

Gegen Abend blieben die Paffanten am Alexanderplatz, in der Kaiferftraße, in der Lands= bergerftraße, am Wittenbergplatz, am Zoologifchen Garten, am Hallefchen Tor und am Nollendorf= platz ftehen und blickten fich erftaunt um, woher der plötzlich veränderte Eindruck der Straßen und Plätze kommen mochte, die fie allabendlich paffierten. Und alle blickten immer mehr auf einen Punkt, auf eine Faffade, die einer Zeichnung von Arkaden glich und aus einer Reihe weißer Halb=

bogen bestand, die die Straßenfront plötzlich unter=
brachen und alle Augen auf sich lenkten. Oben
im abgeplatteten Bogen war ein breites, weißes
Band von Bronzeleisten umrahmt und von einer
Schrift in wohltuend grüner Farbe ausgefüllt:
Berliner Kaufhäuser am Zoologischen Garten.

Aber es war noch etwas anderes, was diese
überraschende Wirkung hervorbrachte. Es war
das Geheimnisvolle, das darin lag, daß das, was
hinter diesem Bogen geschah, völlig im Dunkeln
blieb, daß man die Neugierde des Publikums
stachelte und auf die Ausstellung der Waren und
die so entstehende Vorreklame verzichtete. Die
weite Innenfläche der Bogen war von einem
schwer herabfallenden, purpurfarbenen Samt aus=
gefüllt, der in dem Rahmen weißflutenden Lichtes
eine geradezu faszinierende Wirkung ausübte.

Am nächsten Tage brachten alle Zeitungen
ganzseitige Inserate, die nur die neue Firma und
ihre neun in verschiedene Stadtteile verteilten
Niederlagen enthielten.

Und täglich dieselben Anzeigen, täglich die=
selben Plakate, täglich dieselbe abendliche Be=
leuchtung der neun Fassaden.

Das Kaufhaus Leipzigerstraße wehrte sich
nicht.

Man konnte es nicht begreifen, daß da nicht

irgend eine Bombe platzte, man erwartete täglich, daß der große Prozeßrummel angezeigt werden würde, der Prozeßrummel, der die selbstverständliche Folge ähnlichen unlautern Wettbewerbs sein mußte.

Aber den ganzen Monat September geschah nichts derartiges.

Am ersten Oktober fand die Eröffnung der neun kleinen Kaufhäuser statt. Es waren eigentlich Spezialgeschäfte von drei verschiedenen Geschäftszweigen: Konfektion und Manufakturwaren, Eßwaren jeder Art und Wirtschaftsgebrauchsgegenstände. Doch in den Schaufenstern standen keine Preise. Man sah nur Dekorationen und Ausstellungen, die sich auf die Darbietung einiger Artikel beschränkten, diese aber in einer Weise hinstellten, daß sie als Verkörperung des ganzen Geschäftszweiges wirkten. Man hatte marktschreierische Basare erwartet und fand Geschäfte, die trotz ihres kleinen Umfanges dem Kaufhaus Leipzigerstraße weder in Waren noch Ausstattung nachstanden, sondern im Gegenteil in einigen Einzelheiten geradezu verblüfften.

Die Geschäfte waren tagsüber gefüllt gewesen und das Eßwarengeschäft am Zoologischen Garten mußte des Abends immer wieder wegen Ueberfüllung geschlossen werden.

„Alles sehr schön und gut," urteilte man, „aber die Herrlichkeit dauert nicht lange. Das wird sich Männe nicht bieten lassen."

Doch Männe ließ es sich bieten.

Am zweiten Oktober inserierte er in der ihm eigenen Art für die Abteilungen der drei Geschäftszweige der Konkurrenz am Kopf des Anzeigenteils je eine Viertelseite in markanter Umrahmung und bot besonders billige Artikel an.

Am nächsten Tage stand dicht unter seinem Inserat das Gegenangebot der „Berliner Kaufhäuser". Dieselben Artikel in wörtlich gleichem Text des Angebots wurden fünf Prozent billiger angezeigt. In jeder Anzeige waren die drei Lager des betreffenden Geschäftszweiges genannt.

Jetzt aber regte sich das „Berliner Kaufhaus Leipzigerstraße", das alte, renommierte, unerschütterliche Riesengeschäft, jetzt regte es sich, und holte, wie ein Löwe zum Todesschlage gegen sein Opfer aus.

Jetzt erst begriff man, warum bis heute gewartet worden war. Man wollte einen langwierigen Prozeß vermeiden, man wollte die Schlacht auf dem Gebiete schlagen, auf dem man am stärksten war. Noch hatte keiner der Kraft des größten deutschen Kaufhauses widerstanden, und dieser Neuling konnte unmöglich die Mittel haben, die zur Durchführung dieses Kampfes nötig waren.

Und während die Preise der ursprünglich an= gebotenen Artikel im täglichen Wechsel der bieten= den Gegner um Pointen fielen, sprangen immer neue Zeilen, neue Artikel in die Spalten der bei= den Inserenten und lösten unmerklich die alten ab.

Das Publikum hielt sich an die Inserate des Tages und kaufte unentwegt nur die billigen Sonderartikel. Man schob den geplanten Kauf anderer Artikel in der Hoffnung auf, daß auch sie schließlich an die Reihe kommen würden und daß man dann Vorzugspreise wahrnehmen würde.

Die Inserate der beiden Gegenbietenden bildeten die erste Lektüre der Kleingeschäftsleute und des weiblichen Publikums in den Morgen= blättern. Was ging den kleinen Kaufmann Marokko an? Hier, in den Inseratenzeilen seiner beiden größten Schädlinge fand er das, was ihn anging, fand er das, was er zu dekorieren und anzubieten hatte, wenn er wenigstens in dem engen Kreis seiner nahen Kunden einen Teil seiner Waren umsetzen sollte. Und die Frauen griffen nach dem Inserat, noch bevor sie die Tagesfortsetzung des Romans lasen, weil sie hinten im Anzeigenteil erfuhren, was sie kaufen mußten, wenn sie den Vorteil des Tages nutzen wollten.

Fast einen vollen Monat dauerte dieses Rennen schon und es schien, daß ihm kein Ende abzusehen war. Wer hätte es gedacht, daß diese Neulinge, die sich G. m. b. H. nannten, so gründlich fundiert waren. Hinter diesen Menschen mußten ja Unsummen stecken.

Am 26. Oktober brachte dasselbe Boulevardblatt, das seinerzeit als erstes die Nachricht vom Erfindungskontor des Kaufhauses gebracht hatte, eine interessante Nachricht.

Die vier Herren, die als Teilhaber der „Berliner Kaufhäuser G. m. b. H." eingetragen waren, waren nur Strohmänner. Und dann hieß es weiter: „Trotzdem der Verlag unseres Blattes mit den „B. K." in intimer geschäftlicher Verbindung steht, glaubt die Redaktion, ihren Lesern doch die Nachricht nicht vorenthalten zu dürfen, daß der eigentliche Inhaber der bei den Berlinern so schnell populär gewordenen Firma Herr Artur Wehrhahn — der Schwiegersohn des Herrn Franz Brüggemann ist."

Nun verstand man mancherlei, nun verstand man, warum der alte Brügge nicht prozessierte und woher der junge, so tollkühne Manager seine Erfahrung und sein Geld hatte. Ein Familien-

kampf der Reichen war es, zu dem Berlin als
Zeuge geladen war, ein Prinzipienkampf, bei dem
das Publikum Unsummen profitieren konnte.

Am 27. Oktober erschien eine weitere Notiz
in demselben Blatte zum selben Thema.

„Die „Berliner Kaufhäuser G. m. b. H.“
beabsichtigen, wie wir erfahren, ihre Firma zu
ändern.“

Schon am nächsten Tage kam die offizielle
Bestätigung dieser Nachricht in Form ganzseitiger
Inserate. Aber sie lautete ganz anders, als man
erwartet hatte. Die „Berliner Kaufhäuser“ ver-
öffentlichten die Tatsache, daß sie nun „Berliner
Kaufhäuser Alexanderplatz“ firmieren würden, weil
die frühere Firmierung der verschiedenen Lager-
adressen das Publikum verwirrt habe. Der Um-
stand, daß sich nicht nur der größte Verkaufsraum,
sondern auch die Verwaltungsräume des Hauses
am Alexanderplatz befanden, war bei dieser Wahl
entscheidend.

Zwei Tage lang ging der Schlachtruf Leipzigerstraße — Alexanderplatz durch den Anzeigenteil der Zeitungen und wurde vom Publikum
übernommen.

Man war unmodern, wenn man noch von
Brüggemann sprach. Die beiden Straßenbezeich-

nungen hatten über Nacht an Popularität ge=
wonnen.

Da, am letzten Tage des Oktober, geschah
etwas Sonderbares, etwas, das nicht nur die
kleinen Geschäftsleute und das weibliche Berlin,
sondern etwas, das nicht weniger, als die ganze
Einwohnerschaft der Millionenstadt in Verwunde=
rung versetzte.

Schon am Morgen gab es in den Verlags=
kontoren der Zeitungen böse Szenen, die hier und
dort sogar mit sofortiger Entlassung des Korrektors
endeten. In den Morgenblättern war eine An=
zeige des „Kaufhauses Leipzigerstraße“ erschienen,
in der kurz und bündig mitgeteilt wurde, daß das
Kaufhaus vom nächsten Tage ab alle seine An=
zeigen ausschließlich in der „Berliner Tages=
zeitung“ veröffentlichen werde.

Das Gespenst der neuen großen Zeitung war
über Nacht wieder aufgetaucht, nachdem man bald
aufgehört hatte, an seine Existenz, oder gar an
seine Gefahr zu glauben und der Metteur und
der Korrektor hatte diesen Text, der der neuen
Konkurrenzzeitung mit einem Schlage auf die
Beine helfen mußte, auf einer ganzen Seite ab=
gedruckt.

Wie war das möglich gewesen?

Der Angeschuldigte verteidigte sich. Die An=

zeigen des Kaufhauses Leipzigerstraße waren in letzter Zeit während des Kampfes mit dem Kaufhaus Alexanderplatz immer erst im letzten Augenblick in Satz gegeben worden. Er wäre über den Text auch stutzig geworden, aber der Bote vom Kaufhaus hätte ausdrücklich gesagt, der Verlag sei rechtzeitig von diesem Texte verständigt worden.

Man telephonierte nach der Reklameabteilung des Kaufhauses. Dort wußte man von keiner Erklärung des Hauses und verweigerte die Verantwortung für das Gerede eines beliebigen Boten. Uebrigens verstünde man nicht, was dabei nicht in Ordnung sein sollte.

Und das Publikum wartete mit Spannung auf die „Berliner Tageszeitung“, die am anderen Tage erscheinen sollte und die vom „Kaufhaus Leipzigerstraße“ allen anderen Blättern Berlins als Insertionsorgan vorgezogen wurde, bevor sie noch existierte, und die entweder Ungewöhnliches bieten oder des Kaufhauses eigene Zeitung sein mußte.

Und die „Berliner Tageszeitung“ erschien. Am Morgen des 1. November lag sie vor der Tür eines jeden Hausstandes.

Die Journalisten stürzten sich darauf. Wie sah dies Blatt aus?

20*

Das Format war normal. Am Kopf stand in einfachen, großen Lettern der Name des Blattes. Links und rechts ein geschlossener Block kurzen Textes: Adresse der Redaktion, Bestimmung über die Behandlung unverlangter Manuskriptsendungen und da, links, was war das? Da las man, daß keinerlei Inserate aufgenommen werden.

Dieser Zeitungskopf war also doch origineller, als er auf den ersten Blick zu sein schien. Das Unikum einer Zeitung: ein Blatt, das die Annahme von Inseraten verweigert.

Und weiter. Oben links, als Beginn des Textes, der kurze Auszug der Tagesneuigkeiten. Das hatte jede Zeitung. Doch nein, was war das? Gleich die erste Zeile: „Um 1 Uhr 40 Minuten nachts fand bei Spandau ein Zusammenstoß zwischen dem in der Richtung Berlin fahrenden Personenzuge und einem Güterzuge statt. Keine Toten, zwei Verwundete."

Das hatten die anderen Morgenblätter nicht gebracht.

Zum Schluß des kurzen Auszuges eine kleine Zeile in Petit: „Schluß der Redaktion 3 Uhr 15 Minuten morgens."

Wie war das möglich? Wie konnte das Blatt bis 5 Uhr früh Auflagen drucken, wenn es erst nach drei Uhr Redaktionsschluß hatte? Es gab nur eine Erklärung: das Blatt hatte eben keine Auflage und war heute morgen vielleicht nur in zehntausend Exemplaren erschienen.

Der Leitartikel? Allgemeines Thema, von berühmtem Namen unterschrieben. Verlegenheitssache. Mit berühmten Namen fingen sie alle an, das war nur ein Beweis eigener Unfähigkeit.

Feuilleton? Fehlte ganz. Wie war das möglich? Ein Blatt ohne Feuilleton? Gestern waren drei Premieren, eine davon die wichtigste der Saison. Wer schrieb über das Theater?

Schrieb? Niemand. Aber auf der zweiten und dritten und vierten Seite waren mitten im Text drei längliche Rahmen. „Kritische Ansichtskarten aus den Theaterfoyers" stand darunter. Und im Rahmen selbst allerlei karikaturistische Skizzen. Von schneidigem Schmiß, das mußte man sagen. Wenige einfache Linien, die Typisches sprechend und humorvoll herauslösten. Die Karte aus dem Goethetheater war in drei kleinere Karos eingeteilt: Akt I, II, III. Akt I: Ein Mann in schwerer Rüstung mit gezücktem Schwert, ganz vorne an der Rampe, dem Parkett sein Heldentum vordeklamierend. War das nicht der berühmte Darsteller Wicking? Ganz recht. Trotz der lächerlichen Pose war er sogar famos ge-

troffen. Akt II: Der Ritter sitzt geknickt im Lehn=
stuhl, und eine fromme Schwester mit den un=
verkennbaren Zügen von Frau Vahlen legt die
eine Hand heilend auf sein Haupt und blickt
flehend zum Himmel. Akt III: Ein Mann, dessen
Kahlkopf ihm zum Ruf einer Dichterstirn ver=
half, verbeugt sich und weist mit falscher Beschei=
denheit auf den Ritter und die fromme Schwester,
die, vor einem Kruzifix kniend, Gott für die Ge=
nesung danken. Das Ganze: Eine erfrischend
humorvolle Verhöhnung des Aesthetenwahns und
des von Wichtigtuerei erfüllten pseudoästhetischen
Berliner Premierenrummels.

Das „Alte Theater". Vier kleine Karos.
Vorspiel: Zwei Männer in Livree verteilen am
Theatereingang Freikarten. Akt I: Ein Duell
zwischen einem Offizier von wuchtiger Gestalt
und einem fast verkrüppelt aussehenden, kleinen,
schlotternden Zivilisten. Akt II: Das Bild in
halber Ueberschneidung: auf der Bühne ein Be=
gräbniß, im Parkett wilder Kampf zweier Par=
teien. Akt III: Das gähnend leere Parkett, vom
Souffleurkasten aus gesehen.

Die dritte kritische Ansichtskarte vom Vaude=
villetheater: nur e i n Bild. Berlins beliebtester
Komiker Sultan in schön gestreiften Unterhosen
guckt hinter einem Paravent vor und bereitet sich

vor, auf der Bühne in die Badewanne zu steigen. Das Ganze nur humorvoll, ohne Hohn, ohne Satire. Eine einfache Feststellung dessen, was der Nagel des Abends war.

Selbst die Journalisten mußten gestehen, daß das Blatt nicht schlecht, jedenfalls aber, trotz seiner Schwächen und trotz des Mangels eines Feuilletons, originell redigiert war.

Nur die Handelsredakteure sagten etwas anderes, als sie des Mittags im Pressezimmer der Börse beisammenstanden. Einer von ihnen sagte es gerade heraus, und als es ausgesprochen war, gaben ihm die anderen recht.

„Wir können alle zusammen einpacken. Es ist purer Unsinn, daß das „Kaufhaus Leipziger= straße" hinter der „Tageszeitung" steckt. Woher hat dies Blatt die Umsätze aller Effekten? Wenn nicht vom Kommissar selber, so von einer der ganz großen Banken. Kein einzelner Makler kann sich die Daten verschaffen."

„Ich weiß nicht, womit ich die eine Seite für Handel im Morgenblatt ausfüllen soll," sagte ein anderer, „und die „Tageszeitung" fängt gleich mit vier Seiten an und gibt einen kom= pletten Kommentar zum Kurszettel."

Und man sah sich verstört um, ob etwa der neue Handelsredakteur der „Tageszeitung" nicht

im Saal wäre. Aber sie sahen nur bekannte Ge=
sichter.

Das weite Publikum las mit Erstaunen am
Kopf des Handelsteils der „Berliner Tages=
zeitung":

„Allmorgendlich werden wir einen genauen
Kommentar zum Kurszettel des vergangenen
Tages bringen, um das Publikum darüber auf=
zuklären, daß die Tageskurse keineswegs den
Wert eines Effektes an dem betreffenden Tage
darstellen, sondern häufig genug auf die technische
Ausnützung gewisser Zufälligkeiten zurückzuführen
sind. Wir werden in jedem Falle einer größeren
Kursschwankung durch Anführung des Umsatzes,
der Geber und der Nehmer darauf hinweisen,
ob die Kursschwankung auf eine Machination
zurückzuführen ist oder der Tageswertung des
Marktes entspricht."

Mit der lebhaftesten Spannung warteten die
Berliner auf die weiteren Nummern der neuen
Zeitung. Und alle Berufsschichten warteten aus
einem anderen Grunde.

Das Abendblatt brachte einige interessante
Nachrichten, die in den anderen Blättern fehlten,
und sein Handelsteil bereits die Umsätze desselben
Tages in den wichtigsten Effekten, in denen Kurs=
schwankungen stattgefunden hatten. Sonderbarer=

weise war auch der Leitartikel rein kommerzieller
Art und behandelte den Plan der Verwaltung
einer Werft, die bisher an der Ostsee gebaut hatte
und nun eine große Anlage im Hamburger Hafen
plante. Nur der Inseratenteil brachte eine Ueber=
raschung. Freilich keine geringe. Das „Kaufhaus
Alexanderplatz" war es, daß dicht neben dem
„Kaufhaus Leipzigerstraße" inserierte und dem
Gegner auf sein neues Feld gefolgt war.

Der Morgen brachte den Gegencoup der Leip=
zigerstraße und der Abend die neue Antwort des
Alexanderplatzes.

Schlag auf Schlag setzte sich der alte hitzige
Kampf in den Spalten der „Berliner Tages=
zeitung" fort, Schlag auf Schlag folgten die Ent=
hüllungen über das Projekt der Ostseewerft und
über die Absicht der „Deutschen Kreditbank", die
das Aktienmaterial ihrer Depositäre gegen den
Vorschlag der Verwaltung bei der Generalver=
sammlung in die Wagschale werfen wollte. Die
Aktienbesitzer wurden über den Stand der Dinge
aufgeklärt und aufgefordert, gegen die Absicht der
„Deutschen Kreditbank" zu protestieren.

Die Wirkung überstieg an Promptheit alle
Erwartungen. Die Expedition der „Berliner
Tageszeitung" erhielt ein ganzseitiges Inserat, in
dem die Kreditbank ihre Kunden aufmerksam

machte, daß sie f ü r den Vorschlag der Werft=
verwaltung stimmen wolle und ersuchte jene
Kunden, die etwa anderer Ueberzeugung wären,
dies ihrer Depositenkasse rechtzeitig mitzuteilen.

Das Inserat wurde abgelehnt, aber die Mit=
teilung selbst kostenfrei in den redaktionellen Teil
übernommen. Das Blatt konnte auf seinen ersten
handgreiflichen Erfolg hinweisen. Die Finanzwelt
und das vermögende und spekulierende Publi=
kum konnten die „Berliner Tageszeitung" kaum
mehr entbehren. Wonach sollte man seine Dispo=
sitionen denn treffen, wenn nicht nach den In=
formationen der „Tageszeitung"? Wer vermochte
die Bewegung jedes einzelnen Kurses so unwider=
leglich zu erklären, wie die „Tageszeitung"?
Früher tappte man im dunkeln. Jetzt erst sah
man einigermaßen klar.

Die „Tageszeitung" begann einen neuen
Kampf. Diesmal gegen die Kommerzialgesell=
schaft. Bei den Depositenkassen der Gesellschaft
wurden Tips für zwei Papiere in allzu durch=
sichtiger Absicht abgegeben. Die Gesellschaft war
das Emissionsinstitut für beide Effekten und wollte
den Kurs stützen.

Im Abendblatt kam eine Berichtigung der
Kommerzialgesellschaft. Aber die Redaktion be=
merkte dazu, daß sie ihre Nachricht und War=

nung aufrecht erhalte und durch zwölf Zeugen
vor Gericht zu bekräftigen bereit sei.

Die „Tageszeitung" hatte es binnen vierzehn
Tagen soweit gebracht, daß Berliner Sparer und
Spekulanten keine „Bestens"=Ordern mehr ab=
gaben, um nicht den Gelegenheitsmachern an der
Börsenschranke in die Hände zu fallen.

In manchen Familien entstand des Morgens
ein Streit um das Blatt, das nur in einem
Exemplar abgegeben worden war und nicht ge=
kauft werden konnte. Die Frauen warteten auf
den Inseratenteil der beiden sich bekämpfenden
Kaufhäuser, warteten auf den Roman, der täg=
lich mehr spannte, warteten auf die so schnell ge=
läufig gewordene zeichnerische Theaterkritik des
Blattes und auf all die anderen verstreuten Bei=
träge, die die langweiligen Feuilletons und Reise=
briefe der anderen Blätter ersetzten. Die Männer
warteten auf die Handelsnachrichten, auf die po=
litischen Informationen, auf den Sportteil, und
der typographische Umbruch des Blattes war so
gemacht, daß seine einzelnen Teile nicht blatt=
weise auseinandergelöst werden konnten, sondern
daß die ganze Zeitung bei einer Trennung ihrer
redaktionellen Teile hätte in kleine Stücke ge=
schnitten werden müssen.

Die Umsätze der beiden Kaufhäuser stiegen

von Tag zu Tag und die Anfragen der großen
Inſerenten bei der Zeitung häuften ſich.

Hans ſah ſich einem viel größeren Erfolge
gegenüber, als er erwartet hatte.

Er entſchloß ſich, mit der Aufnahme ſämt=
licher Inſerate bereits im Dezember zu beginnen.

Die „Tageszeitung“ teilte mit, daß ihr Ver=
trag mit dem „Kaufhaus Leipzigerſtraße“ am
1. Dezember ablaufe und daß ſie nun Anzeigen,
Rauminſerate ſowie „Kleine Anzeigen“ auf=
nehmen würde.

Trotzdem man natürlich damit rechnete, daß
das „Kaufhaus Leipzigerſtraße“ nun nicht mehr
in der „Tageszeitung“ inſerieren würde, ſandten
doch alle konkurrierenden Warenhäuſer und alle
größeren Spezialgeſchäfte ihre Inſerate ein. Es
ſchien ein beſonderer Scherz der Neuverlobten zu
ſein, daß ſie ihre Verlobung zuerſt in der „Tages=
zeitung“ anzeigten, ebenſo wie die glücklichen
Eltern die Geburt ihrer Kinder. Nur bei den
Todesanzeigen hatte die „Tageszeitung“ ſonder=
barerweiſe keinen Vorſprung vor den anderen
Blättern. Die Emiſſionsinſerate und die nur all=
gemeinen Anzeigen der Banken waren in keinem
anderen Blatte auch nur annähernd ſo reichlich
vertreten, die Theater ſandten ihre Beiträge zum
Vergnügungsanzeiger, und ſelbſt die Auktiona=

natoren fragten nach dem Tarif des Blattes.
Schnell errichtete Expeditionen sammelten die
„Kleinen Anzeigen" in allen Stadtteilen und am
1. Dezember erschien die „Tageszeitung" mit
einem Inseratenanhang von sechzehn Seiten.

Auch das „Kaufhaus Leipzigerstraße" blieb
weiter Inserent, ein genügender Beweis dafür,
wie wirkungsvoll der Anzeigenteil der neuen Zei=
tung sein mußte, wenn Berlins größtes Kaufhaus
ihn als Ersatz aller anderen Blätter wählte. Da
konnte man es schon wagen, den vierfachen Preis
für seine Anzeige zu bezahlen.

An unzähligen Anzeichen merkte es Hans,
daß er einen jener seltenen und ungewöhnlichen
Griffe getan hatte, die aus einem Nichts über
Nacht eine Großmacht schufen. Es gab Tage, an
denen dreitausend Zuschriften aus Leserkreisen
kamen, anerkennende und wütende, fragende und
behauptende. Es kamen Inserate von Luxus=
artikeln und Markenartikeln, die in den anderen
Tageszeitungen fehlten und sonst nur in Zeit=
schriften mit Sonderleserkreisen zu finden waren.
An der Art der Sportinserate sah er, wie die Tricks
seiner Sportredaktion und die Art seiner Gesell=
schaftsplaudereien eingeschlagen hatten. Und zu
seinem eigenen Erstaunen sah er, daß er, dessen
Ideen zuerst aller Erfahrung widersprochen hatten,

nun überhaupt nicht mehr danebengriff. Er lernte
täglich und tat selten etwas, bevor er nicht die
Meinung seines Sonderfachmanns eingeholt hatte.
Oft tat er das Gegenteil, aber er tat es nie, ohne
die Anschauung und die Gründe seiner Ange=
stellten gehört zu haben. Der große buchhänd=
lerische Erfolg der pseudowissenschaftlichen, ge=
schwätzigen Nachahmer des großen Darwin ver=
anlaßte ihn, einige kurze Aufsätze über Tier=
psychologie aufzunehmen, die auf dem Niveau der
populären propagatorischen Pseudopsychologie
standen, sich aber amüsant lasen und plausibel
klangen. Eine Menge interessierter Zuschriften
aus dem Leserkreise und ein Anwachsen des An=
zeigenteils „Tiermarkt" war die Wirkung.

Die größte Ueberraschung bot ihm aber das
Verhalten der anderen Berliner Blätter. Zuerst
hatten sie die „Tageszeitung" und alles, was
mit ihr zusammenhing, totgeschwiegen. Als aber
die Provinzpresse, die in der „Berliner Tages=
zeitung" keine Konkurrenz erblickte, ihre Beiträge
unter Quellenangabe nachdruckte und lebhaft dis=
kutierte, als die Erfolge zu sichtbar waren, um
übersehen werden zu können, da schlugen auch
die Berliner Blätter denselben Weg ein und
hielten eine Art wohlwollender Freundschaft. Der
Handelsteil der „Berliner Tageszeitung" war nun

einmal nicht zu übertreffen und es war klüger,
seinen Inhalt möglichst schnell zu übernehmen,
als stumme Feindschaft zu halten. Unfaßlich aber
war es, daß dieser Neuling, Hans Mühlbrecht,
mit der verrückten Art seiner Theaterkritik den
Nagel auf den Kopf getroffen zu haben schien.
Das Publikum amüsierte sich über seine Zeich=
nungen, ging auf seine Verrücktheit ein und sah
in diesen Skizzen tatsächlich so etwas, wie eine
Kritik. Man las kaum noch die sachlich ernsten,
wohldurchdachten kritischen Feuilletons der ande=
ren Blätter. Man glaubte tatsächlich, daß das
Theater nur eine Vergnügungsanstalt wäre, die
sich von Varietéveranstaltungen nur etwa durch
mehr Geist, Bildung und Kulissentradition unter=
schied. Davon, daß auf der Bühne die höchsten
Kulturwerte der Menschheit entschieden würden,
davon wollte das Publikum nichts mehr wissen,
seitdem es in der „Tageszeitung“ einen Possen=
reißer gefunden hatte, der seinen Instinkten mit
dem armseligen bißchen zeichnerischer Geschicklich=
keit recht gab. Die Schauspieler zogen es vor,
in der „Tageszeitung“ lächerlich gemacht zu wer=
den, statt in den anderen Blättern gelobt zu
werden. Denn nur, wenn sie in der „Tages=
zeitung“ verulkt, oder, wie man es zu nennen be=
liebte, „kritisiert“ wurden, waren sie Mittelpunkt

des Gesprächs. Auch der Nachtdienst in den Re=
daktionen wurde schärfer gehandhabt und Pro=
vinz= und Stadtausgabe getrennt gedruckt, damit
die Stunde des Redaktionsschlusses wenigstens
für die Berliner Ausgabe herausgeschoben wer=
den konnte.

Mitte Dezember, mitten in dem ins Maß=
lose gesteigerten Weihnachtstrubel der Kauf=
häuser, wagte Hans seinen letzten Coup für
dieses Jahr.

Er zeigte in der „Tageszeitung" an, daß nur
jenen Adressen das Blatt gratis bis Mitte Ja=
nuar geliefert werden würde, die bereits jetzt ein
Abonnement für ein weiteres Vierteljahr an=
melden würden.

Der Erfolg war ungeheuer.

Zu Haufen geschichtet lagen am nächsten Tage
die Abonnementsbestellungen vor und jeder Post=
gang brachte neue Mengen. Eine fünfmalige Bei=
lage von Abonnementsbestellkarten genügte, um
von Mitte Januar an eine Abonnentenzahl von
zweihunderttausend zu sichern. Bei der Ordnung
der Karten ergab sich, daß auf je tausend Stück
im Durchschnitt zwölf Karten mit Ulktext aus=
gefüllt waren, von denen einzelne zum Teil recht
lustig waren.

Das große, ewig kindisch=lustige Berlin hatte

auch an der „Tageszeitung" seinen Witz ver=
sucht!

Eine drollige Statistik mehr. O, wie er dieses
Berlin nun kannte, in jeder seiner Regungen,
seiner Wünsche, seiner Gelüste, seiner Instinkte,
seiner Blindheit!

Er glaubte jetzt schon selbst daran, daß er
keinen Fehlgriff mehr tun konnte, daß er immer
und überall ins Schwarze treffen würde.

In wenigen Wochen hatte sich mit program=
matischer Genauigkeit das abgerollt, was er
vorausberechnet und bestimmt hatte. In wenigen
Wochen hatte er so vieles gewandelt und war
zu unabsehbarem Einfluß emporgestiegen. Der
Dienst in der Redaktion und im Verlag war auf
das genaueste geregelt. Seine Anwesenheit war
nicht mehr in dem Maße notwendig, wie in den
letzten Wochen.

Nun konnte er die letzte Vorweihnachtswoche
ganz den Kaufhäusern widmen.

Doch er wollte sich nicht allzuviel im „Kauf=
haus Leipzigerstraße" sehen lassen und bat Franz
Brüggemann für bestimmte Stunden in seine
Wohnung.

Er war nie pünktlich. Nicht, weil er es nicht
gekonnt hätte. Nein, irgend etwas in ihm wollte

nicht, daß er in sein Heim gehe, irgend etwas in ihm wollte, daß Franz Brüggemann mit Trude allein sei.

Er war Menschenkenner genug, um keinen Augenblick an der makellosen Reinheit der beiden Menschen zu zweifeln, die ihm einst so viel be= deutet hatten und deren Bild in dem letzten Jahre seiner großen Arbeit allmählich ganz ver= blaßt war. Es war nicht die Eitelkeit in ihm, die ihn eine Freude bei dem Gedanken hätte auskosten lassen, daß ein reiner, tiefer Mensch seine Frau wie ein höheres, geheiligtes Wesen verehrte. Es war nicht Mitleid mit der armen, verlassenen Trude, der er einen Ersatz für ihren großen Ver= lust gegönnt hätte.

Es war etwas anderes, etwas Gewaltigeres.

Es war das Sichunterordnen unter den Willen einer Fügung, die er trotz seiner wachsen= den Macht wie eine Gewalt mit fast abergläu= bischer Ergebenheit über sich walten fühlte und der er die Lebenswege aller Menschen, seinen Lebensweg und den der anderen, in bewußter Ohnmacht überließ, damit sich ihr Schicksal er= fülle, so wie es sich erfüllen mußte . . .

Ganz klar fühlte er es in sich, daß sein eigenes Schicksal dasjenige war, das er am wenigsten zu lenken vermochte, und daß es einem

abgrundtiefen Nichts entgegenrollte. Der Fluch
der Vernichtung lag in ihm. Ein Paradies war
sein Heim gewesen und in eine qualvolle Einöde
hatte er es verwandelt. Eine Madonna hatte darin
gewaltet und er hatte sie besudelt, hatte in einer
Stunde der Wollust nach ihrer Mutter gegriffen.
Einem Edelmann war er begegnet, einem reinen,
tiefen Menschen, und hatte sein Lebenswerk als
teuflisches Werkzeug verwendet, Massen zu hetzen
und in Taumel zu versetzen. Ein Heiliger war in
ihm selbst in einer andachtsvollen Stunde erwacht
und er hatte ihn in sich niedergekämpft und sich in
einen Teufel gewandelt.

Was war es doch, das ihn ewig und unruh=
voll von Ort zu Ort, von Arbeit zu Arbeit, von
Plan zu Plan, von Idee zu Idee hetzte, was ihm
keinen Frieden gönnte und Gewalt über ihn ge=
wann?

Berlin war es. Dieses gigantische Ungeheuer
war es, das um ihn her tobte, in tausend Lärmen
bebte, zehntausend Dinge an ihm vorbeirasen ließ,
in hunderttausend Farbenreflexen strahlte und
in einer Million von Lichtern weißgelbe Fluten
breitete. Berlin war es, über das sich ein Dämon
gelagert hatte, ein Dämon, der ihn aus jeder
Ecke anglotzte, der in den Fratzen der waren= und
modewütenden Menschen zu ihm sprach, der ihm

21*

den Atem benahm und ihn erbarmungslos zu
Tode hetzte.

Warum sah gerade er so klar, was in den
Massen gärte und nach Befriedigung rang? Warum sah gerade er so klar, wie man die Massen
locken, höhnen, mit ihren Instinkten spielen, sie
in Taumel versetzen, sie wie eine anonyme, aus
Millionen von Nullen entstandene kompakte
Masse knechten, sich zum Imperator ihres Geschmacks aufspielen und sich als Entgelt von ihnen
Barren Goldes heranschleppen lassen könne dafür, daß man sie narrte?

Warum gerade er?

Er fand keine andere Antwort darauf als
die, daß dies sein Schicksal war, das Schicksal,
das in ihm selbst ruhte und dem er nicht ent-
gehen konnte.

Wohin trieb es ihn? Trieb es ihn, gerade
ihn, der mit den Frauen, wie ein Puppenspieler
spielte, zu ihnen? Trieb es ihn zu denen von
ihnen, die selbst die großen Spielerinnen des
Lebens waren? Trieb es ihn zu Nina Petrowna?

Es gab Stunden, in denen er mit diesem
Gedanken spielte, und es gab Stunden in schlaf-
losen Nächten, in denen alles in ihm nach ihr,
der königlichen Dirne, nach Phrynes nacktem Leib
schrie.

Es gab Augenblicke, in denen das Bild ihres Körpers vor ihm auftauchte, mitten zwischen geschäftlichen Beratungen und sachlichen Berechnungen, Augenblicke, in denen er alles liegen lassen und zu ihr eilen wollte.

Und nun war sie selbst gekommen. Nicht zu ihm. Nein, sie war wieder nach Berlin gekommen, das Jahr war um, und die eleusinischen Mysterien hatten begonnen. Bald würde seine Stunde geschlagen haben . . . .

Plötzlich machte er halt.

Wo war er, wo befand er sich jetzt, wohin war er gekommen. Er stand am Lützowplatz, vor dem Hause, in dem er wohnte.

Wie zerstreut er doch war! Er wollte erst später kommen und nun stand er doch vor der Tür.

Und wieder sagte ihm sein Gefühl, daß wohl auch diese Kleinigkeit wider seinen Wunsch vom Schicksal gewollt worden war.

Als er eintrat, kamen sie auf ihn zu. Franz Brüggemann und Trude.

Trude begrüßte ihn lachend. „Denk' mal Hansi, Herr Brüggemann hat gestern ein Papier liegen lassen, wir suchten es auf deinem Schreibtisch und kamen dabei einem deiner künftigen Reklametricks auf die Spur. Wir konnten den

Trick gar nicht ergründen. Willst du uns ihn erklären?“

„Gerne. Was ist es denn?“

„Was hast du mit Phryne vor?“

„Mit Phryne?“

„Ja doch. Hier hast du fünf verschiedene Briefbogen und auf allen steht: „Phryne, ich schicke dir meine Sklaven . . .“ Aber was hast du, Hansi, du siehst ganz verstört aus?“

„Nichts, Kind. Ich bin überarbeitet. Der Trick . . .“

„Ach, laß jetzt den Trick und leg’ dich erst ein wenig hin. Du mußt doch auch einmal ausspannen.“

———————

II.

Der letzte Sonnabend vor Weihnachten.

Ein Sonnabend, wie ihn Berlin noch nicht
erlebt hatte, ein Tag, an dem der Verkehr der
meisten Linien der Straßenbahn stockte, weil selbst
die verstärkten Polizeiposten die Durchfahrt auch
nur eines einzigen Wagens durch die Leipzigerstraße nicht hätten ermöglichen können, ein Tag,
an dem sich ungezählte wogende Menschenmassen
langsam durch die kotigen Straßen schoben, gegen
die Schaufenster drückten und um die Eingänge des
Kaufhauses schlugen, dessen Lichtfluten nur mühsam gegen den dicken, kalten, nassen Dezembernebel
ankämpften. Die großen elektrischen Lichtkugeln der
Leipzigerstraße verschwammen über den Köpfen der
Menge zu großen, hellen Nebelflecken und verloren sich zu einer geraden Linie einer weltenfernen
Schnur von bleichen Vollmonden. Und in unab-
sehbarer Flucht wälzten sich die Massen langsam
und mühselig durch die nebelerfüllte Luft weiter.

Aber draußen in den alten und neuen Stadt-

vierteln, im Alexanderplatzviertel, im Halleschen
Viertel und im Westen drängten sich die Massen
nicht anders gegen die Türen der neun Lager des
„Kaufhauses Alexanderplatz".

Und in den Verwaltungsräumen der beiden
großen Konkurrenten galt es nur noch die eine
Frage: Wieviel vermochte das Verkaufspersonal
bei ununterbrochenem Dienst und ununterbrochen
dicht gedrängten Häusern in diesen wohlgezählten
Stunden zu verkaufen? Von Stunde zu Stunde
stiegen die Kassenrapporte . . .

Hierher, in den bewußtlos tobenden Taumel
kaufgieriger Massen, mitten in die Verkaufsräume des „Kaufhauses Leipzigerstraße" hatte sich
Hans Mühlbrecht geflüchtet, um Frieden zu finden
vor den Dämonen in seiner eigenen Seele, um
in qualvoller Angst sich selbst zu entrinnen. Drei
volle Stunden galt es noch zu töten: um neun
Uhr erst sollte er bei ihr sein. Und gleich den
kaufgierigen Frauen, die er wütend, lüstern und
sinnlos gemacht hatte, so schob auch er sich durch
die Räume des Palastes, dessen verschwiegener
Herrscher er war, und lauschte trunken auf die
Stimmen, die durch dies orgienerfüllte Haus
tönten.

Er sah, wie die Frauen vor Ungeduld bebend,
erbarmungslos den todmüden Händen der bleichen

Hilfsarbeiterinnen die Pakete aus der Hand rissen,
sah, wie man dort bei Treppe R ein ganz junges
Mädchen, anscheinend eine Hilfskraft, die erst für
den Weihnachtsdienst eingestellt worden war, nach
dem Sanitätszimmer brachte, sah ihm bekannte
Detektivs um die Verkaufstische lugen, sah das
wilde Toben um halbleere Regale und die Hände,
die in der Luft arbeiteten, um auf sich aufmerksam
zu machen und noch rechtzeitig das letzte Stück
Ware zu erlangen. Er sah das nervöse Zittern von
Hunderten von Händen an den Mündungen der
pneumatischen Kassen, sah, wie sich die Stirnhaut
der Mädchen über den Augenbrauen wie von
brennendem Kopfschmerz zusammenzog, wie unten
in den Lagerräumen die Diener Unmögliches
leisteten und immer wieder die letzten Reste der
Waren zu den Aufzügen brachten und nach den
Verkaufsabteilungen fuhren.

Er sah dies alles und er wußte es zum Fassen
klar und deutlich, daß er selbst der Urheber dieses
bis zur Raserei gesteigerten, ungeheuerlichsten,
wahnwitzigsten Getriebs war.

Langsam arbeitete er sich empor nach den
oberen Stockwerken, nach den Verwaltungsräumen,
und trat in Franz Brüggemanns Kontor.

Der Senior saß da, den Kopf in die Hände
gestützt, und blickte zu ihm auf. Mit müder Geste

winkte er Hans einen Gruß zu und bat ihn, sich zu setzen.

Hans hätte gerne ein Wort von ihm gehört, aber der Senior sprach nicht. Nur um Worte zu hören, um irgend etwas zu sagen, sprach Hans selbst:

„Es ist ein Erfolg! Kein Mensch kann das leugnen."

Plötzlich, ganz unerwartet, erhob sich Franz Brüggemann. Er wollte sprechen, aber er konnte es nicht. Er begann auf und ab zu schreiten. Dann rang es sich in ihm los:

„Ein Erfolg, ... jawohl .... weiß Gott! Aber einer, dem ich nicht mehr gewachsen bin, der über meine Kräfte geht ... Die Herren aus den Kontors mußten selbst die Bettwarenabteilung herauftragen helfen ... Kontor 5, 8 und 9 sind völlig geräumt und mit Betten gefüllt ... Das Sanitätszimmer ist voll besetzt und hier oben liegen 47 Damen. Die Aerzte reichen nicht aus. Vor einer halben Stunde habe ich den Polizeikom= missar verständigt, daß das Haus jetzt geschlossen ist. Aber wir haben noch drei Stunden zu tun, bevor wir die Massen erledigen, die im Hause sind. Wir bitten sie zu gehen, erklären ihnen, daß das Personal halbtot ist. Sie hören nicht. Sie wollen kaufen, kaufen, kaufen. Das Aufsichts=

zimmer ist geschlossen, weil wir das Personal für
die Krankenpflege brauchten. Wir lassen die Diebe
frei im Haus herumlaufen, weil wir die Polizei
nicht rufen wollen und uns selbst nicht zu den
Ausgängen durcharbeiten können. Hans, schaffen
Sie mir die Massen aus dem Haus! Sie können
ja alles. Ich kann nicht mehr."

Hans ging ans Telephon und erbat von der
Polizeiwache genügende Besatzung, um das Haus
räumen zu können.

In zehn Minuten war die Wache zur Stelle
und begann ihre Arbeit.

Hans aber stand oben auf der Treppe des
großen Lichthofes und sah mit wutverzerrter Miene
hinab auf den höchsten Triumph seines Willens,
sah, wie die Kunden, die sich um seine Waren
rissen, auf sein Gebot durch die Polizei auf die
Straße getrieben wurden, sah, wie dieser Pöbel,
der sich zu seinen Füßen drängte, geknechtet wurde,
und wußte, wußte es klar, daß sein Gebot, die
Menge zu Paaren zu treiben, der stärkste Reklame-
trick war, den er je ausgedacht hatte.

Dann ließ er durch Franz Brüggemann, der
ihm willenlos folgte, dem Personal die Kantinen
und die Erfrischungsräume und ihre Vorräte
kostenfrei zur Verfügung stellen.

Und er selbst blieb.

Er hatte sich darin verbissen, wenigstens die Umsatzziffer zu hören, die bis drei Uhr erzielt worden war und die in einer Stunde ermittelt sein mußte. Die Umsatzziffer des ganzen Tages sollte erst morgen festgestellt werden.

Dann erst, als er wußte, daß es zwei Millionen, siebenhundertsechsundvierzigtausend Mark gewesen waren, die man bis drei Uhr umgesetzt hatte, dann erst ging er — zu ihr.

III.

Nina Petrowna bereitete sich zu einem Feste vor.

Einen jungen Griechen erwartete sie, einen jungen Griechen, der sie Phryne nannte und der ihr seinen Sklaven geschickt hatte, mit reicher Liebesgabe.

In einer Stunde mußte er kommen. Nun aber stand sie, völlig nackend in ihrer Schönheit vor dem Spiegel und besah die Formen ihres Körpers. Dann legte sie sich auf ein weiches, breites, langhaariges Fell und zog mit der Hand ein Buch heran, das auf dem Boden lag. Zärtlich rieb sie ihren nackten Leib an dem weichen Fell und las:

„Phryne ging nur verschleiert und in einer wallenden Tunika, wie die strengste Matrone, auf die Straße. Auch in die öffentlichen Bäder ging sie nicht, sondern nur in die Werkstätten der Maler und Bildhauer, denn sie liebte die Kunst und weihte sich ihr, da sie sich nackt dem Pinsel des

Apelles und dem Meißel des Praxiteles als
Modell gab. Ihre Schönheit glich einer Statue
von parischem Marmor; die Züge und Linien
ihres Gesichtes hatten die Schönheit, das Eben=
maß und die Hoheit, welche die Einbildung der
Dichter und Künstler einem göttlichen Gesichte
verlieh. Am bemerkenswertesten an Phryne war,
daß sie sich keusch allen Blicken entzog, selbst denen
ihrer Liebhaber, welche sie nur im Dunkeln be=
saßen."

Nina Petrowna schloß das Buch und schob es
unter ihren Wäscheschrank. Dann erhob sie sich und
begann sich anzukleiden. Ganz allein, ohne die
Hilfe ihrer Zofe.

Erst ein langes, seidenes Hemd, hinter dessen
zartem Spitzeneinsatz sich die Wölbung ihrer Brust
verbarg. Und klar zeichneten sich die Vierecke in
den Liegefalten der weichen Hülle, die um ihren
schlanken und reifen Leib herabfiel. Dann zog
sie lange blauseidene Strümpfe über die kleinen
Füße, über ihr edel geformtes Bein und über die
Formen ihrer weißen Schenkel. Einen diamant=
besäten, blauen Gürtel schlang sie um ihre Hüften,
in Goldkäferschuhe schlüpften ihre Füße, und
wie die weiten Falten einer Tunika floß der
dünne, spitzenbesäte Flor ihres Gewandes um ihren
jugendfrischen Venusleib. Ihr Haar aber löste sie

und ließ es in seinem matten Glanze hernieder=
rieseln.

Die Uhr schlug neun. Sie hörte Schritte.
Er war da.

Und lächelnd trat sie ihm entgegen. Auch er
lächelte, aber es war die Lust der Gier, die aus
seinen Augen sprach. Sie bot ihm ihren Mund
und er küßte sie. Sie schritt zum Bett und, die
Hand um ihre Hüfte, folgte er ihr. Da sprang
sie mit lautem Lachen in die Kissen und löschte mit
einem Griff hinter das Bett das Licht. Sie zog
ihn zu sich heran und er küßte sie. Heiß, wild,
rasend. Sie löste ihre Arme, und er trat einen
Schritt zurück und wollte sich entkleiden.

Mit einem Ruck wollte er die Knopfreihe
seines Rockes lösen. Schon packte er mit fiebernder
Ungeduld an. Da fühlte er sein Blut stocken. Er
schwankte. Ihm war, als ob ihn eine gewaltige
Faust emporhöbe und ihn plötzlich aus diesem
Raum, in dem er Düfte einer trunkenen Lust
atmete, hinwegtrüge in jene andere, in jene
nüchterne Welt, in der er heimisch war und aus
der er sich weggestohlen hatte . . .

Gesichte tanzten vor ihm einher, wilde
Gesichte, Menschen mit Fratzen, Häuserfassaden,
Zeichnungen, Inseratenspalten, Fetzen von Zei=
tungsblättern.

Er wollte das Dunkel, das ihn umgab, durch-
dringen, er blickte unverwandt auf einen einzigen
Punkt . . .

Da . . . . was war das? Deutlich sah er vor
sich im Dunkeln die siebenziffrige Zahl einer
Summe. Er biß sich auf die Lippen, er wollte
nicht hinsehen, aber er las:

2 746 000.

Die Umsatzsumme, die in der Leipzigerstraße
bis drei Uhr erzielt worden war. Er schlug sich
vor den Kopf, er riß sich an den Haaren, aber er
wurde die Ziffer nicht los. Immer wieder las er,
oder stammelte gar, was wußte er, immer wieder
sah er nur die Summe:

2 746 000.

Er stürzte hin zu dem Lager, auf dem er
ihren Leib wußte, er klammerte sich an sie, er
küßte sie, er biß sie, nicht im Sinnesrausch, nur
um sich an dem Bewußtsein ihres nahen und
lebendigen Leibes von den Visionen zu befreien,
die ihn verwirrten, zerrissen, äfften, aber durch
ihren Schrei hindurch, durch den Duft ihrer Haare,
durch den Atem ihres Leibes dachte und sah und
fühlte er nur die eine Zahl:

2 746 000.

Er umklammerte ihren zitternden, sich wehrenden Körper, er preßte sich gegen ihn, aber er sah und dachte und fühlte nichts als die Zahl: 2 746 000.

Da riß er sich von ihrem Leibe und von ihrem Lager los, unbefriedigt, mit ungelöster, nie zu lösender Gier und dachte und dachte krampfhaft nur eins: hinaus!

Sie entzündete mit einem Griff die große elektrische Krone. Aber er sah nicht mehr nach ihr und nicht nach ihrer Umgebung. Mit einem Sprunge war er an der Tür und raste hinaus auf die Straße. Immer weiter vorwärts jagte er auf der Flucht vor sich selbst, jagte durch die Straßen der gigantischen Stadt, über die sich ein Dämon gelagert hatte, ein Dämon, der ihn aus jeder Ecke anglotzte und aus den Fratzen der Menschen zu ihm sprach . . . .

Nun war er ganz seiner Gewalt verfallen, nun jagte der Dämon, der ihm Macht und Reichtum verliehen hatte, Macht und Reichtum, deren Besitz ihn nur höhnte, nun jagte der Dämon hinter ihm her, jagte ihn mit bluttriefenden Peitschen, mit Peitschen, an deren schmerzvolle Wunden aufreißenden und peinigenden Bleienden Ziffern und Zahlen und Summen hingen . . . .

Schluß.